CONTENTS

婚約破棄された令嬢を拾った俺が、イケナイことを教え込む

美味しいものを食べさせておしゃれをさせて、
世界一幸せな少女にプロデュース！

3

プロローグ　或る姉妹の話

サテュロス運送社。

それはこの国において、もっとも大きな郵送会社である。

特色として挙げられるのは、所属する社員のほとんどが亜人という点だろう。

みな配達の隙間時間を縫って、その他さまざまなバイトに精を出している。

本業に支障がなければ何をやってもいいという会社の方針があるので、冒険者稼業と掛け持ちしている者もいるくらいだ。

そしてそんな中でも、この町の支部の副支部長——ミアハ・バステトスは仕事熱心な社員として有名だった。

配達とバイトを複数掛け持ちし、臨時バイトもなんでもござれ。そのくせ当人の生活は質素なもので、そこまでして彼女がお金を集める理由について、周囲の誰も知らなかった。

「こんにちはですにゃー」

その日の午後。ミアハは街の魔法道具屋——黄金郷を訪れていた。

大通りから外れた場所に建つ店だが、街一番の品揃えを誇る名店であり、商品も良質ということもあって日々客足が絶えない。サテュロス運送社のお得意様のひとつである。

彼女はいつものように大量の荷物を抱えて店の扉を開いた。

「あにゃっ？」

しかし、そこできょとんと目を丸くしてしまう。

魔法道具屋・黄金郷は一見すると小さな民家だが、魔法で店内の空間を広げているため、ほぼ無限に商品棚が続いている。入ってすぐのところに店員用のカウンターがあるのだが、今日はその前でおかしな会合が開催されていた。

年齢も種族もばらばらな面々が不思議なローテーブルを囲んで、まったりとお茶をすすっていたのだ。ミアハが不思議そうに見ていると、そのうちのひとりが顔を上げてにこやかに手を振る。

「あらあら、ミアハちゃんじゃない。今日も配達ご苦労様～」

「こんにちはですにゃ、フローラさん」

ここの店主、魔女のフローラだ。

見た目は二十代半ばの褐色美女で、魔法道具屋の経営だけでなく、最近人気のラーメン店をあちこちにオープンさせるなど経営者としての手腕にも優れている。

ミアハは彼女のそばまで近付いて、また目を白黒させた。

「今日もまたいつもの会合で……あにゃにゃ？」

「ああ……？　って、運び屋のお嬢ちゃんか」

「あら？　ミアハちゃんとグローくん、お知り合いだったの？」

フローラの隣にいたのは、蛇使いのグローだった。

かつては街でもそれなりに悪評を轟かせていたチンピラだったが、アレンにボコボコにされて以来、それなりに真面目に暮らしている。首に巻いたペットの大蛇も、今日はリラックスモードなのかゆったり目を閉じていた。

そんなグローの腕に抱きついて、フローラはピースしてみせる。

「グローくんも私たちの仲間なのよ。最近それが分かって引き入れたの！」

「ちっ……仲間になった覚えはねえっての」

「へえー、意外なつながりもあったものですにゃあ」

魔女のフローラと、更生したとはいえチンピラ然とした見た目のグロー。その他の面々にも、一見すると何の共通点も見当たらない。しかしミアハはこの集会が何なのか知っていた。

顎に手を当ててその場にいる十名ほどを見回し、感嘆の声をこぼす。

「ほんとにずいぶん増えたものですにゃあ。フローラさんの転生仲間も」

「しかもただの転生者じゃないわ。異世界の地球の、しかも日本人の転生者よ！」

「なんでそんな小さいくくりで、これだけの人数が集まるんだよ……」

げんなりとため息をこぼすグローだった。

転生者。つまり前世の記憶を持つ者のことである。

この世界において『転生』は特別珍しい現象でもなんでもない。

水やマナと同様に、魂も輪転を繰り返すことは昔から知られていた。

たいてい生まれ変わる際に前世の記憶は忘れてしまうが、時と場合によって鮮明に思い出すことがある。多重人格のようになってしまう例も存在する。前世の財産に関する所有権を定めた法律なども、ごくごく当たり前に整備されているほどだった。

ただし、異世界からの転生となると数がぐっと少なくなる。

無数に存在すると言われる異世界——しかもその中でも同郷の魂ともなると、出会える確率は砂漠で一粒のダイヤを見つけ出すに等しい。

それをフローラはこれだけの数、集めてみせたのだ。

当人は胸を張り、得意げに笑う。

「ふっふっふー。これも私の執念が成せる技よね。故郷の話ができる人がほしかったのよ！」

「よかったですにゃあ、フローラさん。しかしグローさんも転生者だったんですにゃあ。そんなお話、全然聞いたことがなかったですにゃ」

「まあ、改まって言うことでもないからなあ……酒の席でもウケねえし」

ぶっきらぼうに言うグローである。

どこか歯切れの悪いその物言いに、ミアハは大いに興味を引かれた。ぐいぐいと迫って話を振ってみる。

「ちなみにちなみに、グローさんの前世はどんな御仁だったのですにゃ？」

「ああ？　そりゃ普通の――」

「それが聞いてよ、ミアハちゃん！　グローくんったら不良だったのに、ある日トラックに轢かれそうになった子供を庇って死んだんですって！」

「バカ！　それは他言しない約束だろうが!?」

「まーたトラックですかにゃ。多いですにゃー」

にこにこするフローラと慌てるグロー。そんなふたりに、ミアハは苦笑を返してみせる。

なぜか地球からの転生者の死因――そのトップクラスに躍り出るのがトラックなる鉄の車らしかった。他の転生者メンバーもしみじみとした様子で口を開く。

「そーいや、あたしもトラックだったなあ。ブラック企業勤めで疲れて、フラフラっと道路に出て……あのときの運転手さんには悪いことしちゃったなあ」

「俺は電車だった。転んだ女子高生を庇ってなあ……」

「みんな外で死んでていいなあ……僕は生まれてからずっと病院のベッドの上だったからさ」

そんなふうにして、集まった面々は死因トークで盛り上がった。

前世に関してはみなそれなりに割り切っているらしく、もの悲しい空気は一切ないが、事情を知らない者が聞いたらさぞかしぎょっとしただろう。

ほのぼのとした面々を見回して、ミアハはふと小首をかしげる。

ずっと気になっていたのだが、いまいち聞くタイミングを逃していたのだ。

「それにしても……みなさんが囲んでいるこの机はいったい何ですかにゃ」

疑問だったのは、全員が囲んでいる謎のローテーブルの正体だ。

草を編み込んだ敷物の上に載せられていて、足と天板の間に分厚い毛布が挟まっている。

そこにみな靴を脱いで上がって、足を突っ込んで座っていた。こんな机、見たことも聞いたこともない。

目をまん丸にするミアハに、フローラはイタズラっぽく笑ってみせた。

「ふっふっふ、いいところに目を付けたわね。さすがはミアハちゃんだわ。これはね……コタツよ！」

「コタツ……ですにゃ？」

「いいから物は試しよ。ミアハちゃんも試してみて。ここに座って、足を入れて……」

「はあ、それじゃあお言葉に甘えまして……」

ミアハは空いたスペースに、一同の真似をして入り込んでみる。

するとその瞬間に謎が解けた。テーブルの中はほんのりと暖かくなっていたのだ。

「なるほど～、暖房器具なんですにゃ。この毛布は暖気を逃がさないためと……これもニホンとやらの？」

「そうそう、私が作ったの。ミカンもあるわよ、食べて食べて」

「ありがとうございますにゃあ」

勧められるままにミカンを食べる。

季節は秋にさしかかり、今日は少しばかり肌寒い。おかげでコタツのぬくもりが身にしみた。

ミカンの甘味と瑞々(みずみず)しさを堪能していると、そこで熱い視線を感じて顔を上げる。

「はにゃ……なんですかにゃ、グローさん」

「っ……！」

グローがやけに真剣な目でじーっとミアハのことを見つめていた。

指摘すると彼は気まずそうに視線を逸らし、ぼそぼそと――。

「いや、前世で飼ってた猫を思い出しちまって……くっ……ミケのやつも、コタツが大好きだったんだよなあ……ううう」

「グローくん、昔から動物好きだったのねえ」

フローラは微笑ましそうに頬に手を当てる。

他の面々も和んだようにほうっと吐息をこぼしてみせた。

「猫とコタツ……いいなあ」

「これぞ日本の心よねえ……ねえねえ、ミアハちゃん。こっちのお菓子も食べる？」

「ありがとう、ミアハさん。いいもの見せてもらった。これ、少ないけどおひねりだ」

「もし気に入ってくれたなら、試作品がたくさん余ってるし、ひとつ持って行ってくれてもいいわよ！」

「はいですにゃ！　ありがたくいただきますにゃ！」

みんながお菓子やお小遣いを勧めてくれるので、ミアハはほくほくと歓待を受けた。

全員人生二週目ということもあってか、みんな優しくて親切だ。

おかげでミアハは転生者でも何でもないのにここの常連である。彼らの話すほとんどは理解できない内容だったが、和やかな空気がとても好きだった。

今日はどんな話が聞けるのか、と少しワクワクしたそのときだ。

「みんな！　大変だ！」

店の扉がバーンと開かれ、転がり込むようにしてひとりの青年が入ってくる。ミアハもよく知る、ここの転生者集会の一員だ。

肩で息をする彼に、フローラは小首をかしげてみせる。

「あらあら、どうかしたの？」

「た、大変なんだよ、フローラさん！」

青年は青い顔で叫ぶ。

よほど慌てて来たのか声はかすれていたが、それでも彼は懸命に言葉を紡いだ。

「この三つ隣の町に、あんたのラーメン屋があるだろ⁉　そこに来た女の子が……一口食べるなり叫んだらしいんだ！」

「ま、まさか……！」

一同はごくりと喉を鳴らす。

店内に厳粛な静寂が満ちた。やがて青年は——たっぷり溜めてから言い放つ。

「『天〇一品の味だこれ!?』って！」

「「「日本人だ!!」」」

「その判定基準は、ほんとにどうかと思うんだよなあ……!?」

腰を浮かして叫ぶ一同に、グローは渾身のツッコミを叫んだ。

ミアハはよく分からないので、ミカンの筋を黙々と取り除いていく。

「フローラおまえ魔女だろ!? ラーメンで転生者をあぶり出す以外に、もっとこう……あるだろ！　剣と魔法のファンタジー世界を舐めてんのか!?　なんかそういう特別な魔法でも使って探せよ!?」

「だってこっちのがお金儲けにもなるしコスパいいんだもーん。グローくんを見つけられたのだって、うちのラーメンのおかげじゃない。店の前でわーわー騒いじゃってさあ」

「そりゃあ叫ぶだろうよ……！　なんだよあの完コピの味は!?　ここが異世界じゃなかったら、おまえ絶対訴えられてたからな!?」

全力でツッコミ続けるグローと、軽くあしらうフローラ。ある意味お似合いのおふたりですにゃー、と見守りながらミアハはミカンをもぐもぐする。

他の面々は新たな転生者仲間の出現にわいわいと沸き立った。

「せっかくだし、今からみんなで会いに行ってみないか？　流れの冒険者らしいんだけど、まだあの街にいるんだって！」

「いいじゃん、行こ行こ！　今度はいつの時代の人かなあ」

「○ンター×○ンターが終わったかどうか聞けるかな？」

「俺はポ○モンが今何匹いるか聞きたい。俺のガ○リアスはまだレート使用率上位にいるのかどうかも……」

　そのまま一同は青年の後に続いて店の外へと向かう。

「グローくんも行きましょ、あなたの探してるミケちゃんの生まれ変わりかもしれないわよ！」

「ミケが天○の味を知ってるわけねーだろ……」

　グローはしかめっ面をしながらも、フローラに引っ張られていく。

　ミアハに目を留めて、彼は軽く会釈してみせる。

「すまねえな、運び屋のお嬢ちゃん……ちょっと店番を頼まれてやっちゃくれねえか」

「バイト代は弾むわ！　もうすぐジルくんが出勤してくると思うから、それまでの間！　お願い！」

「もちろん大丈夫ですにゃ。どうぞ行ってらっしゃいませ～」

　ミアハは手を振って、みなを見送った。

　ぱたん、と静かに扉が閉ざされて店内にはミアハただひとりが残される。

「いやー、いいですにゃあ。同郷の仲間というのは」

ミアハはしみじみとため息をこぼす。

ずずっと、冷めたお茶をすすって……コタツの天板に顎を乗せて、また重いため息をこぼしてみせた。

「ほんとに……羨ましいものですにゃあ」

◇

「ほんとにもらってもいいのか……？」

「もちろんですにゃ～」

珍しく恐縮した様子のアレンに、ミアハはさっぱりと笑ってみせた。

店番任務を完了させてからやってきたのは、街外れのアレンの家だ。朝の間に配達は済ませていたが、別の用事があった。フローラからもらったコタツ一式を運び込むためだ。

「はわ……あったかいですねえ」

「くぅーん……」

「か、かぴー……」

リビングに広げたコタツに入って、シャーロットは顔をゆるませる。

ルゥやゴウセツも首だけ出して入り込み、半分以上夢見心地だ。

最初、転生者サークルたちと一緒に入ったコタツより、ミアハのもらった試作品は二回りほど小さいものだった。大人が四人も入ればいっぱいになる。

　ぽわぽわ平和な空気を見回して、ミアハは満足してうなずいてみせる。

「うちは手狭なアパートですし、会社に置くにもちょっと場所を取りますからにゃー。でも魔王さんのお家に置いていただければ、ミアハも休憩がてら入れますにゃ。寒い冬が来る前の準備ですにゃ！」

「周到だなあ……まあしかし、それならいつでも歓迎だ。茶でも飲むか？」

「もちろんそのつもりですにゃ！」

　ミアハもアレンもコタツに入って、和やかなお茶会が始まった。

　今日はもう仕事は何も残っていないので、ミアハは出されるお茶とお菓子に舌鼓を打つ。まったり過ごしつつも、キランと目を光らせた。

（ふっふっふー……甘いのですにゃ、魔王さん。ミアハの目的は……お茶だけではないのですにゃ！）

　ここにコタツを持ち込んだのには、もうひとつ理由があった。

　真向かいに座るアレンに目をやると、彼はもぞもぞと身じろいだ後、ハッとして隣のシャーロットに頭を下げる。

「す、すまん。わざとじゃないんだ」

「い、いえ……大丈夫です」

　シャーロットも少し顔を赤らめて、おずおず言う。

コタツが小さいせいで、足が当たったのだろうと一目で分かった。

ミアハの真の目的が達成された瞬間である。

ふたりに見えないように、こっそりぐっと拳を握る。

(これこれ、これですにゃ！　やっぱり小さい方がカップル向け！　ふとした瞬間に足とか手が触れてドキドキの空気をお届けできますにゃ！)

奥手のふたりに塩を送った形である。

目論見はうまくいったようで、アレンは無駄に紅茶を何杯もおかわりしていた。シャーロットも無言でクッキーをぽりぽりかじる。初々しいやり取りご馳走さまである。

(ひょっとしてこの路線で売り出せばガッポリなのでは……？　あとでフローラさんに相談しましょうかにゃ。販売経路などはうちの会社が協力して——)

完全仕事モードで脳内のそろばんを弾く。

そんな折、アレンが咳払いをしてから話を向けてきた。

「ああ、そういえばミアハ。留守中の郵便物を預かってもらってすまなかったな」

「はい？　あ、ああ。お気になさらずに」

ミアハはにこやかに応える。

ここ半月、アレンの家はずっと留守だったので荷物が溜まっていたのだ。

「それにしても魔王さん、一家全員でどこに行っていたのですにゃ？」

「ちょっと野暮用があってな。なあ、シャーロット」

「……はい」

シャーロットはほんのり微笑んでみせた。

「実は、妹に会いに行っていたんです」

「へ」

その思ってもみなかった言葉に、ミアハは目を丸くしてしまう。

彼女の――シャーロット・エヴァンズの事情はミアハもよーく知っていた。最近では新聞に載ることもなくなったが、隣国のスキャンダルはこちらの国でも大きく報道されたからだ。

報道が落ち着いたとはいえ、シャーロットは依然としてお尋ね者である。

そんな状況で妹に会いに行くとは……まるで意味が分からなかった。

「それは……大丈夫だったのですにゃ？　その、隣国に行くのは何かと大変でしょうし……」

「ああ、違うんです。妹が、この国の学校に留学していることが分かったんです」

それからシャーロットは魔法学院で起こった出来事を話してくれた。

ずいぶん破天荒な話ではあったが……最終的には大団円。姉妹は無事に再会できたという。

「ようやく姉妹になれた気がします。今度この家にも遊びに来るって言ってくれました」

「帰るのは一苦労だったがな……」

アレンはげんなりとため息をこぼす。

シャーロットを引き留めようとするナタリアをなだめるのに、ずいぶん骨が折れたらしい。あまり公共の場に長く身を置きすぎるのはよくないと説得し、一応納得してくれたようだ。

シャーロットは幸せ全開だが、アレンは対照的に疲弊の色を隠そうともしない。

彼が義兄として認められる日は当分先のようだ。

「……そうですかにゃ」

ミアハは手元のカップに視線を落とす。

お茶の表面に写り込む自分の顔は、どこか魂が抜けたようにぼんやりしていた。

それをシャーロットに気取られる前に、さっぱり爽やかな笑顔を浮かべてみせた。

「それはよかったですにゃあ。妹さんと、これからはずっと仲良しですにゃ」

「はい！　今度ミアハさんにも紹介させてくださいね！」

「ぜひぜひ。楽しみにしておりますにゃー」

意気込むシャーロットに、ミアハはうんうんとうなずく。

シャーロットは大事な友人で、そんな彼女が家族と無事に再会できたのは喜ばしいことのはずで——それなのにミアハの胸はちくちくと痛みを訴え続けた。

それからコタツでのお茶会を経て、夕飯までご馳走になってしまった。

最近めきめきと腕を上げつつあるシャーロットの料理を堪能して、また少しコタツで談笑して……ミアハが帰るころには、とっぷり日が暮れていた。

「それではご馳走さまでしたにゃ！」

「かまわん。コタツとやらの礼もあるしな」

玄関まで見送りに来てくれたアレンが鷹揚にうなずく。

片付けはシャーロットたちに任せたため、外まで見送りに出てきたのは彼だけだ。

このあたりには他に民家もないし街道からも外れているので、虫の声や風の音しか聞こえない。静かな夜空のもと、アレンはごほんと咳払いする。

「その……ミアハ。少し聞いてもいいだろうか」

「はい？　なんでしょうかにゃ」

「おまえにも、兄弟がいるのか？」

「……どうしてそう思うのですにゃ？」

「シャーロットから妹の話を聞いて、少し様子が変だっただろ。何かあったのではないかと思ってな」

彼は少し眉をひそめて、ぶっきら棒に言う。

口調も表情もそっけないが、痛いほどの憂慮が感じられた。

「答えにくいことならばかまわん。今の質問は忘れてくれ」

「いいえ。別にたいした話ではございませんにゃ」

そんな彼に、ミアハはただゆっくりとかぶりを振った。

これまでほとんど誰にも話したことのない身の上話。

しかし相手が彼だったからこそ、ミアハは自然と話してみる気になったのだ。

「ミアハには姉が……双子の姉がいるはずなんですにゃ」

「いる『はず』、とは?」

「ずーっと昔に生き別れになったきりですからにゃー。今はどこにいるのか、そもそも生きているのかどうかすら……」

ミアハは苦笑し、頬をかく。

彼女と姉は貧しい家に生まれ、生後まもなく孤児院に預けられた。

そこで別々の家庭へ引き取られ……それ以来、姉とのつながりは途絶えたままだ。数年前に姉のもらわれた家を訪ねたものの、とうの昔に引っ越してしまっていて、今では手がかりはひとつもない。

だがそれでも、ミアハは姉に再会することを諦めてはいなかった。

ぐっと拳を握って、天へまっすぐ突き上げる。

「だからミアハはたくさんお金を貯めて、姉さんを捜してみせるのですにゃ。それがミアハの野望なのですにゃ!」

「おまえが仕事熱心なのはそういう理由か」

アレンは顎を撫でて、かすかな声で唸(うな)ってみせた。

そうしてイタズラっぽい笑みを浮かべて言う。

「なら、シャーロットを見逃してもよかったのか。懸賞金がそれなりに出たはずだろうに」

「何をおっしゃいますやら、魔王さん。悪いことをして手にしたお金で姉さんを見つけても、ミアハは嬉しくもなんともないですにゃ」

「そうか。おまえはそういう奴だな」

アレンはニッと笑ってみせる。

ただただ納得がいったという反応に、ミアハはほんの少しだけ胸を撫で下ろす。へたな同情はもらいたくなかったからだ。だがしかし、その後で彼が続けて言い放った言葉に、目を丸くすることとなる。

「よし、それなら俺にも協力させてくれ」

「へ？」

「俺もそれなりに顔が利くし、アテナ魔法学院のツテもある。おまえの姉に関する手がかりのひとつやふたつ、見つけてみせようじゃないか」

「そ、それはありがたいのですが……いいのですかにゃ？　本当に雲を摑むような話ですにゃ」

世界は広い。ミアハのような亜人種は人間以上の数を誇るし、そもそもまだ生きているかどうかも分からない。フローラが転生仲間を見つけたのと、また違った難しさがあるはずだ。

ミアハがそう言うと、アレンは肩をすくめてみせる。

「別にたいした労力じゃないさ。おまえはその、馴染みの業者だし……」

彼はそこでいったん言葉を切って、どこか明後日の方を見てぼそぼそと続けた。

「一応……俺の友人だろ」

「…………」

「おい、そこで黙るな。せめて何か言え。頼むから」

ミアハの肩を摑んで凄むアレンだった。

結局最後は締まらなかった。

そんな彼にミアハはぽかんとしていたが……すぐにぷっ、と吹き出してしまう。

「あはは、あんなに引きこもりの人嫌いだった魔王さんがそんなことを言うなんて。ほんとに変わられましたにゃあ。シャーロットさんのおかげですにゃ」

「ふん。余計なお世話だ。それで、どうなんだ。俺に任せるのかどうか」

「ええ、ええ。お言葉に甘えますにゃ。魔王さんがお友達なんて心強いですにゃ！」

「ふっ、そうだろう？」

アレンもまた不敵な笑みを浮かべてみせる。

半年前まではミアハとの世間話すら弾まなかったというのに、本当に変わったものだ。

しみじみしていると、アレンはメモを取り出して問う。

「それじゃ、まずは姉の名前を聞かせてもらえるか。ひとまず軽く当たってみよう」

「はいですにゃ。姉さんの名は――」

ミアハが懐かしい名前を口にしようとした、そのときだ。

「こんなところにいたのかよ⁉」

「む？」

遠くの方から素っ頓狂な声が響き渡る。

見れば、慌てた様子でグローが走ってくるところだった。

首に巻いた大蛇もどこか落ち着きなく鎌首をもたげている。

「グロー？　こんな時間に珍しいな。俺に何か用か」

「いや、用があるのはあんたじゃなくて……そっちの運び屋のお嬢ちゃんだ」

「ミアハですかにゃ？」

おもわずきょとんと自分を指さすミアハに、グローは肩で息をしながらうんうんとうなずく。

「ほんっと街中あちこち探し回ったんだぞ。ダメ元で来てみてよかったぜ」

「それはお手数をおかけしたようですが……何かございましたかにゃ？」

「ああ、大事件だ。ほら、俺ら三つ隣の町まで行っただろ。フローラの店に来たっていう転生者に会いにさ」

「はあ……それがなにか？」

首をかしげるミアハ。

そんな彼女に、グローはやけに真面目な顔で告げた。

「そこで探し出した客がよ……なんと、あんたそっくりだったんだ！」

「………はい？」

「で、話を聞いてみたら『ミアハは私の生き別れの妹だ』なんて言い出して。今、黄金郷まで来てくれてるんだ。お姉さんもずーっとあんたのことを捜してたんだとよ」

そこまで興奮気味にまくしたててから、グローは満足げに笑う。

「いやあ、こんな偶然もあるんだな。フローラの道楽商売もたまには役に……って、どうした、お嬢ちゃん。大魔王も」

「………」

「………うん、まあ、なんだ」

無言で固まるミアハの肩を、アレンがぽんっと叩いた。

どこか気まずそうな、祝福するような、絶妙な表情で彼は言う。

「よかったな、感動の再会じゃないか」

「思ってたのとだいぶ違いますにゃ⁉」

こうしてフローラの店で、姉妹は無事に再会することとなった。

その後は姉、マイアもこの街に定住し……ふたり仲良く飲み歩く姿が、よく目撃されるようになった。

一章　イケナイ前夜祭

そのとんでもない騒動は、秋の終わりが近い、ある朝から始まった。

朝はめっきり冷え込むようになって、動植物は長い冬の準備を始める季節。

アレンらが住まう屋敷の周りにも落ち葉の絨毯が敷き詰められている。

しんとした静けさが満ちる中、屋敷のリビングに軽やかな鼻歌が響く。

「ふん、ふんふふ～ん♪」

「おや？」

新聞から顔を上げ、アレンは目を瞬かせる。

目の前に座るシャーロットが、パンにバターを塗りながらにこにこと唄っていたのだ。

あまりに微笑ましい光景に、ついつい相好を崩す。新聞を畳みつつ、シャーロットに問いかけてみた。

「どうした、シャーロット。今日はずいぶんとご機嫌だな」

「あっ、すみません……うるさかったですか？」

「まさか。もっと聞いていたいくらいだ」

それを邪魔してまで話しかけたのは、理由が気になったからだ。

「おまえがそんなに嬉しそうにしているなんて、珍しいこともあるものだと思ってな。何かいいことでもあったのか？」

「えっと、あったと言うより……もうすぐいいことがあるんです。個人的なことなんですけど」

『ほう、それは初耳ですな』

シャーロットがはにかみながら答えたところで、テーブルのすぐそばで朝食を取っていたゴウセツが餌皿から顔を上げる。

人間に化けられるものの、平時はいつもこの格好だ。あの姿はそれなりに肩が凝るらしい。ゴウセツは丸っこい前足でどんっと胸を叩いて続ける。

『ミアハどのやエルーカどのと遊びに行かれるのですか？　でしたら儂(わし)が護衛に参りましょうぞ』

「そんなんじゃないですよ。ほんとに個人的な、些細なことなんですけど……」

『なになに？　ママがうれしいと、ルゥもうれしいよ！』

「ふふ。ありがとうございます、ルゥちゃん」

ひざに顎を乗せて甘えてくるルゥの頭を、シャーロットはよしよしと撫でる。

ほのぼのとしたその光景に、アレンとゴウセツはますます目を細めてみせた。

（うむ、庭の花が咲きそうだとか、小鳥が巣立ちそうだとか……そういうささやかな幸せ

なのだろうな）

小さくとも幸福は幸福だ。

そうした幸せを噛みしめることなんて、今年の春先までの暮らしぶりではとうてい叶わなかったことだろう。それが分かるからこそ、シャーロットが幸せそうにしているとアレンもまた胸が温かくなるのだった。

だがしかし……そんなほのぼのとした空気は、一瞬で消え失せることとなる。

シャーロットが両手のひらを合わせて、こう告げたからだ。

「実は私……明日が誕生日なんです。十八歳になるんですよ」

ドゴビチャバリーーーーーン!!！

アレンが椅子のまま勢いよく後ろにひっくり返り、ゴウセツがすっ転んで餌皿に顔を突っ込んだ。

リビングをしばしの静寂が支配する。

やがてルゥが目を丸くして、小首をかしげてみせた。

『なに、ふたりとも。どうかしたの？』

「だ……大丈夫ですか、アレンさん！　ゴウセツさんも!?」

「シャーロット……それは、本当なのか？」

床に転がるふたりのもとに、慌てて駆け寄ってくるシャーロット。

その手をアレンはがしっと摑んだ。顔からは血の気が引いているのが自分でも分かったし、全身の震えがひどい。それでも、彼はかすれた声を絞り出した。

「ほんとうに……明日が、おまえの誕生日なのか……!?」

「は、はい。そうですけど……？」

シャーロットは目を白黒させつつも、しっかりとうなずいてみせる。

おかげでアレンは言葉を失ってその場に凍りつくしかない。

そこに、ルゥがとことこ歩いてきてシャーロットの袖を引く。

『ねえママ。たんじょーびって、なあに？』

「生まれた日のことですよ。ルゥちゃんはご存知ないんですか？」

『そうだねえ、ルゥたちフェンリルは長生きだからね。あんまり暦なんか気にしないかも』

ほのぼのと会話するふたりをよそに、ゴウセツもよろよろと起き上がった。

顔にリンゴの欠片が貼り付いたままで、アレン同様の震えた声を絞り出す。

『たしかに我らのような魔物には馴染みのない文化ですが……人間は誕生日を祝うものだったと記憶しております。ひょっとして、今は廃れた風習でございますか……？』

「いや、ある。今も現役で盛大に祝うものだ」

「そうなんですか？」

アレンが力強く断言すると、シャーロットはやっぱり小首をかしげるだけだった。

一部の地域では新年の初日に、みながいっせいに年を取るという。

しかしこの国も、シャーロットの故郷も、誕生日はわりかし盛大に祝うのが常識だった。

プレゼントを贈ったり、ささやかなパーティーを開いたり。アレンも実家にいたころは養子に迎え入れられた日を毎年大袈裟なくらいに祝われたものである。

そう説明するが、シャーロットはいまいちピンと来ていない様子だった。

「お母さんと一緒に暮らしていたころはお祝いしてもらいましたけど……ああいうのって、小さい子供とか、特別な人だけじゃないんですか？　ナタリアとか、お父様たちの誕生日には盛大なパーティーがありましたし」

「おまえ、一応公爵家の令嬢で通っていたんだろ……？　さすがにパーティーとかしたんじゃないのか、他の家への体裁もあるし……」

「ええ……そんなこと一度も…………あっ！」

シャーロットはしばし考え込んで、はっとした顔をする。

「この時期決まって、お屋敷で大きなパーティーがあったんです。でも私は毎年『風邪』っていうことで自室に籠もるように言いつけられて……あれがひょっとして、私の誕生日パーティーだったんでしょうか……!?」

「そういうことかあ……」

アレンは顔を覆ってうなだれるしかない。

（たぶん妾腹の娘を祝うのが癪だったとか、そういうのだろうなあ……）

一応はそれらしい催しを開きつつ、社交場がわりにでもしていたのだろう。

最初のころの引っ込み思案や自己肯定感の低さはかなり改善され、シャーロットはずいぶん前向きになった。

とはいえ長年の奴隷じみた生活のせいか、世間に疎いところは相変わらずだ。

たまにそうした一面を垣間見てはいたものの、これはさすがに予想外だった。

非常にムカムカするアレンだが、すぐに重いため息をこぼす。

「いや、今まで聞かなかった俺も悪いな……すまない、本当にすまなかった」

「ど、どうしてアレンさんが謝るんですか？」

『アレンどの、今からでも遅くはありませぬ。一発ここで敵陣にぶちかましてみませんか？　儂も協力は惜しみませせぬぞ』

「いや待て。それよりまずは目の前のことに集中しよう、な？」

ゴウセツがぽんっと肩を叩いてくるので、アレンは真顔で諭しておいた。

ここで殴り込みに行くのも悪くはないものの、今は一分一秒でも時間が惜しい。

ゆっくりと立ち上がり、アレンは腹の底から声を出す。

「よし！　決めたぞ、シャーロット！」

「へ？　なにをですか？」

きょとんと首をかしげるシャーロット。

そんな彼女に、アレンは堂々と宣言しようとするのだが――。

「明日はおまえの誕生日を盛大に――」

「ねえさま遊びにきましたー！」

「いわお、っっ⁉」

ばーんと背後の扉が開くと同時、殺気の塊が飛びかかってきた。

アレンはとっさに身をよじり、小さな膝を手のひらで受け止める。

その勢いを利用して投げ飛ばせば、相手は軽やかに着地して、ちっと舌打ちしてみせた。

「さすがは大魔王。不意打ちでも一撃入れるのは厳しいですね」

「おーまーえー……急に現れて何をする！　師匠兼義兄の不意を打つんじゃない！」

「誰が義理の兄ですか誰が！　わたしはまだ、あなたとねえさまの交際を認めたわけではありません！」

キッとアレンを睨みつけるのはもちろんナタリアだ。

魔法学院の制服に身を包み、大きなリュックサックを背負っている。

突然現れた妹にシャーロットはぽかんとしていたが、すぐに気を取り直したようでぱっと笑顔を浮かべてみせた。

「ナタリア、いらっしゃいませ」

「ねえさま！」

ナタリアも殺気を収めてシャーロットに飛びつく。

そんな姿だけ見ると、年相応の少女だ。今し方アレンを本気で殺ろうとしたことなどすっかり忘れたように、姉へキラキラした笑顔を向ける。

「遊びにきました！　今日のご都合はよろしかったですか？」

「もちろん大歓迎ですよ。でも、アレンさんと喧嘩するのは良くないです。めっ、ですよ」

「ち、違います。今のはただの手合わせですから。弟子はいつ何時でも、師に闇討ちを仕掛けてもいいとされているのです」

「そ、そうなんですか？　先生って大変なんですね」

「それは師弟関係などではなく、もっとドロドロしたものでは……」

アレンはため息をこぼしつつも、ナタリアの頭をぞんざいに撫で回す。

「一応歓迎してやる。それでクリスの件はどうなった。うまくいったのか」

「ふん、もちろん成功したに決まっています」

アレンの手をぺしっとはたき落とし、ナタリアは鼻を鳴らす。

学友の姉を救うという一大プロジェクトはどうやら成功したらしい。アレンも計画に加担してアドバイスをいくつも投げていたため、ほっと胸を撫で下ろす。

そんな話をするうちに、ルゥやゴウセツも、ナタリアを取り囲んで歓迎する。

『いらっしゃーい、ナタリア。元気してた？』

「はい。ルゥさんもお変わりなく、つやつやのもふもふですね」

『遠路はるばる大変だったでございましょう。学院からここまでは相当な距離ですからな』

「平気です。今回は付添人がいましたので」

「付添人？」

「あたしだよー」

アレンが首をかしげたところで、また客人が入ってくる。

エルーカだ。大きな箱をいくつも抱えており、それを部屋の隅にどすんと置く。

「ふう、重かったー。ナタリアちゃん、ドラゴンの乗り心地はどうだった？」

「快適でした。さすがはリズ先生の育てた子です。たった二時間でねえさまの家に来られるなんてびっくりですよ」

ナタリアは少し興奮したようにうなずいてみせる。

アレンの養母、リーゼロッテは魔物のスペシャリストだ。彼女が育て上げた魔物は飼育も躾（しつけ）も完璧で、あちこちの品評会で高評価をかっさらっている。

そんなドラゴンに乗ってきたのなら、さぞかし悠々とした旅路だっただろう。

しかし分からないことがいくつもあった。アレンは首をひねりつつ、大荷物を指し示す。

「ナタリアはともかく、エルーカは何の用だ？　そもそもその大荷物は？」

「ああ、これ？　うーん、あたしは後でいいから、ナタリアちゃんが先に渡しなよ」

「それじゃあお言葉に甘えて……」

エルーカと目配せして、ナタリアはよいしょっとリュックサックを下ろす。

ガサゴソとあさって取り出すのは、綺麗にラッピングされた長方形の箱だった。

それをシャーロットに差し出して、にっこりと笑う。

「どうぞ、ねえさま。ちょっと早いですが、お誕生日のプレゼントです」

「えっ⁉」

シャーロットは目を丸くして固まってしまう。

おずおずと箱を受け取って、ナタリアと箱を見比べた。

「お、お誕生日……私に、ですか？」

「はい。これまでちゃんとお祝いできなかった分、今年はめいっぱいねえさまのお誕生日をお祝いしようと思いまして。よかったら開けてみてください」

「は、はい」

ナタリアに急かされるまま、シャーロットは箱を開く。

中から現れたのは一枚の鏡だ。とはいえただの鏡などではなく、特別な魔法がかけられているのはアレンの目から見て明白だった。

「これ、魔法の鏡なんです。人工精霊がついているので調べ物も教えてくれるし、遠く離れた相手とも話ができるんですよ」

「すごい！　こんな貴重なもの、本当にいただいてもいいんですか？」

「もちろん。私が作った品ですから」

ナタリアはふふんと得意げに笑ってから、もじもじと指をすり合わせる。

「そのかわりと言ってはなんですが……たまに、わたしとお話ししてくれたらうれしいです。わたしも同じものを持っているので」

「本当ですか⁉　もちろんです。たくさんお話ししましょうね、ナタリア」

「っ……はい！　ねえさま！」

姉妹は仲睦まじく笑い合う。

つい先日の一件を経て、ずいぶん仲が深まったようだ。

そんな、本来ならば微笑ましいはずの光景を――アレンはすぐそばで、渋面を浮かべて見つめていた。

（くっ、そう来たか……！　ナタリアならばシャーロットの誕生日を知っていても不思議ではないが……完全に出遅れた！）

シャーロットの誕生日という一大イベントに、何の準備もできていない。

これでは恋人どころか保護者としても名折れである。

早くなんとかしないと、とやきもきしていたところで――エルーカが持ってきた箱のひとつをずいっと突き出す。

「それで、あたしからもお誕生日プレゼント。お料理道具セットね」

「何⁉」

「エルーカさんまで⁉」

箱には鍋やらナイフやらが大量に詰まっていた。

のぞき込んで目を輝かせるシャーロットに、エルーカは得意げに解説してみせる。

「魔法道具だから、温めたり凍らせたりが簡単にできるんだー。他にも便利な機能付き。最近お料理勉強してるんでしょ？　ちょうどいいかと思ってさ」

「すっごく便利そうです！　ありがとうございます！」

「それで、こっちの大きな箱はパパからの魔法の教科書と、ママからの魔物使いの本ね。分からないことがあったらいつでも聞いて、だってさ」

「あっ、ねえさま。クリスからもプレゼントを預かっています。珍しい花の種だそうです。あとはうちの舎弟一同からお菓子の詰め合わせが……」

「あと、パパとママから追加で可愛い服とか雑貨とかいろいろ……」

「えっ、えっ……えええっ⁉」

ふたりにどさどさとプレゼントを渡されて、シャーロットは目を丸くするばかり。

あっという間に鍋やら花やら服やらの贈り物に囲まれた。

「待て待て待て⁉」

そこでおもわずアレンは声を上げてしまう。

「どうしておまえや叔父上たちが、シャーロットの誕生日を知っているんだ⁉」

「えっ。どうして、って……」

エルーカは『なに言い出すんだろ、この人』といった目を向けて、平然と言う。

「この前シャーロットちゃん、うちの学院に偽名でもぐり込んだじゃない？　その公文書を作るときに聞いたんだよ」

「クリスたちには私が教えました。お世話になったからお礼がしたいと言いまして」

「なっ、なんだと……！」

ナタリアはまだいいだろう。

だがエルーカや義父のハーヴェイ、義母のリーゼロッテに学院の生徒たち……そんな者たちまでもがシャーロットの誕生日を知っていたというのは、かなりの衝撃だった。

顔面蒼白でアレンは立ち尽くすしかない。

そこで何かを察したらしく、ナタリアはニヤリとした笑みを浮かべてみせた。

「おやおや、ひょっとして大魔王……ねえさまの誕生日を知らなかったとか？」

「ぎくっ!?」

「へえ……恋人というのはそんな体たらくでも務まるものなのですねえ……へえ？」

「ぐっ、ううう……！」

完全に、小姑にいびられる婿そのものだった。

しかしナタリアの言葉が正論すぎて何の弁明も浮かばない。

ゴウセツも床に膝をつき、この世の終わりのようなうめきを上げる。

『くっ……主の祝い事に進物ひとつ用意できぬなど、臣下の名折れ……このゴウセツ、一生の不覚でございます……！』

『みんなママにプレゼントあげるの？　だったらルゥも！　ルゥもなにかプレゼントする！』

「い、いえ、そのお気持ちだけで十分──」

「そういうわけにはいかん！」

慌てるシャーロットの手を、アレンはがしっと握る。

真剣な顔で告げるのは決意そのものだ。

「待っていてくれ、シャーロット。最高の誕生日プレゼントを用意してみせる！」

『儂もこの世にまたとない宝物を奉納いたします！』

『ルゥは母上に相談してくる！』

「みなさん……」

シャーロットはじーんとしたように目を潤ませる。

そんな必死の三者を見て、ナタリアは不敵な笑みを浮かべてみせた。

「いいでしょう。それじゃあ、誰のプレゼントがねえさまに一番喜んでもらえるか……勝負といこうではないですか！」

「望むところだあ！」

かくして波乱の誕生日が幕を開けた。だがしかしこのときはまだ誰も、それに付随して勃発する大事件についてまったく予期できていなかった。

それから数時間後――。
「で、できた……！」

アレンは屋敷の奥まった場所にある研究室にいた。

かすれた声をこぼし、ぐっと拳を握りしめる。

日ごろは魔法薬の調合などに使う場所で、危険な薬品なども多いのでシャーロットたちには立ち入らないように伝えている。部屋のあちこちには怪しい実験器具やらフラスコ、魔法の窯などが所狭しと並んでおり、それらは今フル稼働中だった。

中でも特に目立つのは、部屋の中央に鎮座する巨大なガラス製の培養槽だろう。

ぶくぶくと泡立つ怪しいライムグリーンの液体で満たされたその中には小さな影が浮かんでいる。アレンはそれを満足げに見つめ、バインダーに挟んだ紙にメモを書いていく。

「よし、これであとは微調整をして――」

「へー。なかなかの出来栄えじゃないですか」

「うおわっ⁉」

急に背後から話しかけられて、おもわずバインダーを取り落としてしまう。

慌ててばっと振り返り、アレンはぎょっと目を丸くする。

「ど、ドロテア……⁉　おまえ、生きていたのか⁉」

「勝手に殺すんじゃねーですよ」

半眼を向けてくるのは、ダークエルフのドロテアだ。

のびきったシャツに素足というズボラなスタイルは相変わらずである。

彼女はこの屋敷の元所有者だ。地下で引きこもっていたせいで誰にも気付かれないまま失踪扱いとなり、屋敷が売却されてアレンが住むこととなった。

それで屋敷の所有権を巡ってちょっとした一悶着があったのだが……結局色々あって、この屋敷から姿を消していた。

ドロテアはさっぱり笑って言う。

「いやー、娑婆の空気はうまいっすね。仕事の方が落ち着きましてね、ヨルさん……担当編集の許可も出たことですし、こうして帰ってきたってわけですよ！」

「帰ってきたって……おまえ、結局ここに住むつもりなのか」

「当たり前っすよ。あっ、でもおかまいなく。ボクはずーっと地下にこもりっきりだと思うんで。数年に一度くらいは日の光を浴びよーかなあ、とは思いますけど」

「セミか何かか、おまえは」

一応、ダークエルフは希少種で、こうして人里に降りることなど滅多にない。会って話せるだけでも貴重な経験だ。だがしかし、一切ありがたみがないのはなぜだろう。

アレンが渋い顔をしていると、ドロテアは興味深げに培養槽をのぞき込む。

「ところでこれ、よくできてますけど……アレン氏は、何でまたこんなものを作っているんです？」

「ああ、これはだな――」

アレンは手短に説明する。

シャーロットと色々あって恋仲になったこと。しかし彼女の誕生日が明日だと知らなかったこと。その誕生日プレゼントを準備していたこと。

そんなことを語れば、ドロテアはますます首をかしげてみせた。

「つまり……その誕生日プレゼントが、このホムンクルスなんすか？」

「そのとおり！」

アレンは堂々と培養槽の中を指し示す。

緑の培養液の中には、小さな人影が膝を抱えて浮かんでいた。

見た目年齢十歳ほどの女児だ。目を固く閉じて、こんこんと眠っている。

とはいえ本物の人間ではない。

魔法と錬金術の粋を集めた結果生み出された人造のヒトガタ――ホムンクルスだ。

あとは仕上げに擬似的な魂を込めれば、簡単な家事程度なら問題なくこなしてくれる。

「シャーロットの手伝い用に作ったんだ。あいつは面倒見がいいし、子供型の方が馴染みやすいかと思ってな」

「それはかまわないと思うんですけど……うーん」

今回作ったホムンクルスの出来は、アレンがこれまで作った作品の中でも随一のものだ。

しかしドロテアは渋い顔をして、じーっと培養槽の中を凝視するばかりだった。

アレンは眉を寄せる。

「なんだ、動作におそらく問題はないぞ。それともダークエルフなりに気付いた点でもあるのか？」

「いやー、エルフとかどうとかじゃなく、一般的な視点になるとは思うんですけどね？」

どれだけ社会不適合者だろうとエルフはエルフ。

そんな相手からの指摘なら、まず間違いなく参考になるはず。

そう期待してドロテアの発言を待つアレンだったが——彼女がおずおずと発した言葉に、目が点になる。

「このホムンクルス……シャーロット氏に激似ですよね」

「…………は？」

言われてすぐには、その言葉の意味が理解できなかった。

アレンは数秒固まってから、ゆっくり培養槽の中へ視線を向ける。

そこに浮かび、眠り続けるホムンクルスの女児。

そのあどけない顔立ちは——たしかにシャーロットそっくりだった。

髪が白いことを除けば、彼女の子供時代の姿だと言われても信じたかもしれない。

アレンはごくりと喉を鳴らして言葉を絞り出す。

「似て……る…………な」

「あっ、やっぱり無意識っすか」

ドロテアは合点がいったとばかりにぽんっと手を叩く。

「ホムンクルスの容姿って製作者のイメージに添うものですからねー。プレゼントの相手を思い浮かべながら作ったら、そりゃーこうなりますか。いやーラブラブで何よりっすね！　あとでじっくりその過程を根掘り葉掘り聞かせてもらわないと！」

メモ帳を取り出して何やらきゃっきゃとはしゃぎ始める彼女の本業は、たしか恋愛小説家だった。

そんな益体のないことを思い出しつつ、アレンは両手で顔を覆いながら口を開く。

「なあ……ドロテアよ」

「なんすか、アレン氏」

「恋人の誕生日に……恋人そっくりのホムンクルスを贈る男がいたら、どう思う？」

「ええー、そうっすねえ。率直に言わせてもらえれば……」

ドロテアは思わせぶりに考え込んで、すっと真顔を作って断言する。

「ドン引き案件っすね」

「やっぱりな‼」

絶叫とともにバインダーを床へと叩き付けたのとほぼ同時、夕暮れに染まる窓の向こうでカラスが鳴いた。

シャーロットの誕生日まであと六時間を切った。

◇

「いやー、なんだか悪いっすねえ。ボクまでご相伴に与ったりして」

「いえ、せっかく帰っていらしたんですし遠慮なさらず」

ドロテアのグラスにぶどう酒を注ぎ、シャーロットはにこにこと笑う。

全員で囲むリビングのテーブルには、色とりどりの料理が所狭しと並んでいた。誕生日は明日だが、せっかくナタリアとエルーカが来たのだからとシャーロットが張り切ったらしい。

妹コンビも手伝ったようだ。

だがふたりは料理に手を付けることもなく、神妙な面持ちでヒソヒソと尋ねてくる。

「おにい、ダークエルフなんかといつの間に知り合ったわけ？　パパでもなかなか会えないレア種族だよ？」

「わたしも実物は初めて見ます……これが《叡智の守人》と名高いダークエルフですか」

「ああ、うん……」

アレンは生返事をするしかない。

中古の屋敷を買ったら付いてきた、なんて説明しづらいことこの上なかった。

おまけにシャーロットへの誕生日プレゼントが未だに決まらずにいるため、ますます口数が減るというものだ。

（ぐぐぐ……どうする⁉　ホムンクルスはお蔵入りだし……何を贈ればいいんだ！）

処分するのは心苦しかったので、あのホムンクルスはそのまま研究室に置いてある。しかし、あれをプレゼントするわけにはいかない。

シャーロットは素直に喜んでくれるだろうが、他の女性陣はドン引きだろう。特にこれ以上ナタリアからの株が下がっては堪ったものではない。

そんなふうに苦悩するアレンをよそに、ドロテアは「そういえば」と指を鳴らす。

すると虚空からリボンの巻かれた本が落ちてきた。それをシャーロットへにこにこと差し出す。

「シャーロット氏、明日が誕生日なんすよね。はいこれ、ボクからのプレゼント。ボクが書いた新作の恋愛小説です」

「わあ！　いいんですか⁉」

それを受け取って、シャーロットは飛び上がらんほどに喜んだ。

顔をほころばせて、本をぎゅっと抱きしめる。

「ドロテアさんの本、物置でたくさん見つけたから少しずつ読んでいたんです。とってもロマンチックでドキドキして……新しい本もとっても嬉しいです！」

「いやあ、こちらこそありがとうございます。シャーロット氏とアレン氏のおかげで、今回の新刊ができたようなもんっすから！」

「えっ、そ、それはどういうことですか？」

「その本、おふたりをモデルに書いた本なんで。そりゃもーデロデロ甘々に仕上げさせていただきましたよ！」

「えええええっ⁉」

「は……？」

満面の笑みでサムズアップしてみせるドロテアに、シャーロットは悲鳴のような声を上げる。

アレンとしても見過ごせなくてガタッと腰を浮かせてしまった。本の内容を確かめようとしたところで――。

『プレゼントでしたら儂らを忘れてもらっては困りますな！』

『ルゥもー！』

バーンと扉が開き、ゴウセツとルゥが現れた。

シャーロットへのプレゼントを用意すべく、朝から出かけていた二匹である。どちらも風呂敷包みを背負っており、急いで戻ったのか体のあちこちに葉っぱをくっつけたままだった。

そんな二匹に歩み寄り、シャーロットはゴミを払ってやる。

「おかえりなさい、ふたりとも。埃だらけですし、あとで一緒にお風呂に入りましょうね」

『ありがたき幸せ。ですがその前に我らのプレゼントを受け取っていただけますと、幸甚にございまする』

『ママ！　プレゼント持ってきたよ！　もらってもらって！』

「ふたりとも……ありがとうございます」

じーんとするシャーロットを前にして、二匹はいそいそと風呂敷包みを開く。

『まずは儂から献上させていただきましょうかな。最初はどこぞの城でも落として差し上げようかと思ったのですが……』

「つ、謹んで辞退します……」

『そうおっしゃると思って、ひとまずこちら』

ゴウセツは丸っこい前足でペンダントを差し出してみせた。細いチェーンに、ダイヤモンドのような煌めく石が繋がっている。

それをおずおずと受け取って、シャーロットは目を丸くした。

「これってまさか宝石ですか？　こんな貴重なものを受け取るわけには……」

『なあに、宝石ではございませぬよ。儂ら地獄カピバラの歯は、よく磨き上げるとこのように透明な石となるのです。それを加工してペンダントにいたしました』

このとおり、とゴウセツは口を大きく開いてみせる。

綺麗な歯並びの中、前歯の一本がなくなっていた。

『ちなみに我らの歯は三日で生えかわりますゆえご安心を。御守りとしても用いられる品でございますよ』

「そ、そうですか……じゃあ、ありがたくいただきます。キラキラしてて、とっても綺麗です！」

『喜んでいただけて光栄でございます』

シャーロットに頭を撫でられて、ゴウセツは目を細めて喉を鳴らす。

そこにルゥが待ちきれないとばかりに割り込んだ。

『ルゥのも見て見て！　ルゥはね、母上と兄弟たちとそうだんして……じゃーん！』

「わあ、マフラーですか？」

ルゥが出してきたのは、金と銀の毛が入り交じったふかふかのマフラーだ。

心地よさそうに頬ずりするシャーロットに、ルゥは声を弾ませて言う。

『うん。みんなの毛を集めて、母上があんでくれたんだー。母上、人間にも化けられるから器用なんだよ』

「ふかふかです……！　今度お母様たちにお礼を言いに行かなきゃですね」

『来て来て！　母上も兄弟たちも、ママにもう一回あいたいっていってたよ』

『儂もご挨拶に行きたいですな。ルゥどのにはお世話になっておりますし』

ひとりと二匹はきゃっきゃとはしゃぐ。

一見すると微笑ましい光景だが、その他の面々は絶句していた。

エルーカとナタリアは、顔を引きつらせてひそひそと言葉を交わす。

「シャーロットちゃん、すごいプレゼントもらってるねえ……」

「ええ……金貨何百枚になるんでしょうね、あの二品……」

片や地獄カピバラがよほど気を許した主人にしか与えないという伝説級のレア装飾品で、片や絶滅危惧種のフェンリルの毛だ。どちらも市場に出れば、好事家たちが目の色を変えて金を積むだろう。

（ちょっと待て……俺はあいつら以下なのか？）

二匹とも心のこもった唯一無二のプレゼントを用意できて、シャーロットに喜んでもらえている。本を贈ったドロテアも同様だ。

それに対して自分は……とアレンは柄にもなく、ずーんと落ち込んでしまう。

そんな三者三様の空気の中、ドロテアは少し驚いたような声を上げるのだ。

「話には聞いていましたけど、フェンリルと地獄カピバラの両方に懐かれるってどういうことなんです？　千年くらい生きたボクでも知らねーっすよ、そんな傑物」

「むう。ダークエルフのドロテアさんが仰るなら、やはりよっぽどのようですね……」

ナタリアはかぶりを振り、神妙な面持ちで小さな顎を撫でる。

「ひょっとすると、ねえさまはうちの血筋が強く出ているのかもしれません」

「ほう、何か特殊なお家柄なんすかね。差し支えなければ教えていただけませんか？」

「一応、ニールズ王国のエヴァンズ家です」

「エヴァンズ……あー！　あの、聖女リディリアの！」

「聖女……？」

聞き慣れない単語に、アレンは首をひねる。

「リディリア・エヴァンズ。三百年ほど前、我がニールズ王国を救った英雄です」

遙か昔の人物だが、その名を知らない者はニールズ王国にはいないという。

弱冠十歳という若さで魔法を究め、大の大人が束になっても敵わなかった。

彼女の言葉はどんな粗暴な者の心も動かし、あらゆる魔物を手懐けた。

当時国を襲った魔物の一団をたったひとりで相手取り、無血で追い返したこともある。その甲斐もあって救国の聖女として、当時一躍その名を轟かせたらしい。

アレンもさすがにその逸話くらいは聞いたことがある。

「まさか、それがおまえたちの先祖だったとは……」

「いいえ。リディリアは若くして流行病で亡くなったので、今のエヴァンズ家は彼女の弟が継いだものです」

もともとエヴァンズ家は貴族と言ってもかなり下級の家柄だったらしい。

しかしリディリアの活躍が高く評価され、一気に公爵の位にまで上り詰めた。それからも王家と密接な関係を保ち、今の地位を築いたという。

「とはいえ曲がりなりにも聖女を輩出した血筋。うちの家系には、神がかり的な力を有する者が時折生まれるらしいです。ねえさまもその一例でしょう」

「そんな大袈裟な。私なんて、ただゴウセツさんやルゥちゃんとお話しできるだけですよ」

「ねえさまはそう仰いますが……わたしはずっと疑問だったのです」

ナタリアはかぶりを振り、真剣な顔で問う。

「ねえさま、半年ほど前にあのクソ馬鹿ゴミ屑王子に貶められて、城の牢獄に入れられましたよね？」

「お、お口が悪いのはダメだと思いますけど……それがどうかしましたか？」

「ではその牢獄から……ねえさまはいったいどうやって逃げ出したのですか？」

「へ？」

シャーロットは目を丸くしてきょとんとする。

「それは前に聞いたぞ。たしか見張りの隙を…………うん？」

口を挟んだアレンだが、自分の言葉に疑問を覚えて首をかしげてしまう。

かつて行き倒れていたシャーロットを拾ったとき、彼女は『見張りの隙を突き、こっそり逃げてきた』と言った。

その言葉に嘘はなく、アレンはそれをそっくりそのまま信じていたのだが――今改めて考えてみると、絶対におかしい。

「王城の牢屋だよな……？　逃げ出す隙なんか普通あるか？」

しかもシャーロットは国家転覆を企てた悪女で通っていた。

そんな罪人を拘束したともなれば、きっと多くの兵士が見張りに当たったことだろう。

当時誰ひとりも味方がおらず、魔法のひとつも使えなかったシャーロットが逃げ出せたとは考えづらい。

「それ、私も気になってたんだよねー」

エルーカも興味津々とばかりに口を挟む。

「シャーロットちゃんのこと、色々調べてみたんだよ。でもどうやってお城から逃げ出したのかがまったく分からなくってさ。それなりに警備は厳重だったはずなのに」

「え、えっと、普通に、こっそり出てきただけなんですけど……」

全員の注目を集めつつも、シャーロットは何でもないことのように言う。

「気付いたら檻の鍵が開いていて、見張りの兵士さんたちがみんなお昼寝していたので……こっそり出てきたんです。すっごくラッキーでした」

「幸運とか、そんな次元じゃないからな⁉」

その後もなんとなく安全そうだと思う道を選んでいくと、一切人と出くわさなかったらしい。

そうして無事に城の外まで逃げおおせ、止まっていた行商人の馬車に潜り込んで、国外逃亡に成功したという。

あまりにもデタラメな話である。アレンもシャーロット以外の口から聞かされていたら「嘘つけ!」とでもツッコミを入れていただろう。

しかし相手はシャーロット。やはりその言葉に嘘はない。

全員それが分かるのか、神妙な顔を見合わせるばかりだった。

「聞いたら聞いたで、さらに謎は深まるばかりだねえ。そんな偶然ありえないでしょ」

「ちなみに、そのとき監視に当たっていた兵士はみな『気付いたら意識を失っていた』と証言したらしいです」

「やっぱりお城の警備って激務なんですねえ……みなさんすやすやと気持ち良さそうに寝てらっしゃいましたよ」

「絶対にただの疲労じゃないと思うよ、シャーロットちゃん」

「当時、ねえさまが何かおかしな魔法を使ったのではないかと騒ぎになったのですが……身に覚えはなさそうですね」

ナタリアとエルーカが難しい顔をする中、ひとりもさもさとサラダを食べていたドロテアが顎を撫でて唸る。

「ふむふむ、なるほど。ひょっとするとシャーロット氏には、もっと未知の力があるのかもしれないってことっすね」

「ありますかねえ……？」

シャーロットはいまいちピンと来ていない様子で、小首をかしげるだけだった。

そんな彼女を見て、アレンはふと思い当たることがあった。

（ひょっとすると……シャーロットは、その聖女リディリアの生まれ変わりなのでは？）

転生というのは別段珍しい現象ではない。

アレンの周囲にも前世の記憶を有する者が何人もいる。

そして中には前世で有した特殊な力に目覚める例もあり……シャーロットのこれまでの行いを見るに、あながちありえない話でもなさそうだ。

エルーカやナタリアも何か思うところがあるのか、じっと考え込んでしまう。

リビングにはドロテアが野菜を咀嚼（そしゃく）する音だけが響き――。

『もー！　なんだかむずかしいお話してる！　そんなことより、ルゥはママのおたんじょーび、おいわいしたい！』

「わわっ！」

沈黙に飽きたルゥが、シャーロットにぐいぐい頭を押し付けて甘えにいく。

それを見てアレンはふっ、と笑みをこぼしてしまう。

「ルゥの言うとおりだな。誕生日は明日だが……これまでの分も合わせて今日もしっかり祝わねばならん」

『でしょ？　母上にね、たんじょーびのこと聞いてきたんだ。大事な日だって、母上も言ってたよ』

「ルゥちゃんのお母さんは人間のことにもお詳しいんですか？」

『うん。昔、人間のおともだちがいたんだって』

ルゥはふんす、と得意げに鼻を鳴らす。

その子供らしい仕草に、アレンもシャーロットも頬が緩んだ。

しかしそのほのぼのとした空気は、ルゥの明るい声で凍りつくこととなる。

『それでね、母上言ってたよ。ツガイのオスは、ツガイのメスのたんじょーびに、だれよりすごいプレゼントをあげるんだって！　ママはアレンから何もらったの？　おいしいもの？』

「えっ、えっと……」

シャーロットが少し口ごもり、ちらっとこちらを見やる。

その青い瞳と視線が交わって、アレンはびしっと凍りついた。

（し……しまったあああ！　結局までプレゼントが決まらないままじゃないか……!?）

聖女とか生まれ変わりとか、そんなことは些末な問題だった。

冷や汗をだらだらと流して固まるアレンに、ナタリアがこそこそと耳打ちしてくる。

「トリを譲ってあげたのですから、ちゃんと恋人としてねえさまを喜ばせるんですよ。分かっていますね、大魔王」

「ぐっ……！」

その言葉からは、なんだかんだ言ってアレンのことを信頼していることがありありと読み取れて……余計に胃にグサッときた。

いくつもの期待の眼差しがアレンに突き刺さる。

用意したプレゼントの真相を知るドロテアだけが『え、マジであのシャーロット氏激似のホムンクルスを出すんすか？　それとも他の策がおありで？』なんてハラハラするような視線を投げかけてきた。

（ええい……！　考えろ！　俺が今出せる、価値のあるものと言えば……!?　ホムンクルス以外で……！）

アレンは人生最高速度で脳を働かせる。

とはいえこれまでシャーロットには様々なものを贈ってきた。お菓子にケーキ、洋服に魔法の杖……そのあたりを今さら渡しても特別感はないだろう。

そうなると手持ちのカードで切れるものは、もうこれしかなかった。

アレンは席を立ち、シャーロットのそばまで歩み寄る。

どこかそわそわした眼差しを向ける彼女の手を取り、そっと品物を載せる。

「シャーロット……これを」

「これって……お屋敷の鍵ですか？」

「ああ」

シャーロットに鍵を握らせ、アレンは真顔で続けた。

「俺が現時点で所有する、もっとも資産価値の高いものがこの屋敷だ。置いてある魔法道具や資材などを含めると、ざっと金貨一万枚くらいにはなるだろう。おまえにやるから、煮るも焼くも好きにしてくれ」

「う、受け取れません……！」

シャーロットが裏返った悲鳴を上げて、部屋中に『こいつは本当に……』という呆れた空気が満ちた。

こうして前夜祭はつつがなく進み、夜が更けた。

リビングのソファーにて、アレンはどんよりとうなだれる。

目の前のテーブルには誕生日祝いの品々が、山のように積み上げられていた。

「本当にすまない……誕生日プレゼントとして財産分与を提案するなど、さすがにどうかしていたと思う……」

「い、いえ、私の方こそ、受け取る勇気が出ずにすみません」

隣に座るシャーロットがおろおろと慰めてくれるのだが、その優しさが心にグサッと刺さった。

結局、あのあともまともな品が思いつかず、今日集まったメンバーの中で唯一アレンだけがシャーロットへのプレゼントを渡せずにいた。

ため息をこぼし、ふとアレンは部屋を見回す。あれだけ賑やかだったリビングは、他の人影がひとつもなく、しんと静まりかえっていた。

「そういえば、他の奴らはどうしたんだ？」

「ナタリアとルゥちゃんはもう休みました。エルーカさんたちは二次会だーって街に行かれましたよ」

「元気だなあ、あいつら……そろそろ日付が変わる頃合いだというのに」

義妹とダークエルフと地獄カピバラの飲み会。なかなか濃いメンツである。

今にも深夜零時を指そうとしている時計を見やって嘆息するアレンだが、しかしそこでふと気付く。

（さては……ふたりきりになれるよう、気を遣われているのでは？）

全員から『なんとかしろ』という無言の圧力を感じ、また胃がキリキリと痛んだ。

そんな折、シャーロットが隣で改まった様子で口を開いた。

「いろいろ考えてくださってありがとうございます。でも、プレゼントなんて今さらいいですよ。アレンさんからは、もうたくさんのものをいただきましたし」

「そういうわけにはいかん。そもそもこれまでだって、たいしたものは渡せていないんだからな」

街のケーキやお菓子、服や髪飾り、本や魔法の杖……込めた想いは山より大きいが、それほど高価なものはない。

そう言うと、シャーロットは首を横に振ってみせた。

「それだけじゃありません。もっと素晴らしいものをたくさんいただきました」

「そうだったか……？　まるで覚えがないんだが」

「物じゃないから、ピンとこないのかもしれませんね」

首をひねるアレンの顔をのぞき込み、シャーロットは少しはにかんで告げる。

「アレンさんは私に……家族をくれたじゃないですか」

「家族……？」

思ってもみなかった単語に、アレンは目を瞬かせる。

「たくさんの人と食卓を囲むなんて、昔は考えもしませんでした。あったかくて、やさしくて……すっごく美味しいご飯でした。他にも、アレンさんからいただいたものはたくさんあります」

勉強の楽しさに、昼寝の心地よさ。

どこかへ出かけるワクワクや、何気ない会話を重ねる喜び。

全部アレンにもらったものだと、シャーロットは楽しそうに指折りゆっくり数えていった。

「アレンさん、前に言ってくださったじゃないですか。『世界一幸せだと、胸を張って言えるようにしてやる』って」

それは彼女を拾ってすぐのころ、ありとあらゆる幸福を味わわせると誓った言葉。

シャーロットは幸せを数えたばかりの指先で、アレンの手をそっと握る。

「私はもう、世界で一番幸せです。だからこれ以上何もいりません。十分なんです」

「シャーロット……」

その笑顔に、アレンは言葉を詰まらせた。

シャーロットの言葉に嘘はなかった。心の底から、自分は幸せだと思ってくれている。

うつむいてばかりいた少女が、わずか半年という短い期間で、まさかここまで変わるとは。

胸がいっぱいになるものの――アレンはシャーロットの手を強く握り返し、真顔で告げた。

「まあそれはそれとして、なんと言われようが誕生日プレゼントはきっちりと渡すからな」

「は、はい。アレンさんならそうおっしゃると思ってました」

シャーロットはやや引き気味の笑顔で、こくこくとうなずいてみせた。

アレンの頑固さは重々承知しているようで何よりだ。

「おまえは世界で一番幸せだと言うが、俺に言わせればまだ序の口だ。今後もみっちりイケナイことを教え込んでさらなる堕落を味わわせてやるから覚悟しろよ」

「ふふ、これ以上のことを教えてもらえるんですか？　ドキドキです」

「もちろんやるとも。残りの人生すべて費やす覚悟だ」

アレンはニヤリと笑うのだが、途端に現実を思い出して肩を落としてしまう。

「まあ、まずは誕生日プレゼントで悩むところだがな……さて、本当にどうしたものか……」

「な、なんでもいいんですよ？　アレンさんからいただけるものなら全部嬉しいです」

「だからこそ考えるんだ。なにしろここで下手を打てば、俺はあの社会不適合エルフ以下になってしまうからな……！」

エルフが人間社会に適合しすぎるのも、それはそれで変な話だが。

ドロテアまでもがしっかりシャーロットの誕生日を祝って喜んでもらえていたので、なんとしてでも負けるわけにはいかなかった。恋人としての矜持はもちろんのこと、人間の尊厳がかかった戦いである。

「たしかにドロテアさんからもお祝いしていただけるなんて驚きました。いただいたご本、まだ全然読めていませんけど」

「俺たちをモデルにして書いた、とか言っていた本か……」

「はい。えーっと……ありました。こちらですね」

机に積み上がったプレゼントの山から、シャーロットは目当てのものを探し出す。

しっかりした装丁の分厚い本だ。裏表紙には『厭世家の魔法使いと純粋な少女が出会い、恋に落ちる物語』などというあらすじが書かれている。

シャーロットは目をキラキラさせて言う。

「私たちのことが書かれた本なんて面白そうです。せっかくですし、一緒にちょっと読んでみませんか？」

「……チェックする必要はあるだろうな」

アレンはげんなりとうなずいてシャーロットが膝に載せた本をのぞき込む。

どんな内容が書かれているのか確かめて、最悪の場合は訴訟も辞さない覚悟だった。

（だってあのドロテアだぞ……どうせろくでもない内容に決まってる。むしろちゃんと本の体裁を取れているのか）

そんな決めつけをする横で、シャーロットがわくわくと本を開く。

そしてふたりともページを開いたまま、ぴしっと固まることになった。

「…………」

「…………」

重い沈黙が部屋を支配する。

あまりにお粗末な文章に呆れかえったからだとか、本を開けた瞬間に催眠魔法が発動したからだとか……そんなくだらない理由ではない。

なんと一ページ目の挿絵から、男女のキスシーンがでーんと大きく載っていたのだ。

ムード満点で、周囲には花が散っている。どんなに和やかな空気だろうと、さすがにこれは凍りつく。

（あ、あのクソエルフううううう⁉　なんてものを誕生日プレゼントによこすんだ⁉　あと……なんで挿絵の男女を俺たちに寄せた⁉）

片やローブを来た白黒髪の男で、片や金髪の可憐な少女。

どこからどう見てもアレンとシャーロットだった。知り合いが見れば「あいつらじゃん」と一発で気付くくらいにはそっくりだ。たぶん、訴えたら勝てる。

（き、気まずすぎる……！　こういうことは未経験だというのに……！）

付き合い始めて、ようやく二ヶ月。

互いに初心すぎるため、まだそうした行為には踏み切れていない。ゆくゆくは……とは思っていたが、まさかこんな形で意識させられるとは思わなかった。

ごくりと喉を鳴らし、ちらりとシャーロットの顔をうかがってみる。

案の定、シャーロットも顔を真っ赤にして挿絵を見つめていた。しかし、ゆっくりとその目線がこちらに向けられる。唇をかすかに震わせて、シャーロットは小声でアレンにこう問いかけた。

「こ、こういうのも、イケナイこと……です……か？」

「は……？」

嫁入り前の令嬢（元・婚約者持ち）とキスをする。

どう考えても不道徳かつ破廉恥な行為だ。

日ごろアレンが言っているような『イケナイこと』とは一線を画するジャンルである。

「そ、そりゃ……イケナイこと、だな……大人がするタイプの……」

「そ、そう、ですか……」

つっかえながらも返答を絞り出すと、シャーロットは噛みしめるようにうなずいた。

また再び挿絵に目を落とし、しばし沈黙。そうしてまたアレンを見やる。

その頬はほんのり桃色に染まっていて、彼女は口を開く。

「わ、私、明日で十八歳になるんです……大人に、なります……」

「だ、だな……」

「だから……その」

ぐっと言葉を切ってから、シャーロットは上目遣いで問いかける。

「こういう、大人のイケナイことも……アレンさんが、教えて……く、くださるん、です、か……？」

「…………」

そのときの心境を後に振り返り、アレンは「悟りとはああいうことを指すのだろうな……」と独りごちた。胸に去来したのは『完全なる無』であり、一切何も考えることができなくなった。心臓どころか、あらゆる臓器が活動を停止した。

石像のように凍りつくアレンを前にして、シャーロットの顔がぽふっと音を立てて真っ赤に染まる。

「あっ、その、い、今のは忘れてください！　私ったらなんてはしたないことを――」

「シャーロット」

「はっ、はい……！」

しどろもどろで弁明するシャーロットの肩に両手を乗せる。

真正面から見る彼女の顔は茹でダコのように真っ赤だが――自分の顔も同じくらい真っ赤に染まっているだろうと確信していた。それでもアレンは喉を震わせて言葉を紡ぐ。

「今、教えても……かまわないか？」

あまりに突発的すぎるし、もっとムードのある場所で申し出るのがスマートだし、そもそもお前だって初めてなのに『教える』とはどういう了見だなどと、冷静な自分がやいやいとツッコミを入れる。

それでも、アレンはここで逃げるわけにはいかなかった。

シャーロットはしばしぽかんと目を丸くして固まっていた。

しかしアレンの覚悟が通じたのだろう。やがてか細い声で――。

「は………い」

たったそれだけ返事をして、目をぎゅうっとつむってくれた。

その素直な反応にアレンはこっそりと自嘲気味の笑みを浮かべる。

（誕生日プレゼントにファーストキス……我ながらキザったらしいにもほどがあるな

……）

それでも、アレンにしか贈れない誕生日プレゼントには違いないだろう。

時計をちらりと確認すると、もうあと一分もしないうちに次の日——シャーロットの誕生日だ。

アレンもとうとう覚悟を決める。シャーロットと同じように目をつむり、そっと顔を近付けた。

互いの吐息が頬を撫で、その距離がゆっくりとゼロに近付いていくのが肌で分かる。

痛いほどの緊張が伝わる。心臓の音がうるさい。それでもあと数ミリで唇と唇が触れる。

そこでついに時計の針が零時を指して鐘が鳴った。

その、瞬間——。

「頭が高いわあああああ！」

「へっ⁉　うっ、ぎゃあ⁉」

アレンは首根っこを掴まれて、綺麗な投げ技を決められた。

あまりに咄嗟のことで受け身をとることもできず、背中から床に落ちる。衝撃で息が詰まりつつも、頭の中は疑問でいっぱいだった。

（えっ、なんだ⁉　俺は今、何かまずいことでもしたか⁉）

キスの作法など知るわけがない。

それで何か粗相をしてしまったのかと思ったが……すぐに違うと分かった。

苦悶に呻くアレンのことを、シャーロットが目をつり上げて睨みつけていたのだ。

腕を組んで立つその姿は、威厳と自信に満ち溢れている。

（こいつは……いったい誰だ⁉）

シャーロットにしか見えないが、シャーロットであるはずがない。アレンはそう直感する。

目を白黒させるアレンに向けて、その謎の存在はびしっと人差し指を突きつけた。

「この無礼者め！　今わらわに何をするつもりで………おや？」

そこで言葉を切って、何かに気付いたようにしてあたりを見回す。

そうしてシャーロット（？）は合点がいったとばかりに顎を撫でるのだ。

「おっと、まずい。表に出てきてしもうたか。シャーロットが年を重ねた弾みかのう」

「お、表……⁉　な、なんだいったい⁉　突然どうしたんだシャーロット！」

「悪いが、わらわはシャーロットではない」

シャーロット（？）は胸に手を当て、やたらとハキハキした声でこう名乗った。

「わらわの名はリディリア・エヴァンズ。三百年前を生きた聖女にして……この娘の、前世的なアレじゃ！」

「前世的なアレ⁉」

これが考えうる限り最悪のタイミングでの、元聖女とのファーストコンタクトとなった。

二章　聖女

次の日の朝。

屋敷はかつてない緊張に包まれていた。

静まりかえったリビングに、軽快な足取りが近付いてくる。

「おはよう、者ども！」

ばーんとドアを開いて現れるのはシャーロット……ではなく、シャーロットの体を借りたリディリアだ。

その後からは戸惑い気味のルゥが付き従う。

「いやはや、ベッドで眠るなど久しぶりの感覚じゃった。おまけにフェンリルの子もおるとはのう。なかなかのもふもふであったぞ、褒めてつかわす」

『はあ……』

頭を撫でられて、ルゥは生返事をする。

いつもならシャーロットから撫でられるだけで喉を鳴らすものだが、今日はそういうわけにもいかないようだ。おずおずといった様子でリディリアの袖を引く。

『ママ……じゃないのか。リディリア、おはなしがあるんでしょ？』

「おっと、そのとおりじゃったな。では……む？」

リディリアは鷹揚にうなずいてソファーにでんっと座る。

そのまま話を進めようとするのだが、すぐに眉をひそめてしまう。

「ええ……？」

その視線の先には、目を丸くしたまま凍り付くナタリアがいた。

ただ呻くばかりで、まともな言葉が口から飛び出すことはない。

リディリアは小首をかしげてみせる。

「シャーロットの妹じゃな。なんじゃ、その呆けた顔は。これでは話をする気が起きんではないか」

「誰のせいだ、誰の……！」

それに、アレンが渾身のツッコミを叫んだ。

色濃いクマが目の下に刻まれており、ひどく顔色が悪い。

心労と、一晩中調べ物に追われた疲労のせいだ。その証拠に、テーブルの上には書物や紙の束が積み上げられている。

昨日いろいろあって、シャーロット……の体を借りたリディリアにぶん投げられたあと。

アレンは彼女に話を聞こうとした。

しかしリディリアは大きな欠伸をして目をこすり、待ったをかけたのだ。

『ふわあ。説明してやってもよいが……その前にいったん寝かせろ。わらわはもう眠い』

『認められるか！　今すぐに洗いざらい吐いてもらうぞ!?』

『そうは言うが、この体はシャーロットのものじゃぞ。睡眠不足は健康の大敵では？』

『ぐうっ……！　丸一日でもなんでも、好きなだけ寝ろ！』

こうして話し合いは一晩保留となって、ようやく昼前になってリディリアが起きてきた。

その間にアレンは聖女リディリアについて調べ上げ、朝になって起きてきたナタリアとルゥに事情を打ち明けておいたのだ。ふたりとも半信半疑だったようだが、実物を見て納得したらしい。

ちなみに、エルーカ、ドロテア、そしてゴウセツの三人は昨夜飲みに出かけたまま、いまだに帰ってきていない。話がややこしくなるだけなので、そこはひとまず放置している。

アレンは戸惑い気味の面々を代表し、テーブルに腰を落としてリディリアと向き合う。

「まず確認させろ。本当に、おまえは聖女リディリアなのか」

「そのとおり」

シャーロットの姿形をした者は、やけに堂々と答えてみせた。

胸に手を当てて、朗々と名乗る。

「わらわの名はリディリア・エヴァンズ。今より三百年ほど前の、ニールズ王国暦七四年生まれ。母の名はクリスティーヌ、父の名はベルドット。弟の名はロバートで――」

「ええい、もういい」

まだまだ続きそうな自己紹介を、アレンは片手を挙げて遮った。

積み上がった紙の束を拾い上げてぱらりとめくる。

あのあとアテナ魔法学院まで飛んで、書庫に忍び込んで得た調査書だ。

そこには聖女リディリアの情報がざっくりと書かれている。

「たしかに生年も家族の名前も一致する。これだけで決めつけるにはいささか根拠が乏しいが……」

もう一枚の紙をめくれば、そこにはリディリアの肖像画の写しが挟まっていた。

利発そうな目をした幼い少女は、どう見てもシャーロットにそっくりだ。

「ここまで瓜二つとあっては、信じるしかないだろうな」

「うむ。話が早くて助かるぞ、アレンとやら。褒めてつかわす」

「その姿で横柄にされると、違和感がすごいなあ……」

ふんぞり返るリディリアに、アレンは額を押さえてぼやく。

姿形はシャーロットそのままだし、声も気配も据え置きだ。

ただシャーロットが絶対にしないようなしゃべり方と表情をする。新鮮と言えば新鮮だが、慣れるまではやはり時間がかかりそうだった。

そんな中、衝撃からやや立ち直ったらしいナタリアがちょこちょこと近づいてきて、リディリアの顔をのぞき込む。

「えっと、ねえさまがあなたの生まれ変わり……ということでいいのでしょうか」

「うむ。そのとおりじゃ」

「では、あなたはシャーロットねえさまなのですか……？」

「厳密に言えば違う」

リディリアは肩をすくめ、ルゥをもふもふしながら説明する。

「この体にはひとつの魂が宿っておる。その魂はかつてわらわだったものであり、今はシャーロットのものじゃ」

「え、えーっと……？」

「つまり、ひとつの体にふたりの人格が住んでいる状態だ」

戸惑うナタリアに、アレンが補足する。

単なる生まれ変わりといっても、大きく三種類に分類される。

前世の人格がそのまま引き継がれる『継続型』。

前世の記憶だけが残り、心は現世のものとなる『新規型』。

前世の人格と現世の人格が、それぞれ独立して肉体に宿る『分離型』。

「まあつまり多重人格のようなものだな。転生者の千人にひとり、いるかいないか……という珍しい症例だがな」

「で、では、現在ねえさまはどうなっているのですか!?」

「案ずることはない。眠っておるが、話がしたいのならば起こしてやろう」

「おまえが代わりに眠るのか？」

「いいや。わらわもシャーロットと少し話がしたい。なんぞいいものは……おっ」

リディリアは部屋を見回し、テーブルに目をとめる。

そこにはシャーロットが受け取ったプレゼントが今も山のように積み上げられていた。

リディリアはその中から鏡を引きずり出す。ナタリアが作った、連絡用の魔法の鏡だ。

「ちょうどいい。これを使うか、ほいっ」

軽いかけ声とともに指を鳴らす。

その瞬間、鏡はまばゆい光を放ち、その光が消えた後――。

『あ、あれ……？』

そこにはシャーロットが映し出されていた。

ぼんやりした様子で目をこする。

『私ったらいつの間に眠って……って、わ、私がいます!?　えっ、いったいどうなっているんですか!?』

「ふふふ。こうして話すのは初めてじゃな」

悲鳴を上げるシャーロットに、リディリアは手を振って応えてみせた。

そんな一連のやりとりを見守って、アレンとナタリアはこそこそと言葉を交わす。

（今このひと、一瞬でわたしのかけた魔法を解析して割り込みましたね……）

（うーむ。やはりそれなりに腕は立つか）

昨夜投げ飛ばされたのは記憶に新しい。

それからリディリアはシャーロットに、自分がいったい何者なのかをざっくりと説明してみせた。

シャーロットは目を丸くしつつも納得したらしい。

『そうだったんですか……全然気付きませんでした』

「まあ、わらわは一切表に出てくる気はなかったゆえ無理もない」

リディリアはからからと笑う。

そうかと思えば、バツが悪そうに眉を寄せて頬をかいた。

「じゃが、かつて一度だけおぬしの体を借りたことがある。それは謝罪しておこうかのう」

『えっ……そ、それはいつですか？』

「やはり気付いておらぬか。おぬしだいぶ天然じゃものなあ」

慌てふためくシャーロットに、リディリアは苦笑する。

そこにアレンは口を挟んだ。情報は数少ないものの、簡単に予想がついたからだ。

「当ててやろうか。シャーロットが冤罪で捕まって……牢に入れられたときだな？」

「そのとおり。わらわが起きて、逃げる算段を整えた」

『ええええっ⁉　それじゃあつまり、リディリアさんが助けてくださったんですか⁉』

兵士を眠らせて鍵を壊し、安全な逃走ルートを探索。

その後シャーロットを起こして、リディリアはふたたび眠りについたという。

「わらわはおぬしの中でずっと眠っていた。だが、外の様子はぼんやりと見ておったのじゃ。さすがにあれは……放っておくこともできなかったからな。勝手なことをしてすまない」

『そんなことありません。それが本当なら、リディリアさんは私の恩人です！』

「そうか……？　そうまっすぐ言われると、なんぞ面はゆいのう」

顔を輝かせるシャーロットに、リディリアは照れたようにもぞもぞする。

「なるほど、だから脱出できて……む？」

ナタリアが不意に眉を寄せて黙り込んだ。

しばしじっと考え込んでから、鋭い目をリディリアに向ける。

「それなら……あなたにひとつ、聞きたいことがあります」

「ほう、なんじゃ。申してみよ」

「あなたはねえさまの中で、外の様子を見て知っていたとおっしゃいましたね」

「夢見心地ではあったがな。ぼんやりとは理解しておった」

「ならば……ならば、あなたは……！」

ナタリアが声を荒らげる。

そこににじむのは痛いほどの後悔だ。

「ねえさまが、エヴァンズ家でどんな扱いを受けていたのか知っていたはず！　その上で、見て見ぬ振りをしていたというわけですか！」

「……うむ。そのとおりじゃ」

リディリアは静かにうなずいた。

それにナタリアは息を呑む。目に涙を溜めて、聖女の体を揺さぶった。

「どうして出てこなかったのですか……⁉　あのときあなたが出てきていれば、あんな有象無象たちなど簡単にひねり潰せたはずじゃないですか！」

『ナタリア……』

妹の剣幕に、シャーロットは傷ましげに目を伏せる。

実家で姉を助けられなかったことを、ナタリアはずっと悔やんでいた。その思いが爆発してしまったのだとアレンにも分かった。だからその肩に、そっと手を置く。

「……違うぞ、ナタリア」

シャーロットは公爵家で奴隷同然の扱いを受けていた。

そんななか聖女の力に目覚めていれば、たしかに虐げる者はぐっと減っただろう。

だが――それは間違いなく、悪手だ。

「こいつは敢えて出てこなかったんだ」

「どうして……！」

「ならば、逆に聞かせてもらおう」

ナタリアの顔をのぞき込み、アレンは残酷な問いかけを投げる。

「ただの公爵家令嬢と、聖女の力を宿した者。どちらの方が、利用価値は高くなる？」

「っ……！」

片や、家を存続させるコマ。

片や、人民に広く知られる聖女。

価値など誰の目から見ても明白なことだろう。

妾の子として忌み嫌われたシャーロットだが、敵は家の者と件の王子くらいのものだった。それが万が一聖女の生まれ変わりだと分かれば、数多くの悪人が彼女を狙ったに違いない。

「最悪、シャーロットの人格を消されていた可能性だってあっただろうな」

「そ、そんな……！　その体はねえさまのものなのに！」

「だが、そちらの方が価値は高い」

そうすれば、純然たる聖女が現世に蘇る。

為政者からすると、こんなに使い勝手のいいシンボルは他にあるまい。

青ざめて黙り込んだナタリアの頭をぽんぽんしながら、アレンはリディリアの顔をうかがう。

「おまえはシャーロットの人生を守るために、あえて黙って見ていたんだ。そうだろう」

「ふっ……おぬし、なかなか冴えているではないか」

リディリアはニヤリと笑い、軽く右手を振るう。

そこに生じるのは渦巻く風の魔法だ。

「わらわは幼きころより魔法に長けた。聖女と呼ばれはじめたのは、十歳になったころのことじゃった」

「……そのようだな」

彼女は弱冠十歳という若さで数々の伝説を打ち立てる。

新たな魔法体系を構築し、記録的な豪雨による大災害を収め、国を襲わんとした魔物の侵攻をたったひとりで防ぎ……そうした手柄は十や二十では足りなかった。

それに伴い、当時新興であったニールズ王国は国力を増していったのだ。

聖女のおかげで民衆の支持は集まるし、国外へのアピールにもなる。まさに救世主と呼ぶに相応しい存在だった。

「当時の国王は、幼いわらわに数々の任を与えた。そのせいで国内外を飛び回ってのう。おちおちゆっくり寝てもいられぬような生活じゃった」

「だが、それでエヴァンズ家は急成長した」

「うむ。当時あの家は貧乏貴族でのう、両親も幼い弟も喜んでおった。だからわらわは懸命に、聖女としての務めを果たしたのじゃが……」

しかしその無理が祟った。

彼女はある日突然倒れてしまい、表舞台から姿を消す。

アレンは調書の束をぱらりとめくる。

「流行病に倒れ、療養生活に入ったとあるな。それからは、ときおり民衆の前に現れて顔を見せたようだが……治療の甲斐なく、享年十八歳という若さでこの世を去った」

「……うむ。そんなところじゃな」

リディリアはさっと視線を逸らして言葉を濁す。

自らが辿った運命を悲観したような反応だ。

だがしかし――アレンはわずかな違和感を覚えた。

(今、こいつ……何か嘘をついたな?)

調書に再び目を落とし、リディリアの死にまつわるくだりを読み込む。

しかし、そこに一切の矛盾は見つからなかった。アレンは首をひねるしかない。

重い身の上話のせいで部屋の空気がどんよりと重くなった。

そんな中、シャーロットがおずおずと口を開く。

『待ってください。リディリアさんって、そんなに若くして亡くなったんですか? てっきりもっとお年を召した方なのかと……』

「なあに、こういう話し方をすると『聖女らしい』とウケたからのう。すっかり板についてしもうた」

リディリアはけらけらと明るく笑う。

そんな彼女に、ナタリアはぐっと拳を握って問いかけた。

「では、あなたは……表に出てこないことで、ねえさまを守ってくれたんですか?」

「そんなたいしたものではない」

リディリアは鷹揚にうなずく。

鏡の中のシャーロットをちらっと見て続けることには――。

「シャーロットの置かれている状況は知っておった。じゃが、それでもこやつには第二王子の妃という椅子が用意されていたであろう。いずれ時間が解決すると思っていたのじゃが……あの謀事はダメじゃ」

そう言ってゆるゆるとかぶりを振る。

言っているのは元婚約者である王子による冤罪事件のことだろう。

リディリアは重い吐息をこぼす。

「わらわが手出ししなければ、シャーロットは一両日のうちに殺されておった」

『た、たしかに捕まってしまいましたけど、ああいうのって裁判とかがあるんじゃ……』

「裁判まで行くものか。牢で出された食事や飲み水、すべて毒が仕込んであったからのぅ」

『毒……!?』

「やはり気付いておらなんだか」

言葉を失うシャーロットに、リディリアは皮肉げに鼻を鳴らす。

「いくら冤罪をかぶせようと、裁判で余計なことを話されては元も子もない。その前に口を塞いでしまうのがベストじゃろ」

「それはつまり、あの王子がねえさまを始末するために……!?」

『何それ！　ママのことをなんだと思ってるんだ！』

ナタリアもルゥも気色ばんで声を荒らげる。

そんな中、リディリアは愉快そうにアレンへ目線を向けてみせた。

「おぬしは予想しておったようじゃな、アレンとやら」

「……まあな」

アレンは渋い顔で首肯する。

うっすらと脳裏に浮かんでいた予想が、どうやら当たってしまったらしい。

（リディリアがいなければ、俺は新聞でシャーロットの死を知ったのか……）

隣国を騒がせた毒婦、獄中で毒をあおる。

いかにも新聞を賑わせそうな見出しである。

ある朝そんな記事を読み、無感動に新聞を畳んでそれっきり忘れてしまう――ありえたかもしれない光景を想像し、アレンはぞっと身震いする。

それは、ひどく笑えない話だった。

『そういえば……牢屋の中で食事が出されて、それに口をつける前に眠くなったんでした』

「まったく。おぬしときたら警戒心がまるでないのだから焦ったぞ」

青ざめるシャーロットとは対照的に、リディリアはくつくつと喉を鳴らして笑う。

「……リディリア、ひとつ聞かせてくれ」

そんな彼女に、アレンは問う。

確認しておかねばならないことは、もうひとつあった。

「どうしてそのままシャーロットの体を乗っ取らなかったんだ」

「なに……？」

「いや、そのときだけじゃない。機会はいくらでもあったはずだ。シャーロットの体を奪って、屋敷を飛び出せば……おまえは自由を手にすることができただろうに」

転生者の中で、前世の人格と現世の人格――このふたつが同居している現象は極めてまれだ。

それはなぜか。

ふたつの人格がぶつかり合った場合、片方がもう片方を吸収統合してしまうからである。

リディリアほどの力を持った人格なら、シャーロットの意識を完全に取り込み、体を乗っ取ることなど造作もなかったはずだろう。

「なぜそうしなかったんだ？　非業に終わった人生をやり直すチャンスじゃないか」

「馬鹿を言え。わらわは二度目の人生などいらぬ」

リディリアはあっさりと首を横に振った。

「わらわは三百年前、聖女として尽力した。じゃが……それで得たのは、死だけじゃった」

リディリアはため息交じりにかぶりを振る。

シャーロットの顔を借り、彼女は色濃い諦念を浮かべてみせた。

アレンの目をまっすぐに見据え、胸に手を当てて告げる。

「わらわはもう、聖女で在ることに疲れてしもうた。今はただゆっくりと休みたい。それだけが望みなのじゃ」

「ひょっとして……おまえが話したいことというのはそれか？」

「そのとおり」

リディリアは鷹揚にうなずく。

「こうして出てきてしまったのも何かの縁じゃろう。アレンとやら。おぬしほどの力があるならば、わらわを完全なる眠りにつかせる術を知っておろう。頼めるか？」

「あるにはある、が……それはもう完全なる消滅だぞ？」

前世と現世の人格がひとつの肉体に同居した場合、さまざまな問題を招く。

肉体の主導権をめぐる争いから、精神不安……などなど。

そして現行の法律では、主体を握るのは現世の人格だ。

そこで邪魔になった前世の人格を消去する魔法という、あまりに使い所の限られる術が存在する。アレンも論文で昔読んだくらいで習得はしていないが……論文を取り寄せ、独自に改良を加えればリディリアほどの強い力を有した人格ですら消し去ることは造作もないだろう。

だが、それはさすがに躊躇われた。

相手はシャーロットの半身で、彼女の命の恩人だ。

酷なことはしたくない。しかしリディリアは淡々と告げるだけだった。

「かまわぬ。わらわはこんなくだらぬ世界に未練などない」

「ずいぶんとやさぐれた聖女様だな……」

「やさぐれて当然であろう。わらわは幼きころより政治の道具とされてきた。この世の汚い部分は、嫌というほどに見てきたのじゃ」

リディリアはあっけらかんと言う。

先ほどは少し引っかかるものがあったが、今の聖女の言葉に嘘はない。

つまり彼女は本心から消滅を望んでいるのだ。

「しかしなあ……難しい問題だぞ」

アレンは渋る。

ナタリアやルゥも気まずそうに顔を見合わせるばかりだった。

リディリアの気が今後変わらないとも限らない。シャーロットの体を乗っ取る可能性はゼロではない。つまるところ、排除すべきものであることは重々承知していた。

それでも決断することは難しかった。

だからアレンは、判断を委ねることにした。

「おまえはどう思う、シャーロット」

『そんなの……もちろんダメに決まっています！』

「まあ、おまえはそう言うよなあ」

シャーロットは拳をぐっと握って断言してみせた。

あまりに予想どおりの回答に頬がゆるむ。

『せっかくリディリアさんに会えたんです。まだちゃんとお礼もできていないし……それなのにお別れなんて、寂しすぎます！』

「礼なぞいらぬ。わらわはただ、このくだらない世界を去りたいだけじゃ」

『それが間違っているんです！』

「ほう……？　いったいどういうことじゃ」

いつになく強い語気のシャーロットに、リディリアは少し興味を惹かれたとばかりに目をすがめる。

シャーロットは彼女をまっすぐ見つめて続けた。

『この世界には、たしかに酷いことも、辛いこともたくさんあります。でもそれ以上に……楽しいことも嬉しいことも、素晴らしいものがたくさんあるんです！　くだらなくなんて、ありません！』

「ふむ、面白いことを言い出すやつよのう」

リディリアはくすりと小さく笑みをこぼす。

不敵な笑みを浮かべてみせて、彼女は朗々と歌うようにして言う。

「おぬしはこの世界が素晴らしいと言う。だが、わらわは聖女と崇められた者。この世の贅も悦楽も、嫌というほどに味わった」

希少な食材をふんだんに使った高級フルコース。

最高級の絹で仕立てられた衣。

きらびやかな金銀財宝。

そうしたものを、リディリアは生前頻繁に献上されたという。

「そのどれもが、わらわの心を動かすに値しなかった。ゆえに、世界に見切りを付けたのじゃ」

『贅沢だけが素晴らしいわけじゃありません！　もっとたくさんあるはずです！』

「では具体的には？　わらわに教えてもらえるかのう」

『えっ、きゅ、急に言われましても……ううう……！』

シャーロットは口ごもり、視線をさまよわせる。

しかしすぐにハッとしてアレンをまっすぐ指し示すのだ。

『そうです！　アレンさんが、教えてくださるはずです！』

「すごい無茶振りを投げてくるな、おまえ」

『あうっ、す、すみません……』

分かっていた展開ではあるものの、おもわずぼやいてしまうアレンだった。

しゅんっと小さくなるシャーロットをよそに、リディリアは呆れたように肩をすくめてみせる。

「なんじゃ、アレンとやらがわらわに教えてくれるのか。たしか『イケナイこと』だったかのう」

「む、知っていたのか」

「当然じゃ。途中からはある程度こちらのことも覗いておったからのう」

リディリアは飄々と言ってのける。

（つまり、シャーロットとのあれやこれやを知られている……と、つまりはそういうことだな……？）

具体的には、昨夜シャーロットといい雰囲気になったことだとか。少しげんなりしてしまいそうになるものの、リディリアが続けた言葉によって心のもやが吹き飛んだ。

「そんな子供騙し、わらわに通用するはずがなかろうに」

「なにぃ……？」

アレンのこめかみがピクリと動く。

それに気付いてか気付かずか、リディリアは小馬鹿にするようにしてせせら笑うのだ。

「わらわの心を動かすなど、不可能に決まっておる。多少魔法の腕が立つようじゃが、こんな阿呆に絆されるなど、よほどのお人好しか世間知らずか、もしくは同じ阿呆くらいのものじゃろう」

「ねえさまを悪く言うのはいただけませんが……まあ、大魔王に対する評価はおおむね正しいですね」

『っていうか、アレンがばかなのは見れば誰でも分かるんじゃない？』

「やかましいぞ貴様ら！　どっちの味方だ⁉」

しみじみ賛同するナタリアとルゥを一喝し、アレンはリディリアを真っ向から睨め付ける。

「いいだろう、生意気な聖女め！　必ずやおまえに、イケナイことを教え込んでやる！」

「はっ、やれるものならやってみるがいい！」

『け、喧嘩はいけません！　仲良くですよ！』

リディリアもその挑戦を受け止めて、ふたりバチバチと火花を飛ばすこととなった。

かくして仁義なき戦いの火蓋が切られることとなった。

聖女にイケナイことを教え込み、その冷え切った心を動かすという勝負だ。

もちろんアレンには勝算があった。なにしろこの半年あまり、シャーロットに対してずっとイケナイことを教え込むことだけを考えて過ごしてきたのだ。

今回のターゲットは同じくらいの享年の聖女様。きっと同じような手で籠絡できると踏んでいた。祖国の料理や甘味、動物など……ネタはいくらでもある。

しかしその結果――。

「うむ。美味ではあったたな」

「反応薄っっっっ!!」

ナプキンで口元を上品にぬぐい、リディリアがさらっとした感想を述べた。

街のレストラン――先日のデートの際、シャーロットを連れてきた店である。ここは彼女らの故郷、ニールズ王国の料理を出すことで有名だ。懐かしの味で情緒に訴えかける作戦だった。

しかし結果はこのとおり。

出された料理をひととおり食べきって、リディリアはすぐそばに控えていたコックに声をかける。

「どれもなじみ深い料理ではあったものの……わらわの生きたころに比べれば、味も調理法もずいぶん変わったようじゃのう」

「も、申し訳ございません……さすがに三百年前のレシピとなると再現が難しく……」

「いいや、気にすることはない」

恐縮するコックに、リディリアは鷹揚に笑う。

「時代の変化を味わうという貴重な体験であった。褒めてつかわすぞ、料理人」

「ありがとうございます……！　まさかあの聖女リディリア様に料理を召し上がっていただけるなんて……感激です！」

「うむうむ、苦しゅうないぞ」

どうやらニールズ王国出身者には、聖女リディリアの伝説は広く知れ渡っているらしい。

事情をざっくり伝えたおかげか、コックは全力で料理してくれた。

出された品々はアレンの目から見ても一級品ばかりで――しかしそんな料理の数々でも、少女の心を溶かすには至らなかったらしい。

「あっ、よかったらサインをいただけないでしょうか！　店に飾ります！」

「……いや、わらわが現世に蘇ったのは秘密なのじゃ」

料理人が差し出した色紙に、リディリアは少し逡巡してからかぶりを振る。

やんわりと微笑んで、色紙をそっと押し返した。

「ここに名を残すことはできぬ。どうかおぬしの心にだけ、留めておいてはもらえぬだろうか」

「っ……分かりました！　不躾なお願いをして、申し訳ございません！」

サインを断る所作ひとつ取っても洗練されている。

故郷の料理は、さほど聖女の心を揺さぶらずに終わったのは明確だった。

アレンは離れたテーブルから一連の様子を盗み見て、あからさまに舌打ちする。

「ちっ……最初の作戦は失敗か」

手帳を開き、該当作戦に線を引く。

敵はかなり手強い。だがしかし、アレンはここで引くわけにはいかなかった。

（これは矜持をかけた戦いだ……！　なんとしてでもあのクソ聖女に一泡吹かせてやる!!）

売られた喧嘩は真っ向から、笑顔で買う。それがアレンのモットーだ。

もはや相手がシャーロットの前世だとか、高名な聖女だとかは二の次である。

かならずやリディリアの度肝を抜いて、感涙の涙にむせぶところをニヤニヤと観察したい……という大人げない欲求に囚われてしまっていた。

そんな小さいことを考えるそばで、ひそひそと他の面々が話し合う。

「へえー、おにいが言ってたのって本当のことだったんだね」

「分かりやすい前世返りの症例っすねー」

「それにしても違和感がすごいですにゃあ。ふんぞりかえるシャーロットさん……レアすぎますにゃ！」

エルーカとドロテア、それにミアハがしみじみとする。

一方でゴウセツはシャーロットの姿を映した鏡を抱いて、涙ながらに歯がみするのだ。

『ううう……申し訳ございませぬシャーロット様……儂が不在の間に、まさかこのような事態になっているとは……！　従僕として不覚のかぎりでございます！』

『い、いいえ。大丈夫です。私はなんともないですし』

『どーどーだよ、おばーちゃん』

シャーロットはおろおろとそれをなだめた。

三人夜を徹しての飲み会を開いていたところ、仕事終わりのミアハが参戦して今の今まで大盛り上がりしたらしい。全員徹夜のはずだが、一切疲労を感じさせないタフネスを有していた。

そんな面々を見て、ナタリアが小首をかしげてみせる。

「みなさん、あんまり驚かれないんですね？　こんな事態になったというのに」

「いや？　たしかに驚きはしたけどさ」

「こんなのよくあることっすからねえ。むしろ納得の方が強いっすよ。前世持ちはチートかつ、波瀾万丈な人生を送るものと相場が決まっていますから」

エルーカとドロテアはあっけらかんと言う。

突然、前世の人格が目覚めて騒動になるというのはよく聞く話である。

宝くじで高額当籤するより、前世に目覚める確率の方が高いのだ。

ミアハも追加で頼んだポテトフライとエールで一杯やりつつ、平然と笑う。

「うちのお姉ちゃんも前世持ちですしにゃあ。それにしても……シャーロットさんも大変ですにゃあ」

『いえ、たしかに最初は驚きましたけど、特に大変なことなんてありませんよ』

「にゃにゃ、そうですかにゃ？　せっかくの誕生日だというのにこんなドタバタに巻き込まれるなんて災難だと思うのですがにゃあ」

『あっ』

「…………あっ」

話に参加せず、手帳に文字を書き連ねていたアレンの手がぴたりと止まる。

一方、シャーロットはぱあっと顔を輝かせてみせるのだ。

『忘れてました！　そういえば誕生日です！　十八歳になりました！』

「おめでとー。あたしは再来月が誕生日だから、しばらくはシャーロットちゃんのがお姉さんだね」

「大人の世界にいらっしゃいませですにゃー。そういうわけで、ミアハからもプレゼントですにゃ！」

『わあ！　手袋ですか!?　猫さんの手になってるんですね、かわいいです！』

ミアハが差し出した手袋を前にして、シャーロットは大いにはしゃいでみせた。

アレンは冷や汗ダラダラである。

（そうだ、誕生日プレゼント……！　リディリアのせいで完全にうやむやになってしまっていた！）

顔面蒼白なアレンに気付いたのか、他の面々が冷たい目線を送ってくる。

「で……肝心のおにいはどうしたのよ？」

「まさかまだプレゼントが決まらないんすか」

『儂らが気を利かせて家を空けたというのに……シャーロット様の伴侶の座、かわりに儂が立候補してもよろしいですかな？』

「いやっ、違う！　プレゼントはその、渡せそうだったんだが色々あって……！」

女性陣の絶対零度の眼差しを受けて、アレンはしどろもどろで弁明する。

それにナタリアがいくぶんホッとしたように相好（そうごう）を崩してみせた。

「ふう、それなら多少は安心しました。では、大魔王はどんなプレゼントを贈るつもりだったのですか？」

「は!?　そ、それは、その……！」

キラキラした目を受けて、アレンはさらに言葉を詰まらせる。

（ええい、言えるか！　誕生日プレゼントとして、キスしようとしていたなどと……！）

自分でも相当キザったらしいと思うので、口が裂けても言えない。

女性陣から生暖かい目を向けられるのは確実だし、最悪ナタリアがブチ切れて襲いかかってくる。それだけは絶対に避けねばならなかった。

とはいえ今日が誕生日当日なのは事実である。

今日中にすべてに片を付ける必要がある。

(リミットはあと十二時間……！　その間にリディリアの件を解決し、シャーロットとキスをすればミッションコンプリートだが……難易度が高いな、おい!?)

ふたつとも大変に荷が重い上、もはや一刻の猶予もないときた。

わなわなと震えるアレンに何を思ったか、リディリアはふっと鼻で笑ってみせる。

「それでアレン、イケナイことやらはこれで終いかのう」

「っ、バカを言え！　まだまだこんなの序の口だ‼」

分かりやすい挑発をアレンは真っ向から受け止める。

荷が重いがやるしかない。

己を鼓舞するようにして、アレンはリディリアに人差し指を向けて決意を叫ぶ。

「これからは手を抜かん！　イケナイことのオンパレードで貴様を調教して……おまえをクリアさせてもらおう！　覚悟しろ！」

戦いはそれからも熾烈なものとなった。

アレンは持てるネタすべてをリディリアにぶつけた。

流行りの服屋で一揃え買い与えてみたり——。

「服とか着せられても……この肉体はシャーロットのものじゃし、よーく似合っておるなあとしか」

「たしかに……！」

故郷の料理では反応が悪かったので、今の時代のジャンクフードを与えてみたり——。

「ふむ、美味いことは美味いが……なぜにチーズを七色に着色する必要が？」

「悪い……俺にもよく分からん」

ちょうどいい頃合いだったので昼寝をさせてみたり——。

「ふわあ、よーく寝たのう。で、仮眠の何がイケナイことなんじゃ？」

「ぐっ、う……！」

そんなこんなで時間は過ぎ——。

「くそっ……もう夕方なのにネタがない！」

『あ、アレンさん。大丈夫ですか？』

アレンは打ち消し線だらけの手帳を前に、頭を抱えていた。

場所を移し、今いるのは街の大通りに面した酒場だ。

メニューも値段も庶民派で、昨夜、エルーカとドロテア、ゴウセツの三人が飲み明かした店らしい。アレンも何度かメーガスたちと飲んだことがある。

ちょっとした馴染みの店で、それなりに酒の種類も豊富だ。

とはいえ、今日は酒を味わう余裕などまるでない。

水の入ったグラスをぐいっと呷れば、多少気分は落ち着いた。だが真隣から勝ち誇ったようなニヤニヤ笑いが飛んでくるので、一切心は休まらない。

「くはは、早く負けを認めればいいのじゃぞ」

優雅にジュースのグラスを傾けながら、リディリアは高らかに笑う。

両脇にルゥとゴウセツを侍らせて交互にぽふぽふと頭を撫でていた。

それなりに二匹のもふもふ具合に満足そうだが、感極まるほどではない様子。動物で籠絡するというダブルもふもふ作戦も失敗に終わっていた。

アレンをねっとりとした目で見つめながら、リディリアは唇を三日月の形にゆがめる。

「この世の楽しみを教えてくれる、と申したが……それは何か？　おぬしの無様な様を見て心ゆくまで笑え、と。つまりはそういうことだったのかのう」

「こっ、このクソ聖女があ……！」

青筋を立てて呻くと、手にしたグラスに細かいヒビが生じた。

するとテーブルに置いた鏡の中から、シャーロットがしゅんっと肩を落として浮かない顔をする。

『ごめんなさい、アレンさん……私がお任せしちゃったばっかりに迷惑をかけてしまって』

「む……？　何を言うんだ」

申し訳なさそうな彼女に、アレンは柔らかく笑いかける。

「迷惑などと思うものか。大事なおまえの願いなら、死力を尽くす他はない」

『アレンさん……』

「それに、な……」

ふっ、と薄い笑みを浮かべてから――びしっとリディリアを指さす。

「ここまで来たら意地だ！　俺は何としてでもこのクソ聖女を泣かせてやらねば気が済まん……！」

「……まったく往生際の悪い男よのう」

リディリアはかすかに顔をしかめてみせる。

そこに浮かんでいるのは呆れと、ほんの少しの疲弊感だ。重いため息をこぼしてみせる。

「早く諦めて、わらわをこの世から消し去ればいいものを」

「そうはいくか！　勝ち逃げは認めん！」

やけっぱちの聖女に、アレンは手帳を開いて突きつける。

打ち消し線だらけのページをめくれば、新たに文字がぎっしり詰まったページが現れる。

「見ろ、このネタ帳を！　これはシャーロットに教えようと思ってため込んでいたイケナイことリストだ！　まだ何十倍とネタはあるんだぞ！」

『アレンさん、そこまで私のことを考えてくれて……』

『ママ、たぶんここはあきれるところだよ』

『惚気る場面ではありませんな』

ぽっと顔を赤く染めるシャーロットに、二匹が冷静なツッコミを入れる。

冷たい目が刺さる中、アレンはじっとリディリアの反応をうかがう。

ヤケクソの宣戦布告――に見せかけて、ちゃんと次の一手につなげる作戦だった。

(これまでの案はどれも不発に終わったが……これだけあれば、何かひとつくらいは気になるものが見つかるはず！　姑息な手だが、糸口が見つかれば御の字だ！)

開いたページには多種多様なイケナイこと案が書かれている。

リディリアの視線を読めば、彼女が気に入るものもたやすく予想が付くはずと踏んだのだ。

しかし――。

「……そんなくだらぬもの、目を通すまでもない。とっとと下げよ」

「む、そうか」

リディリアは不機嫌そうに眉を寄せ、手帳をぐいっと押し返すだけだった。

すげない反応に、アレンは大人しく引くしかない。

こっそりと首をひねりつつ手帳をぱらぱらとめくる。

(目線がどこにも定まらなかったな……つまり、どれも平等に興味なしということか？)

しかし、それにしては妙な違和感があった。

考え込んでいると、リディリアはジュースを一気に飲んで視線を店の奥へと投げる。

「それにしても……あれは何なのじゃ？」

まだ夕方で、店が賑わうには少し早い。

それなのに店の奥はテーブルがほとんど埋まっていた。

「うーん……うまい飯もダメ、金銀財宝もダメ……俺たちだったら、あとは酒があったら最高なんだけどなあ」

「さすがに酒は出せねえだろ。しっかし十歳から聖女だったとか立派だなあ……俺なんかそのころ実家の店番をサボって、親父に叱られまくってたころだよ」

「ミアハはその年頃だとお人形遊びにハマっていましたにゃ。義兄弟たちがいつも付き合ってくれましたにゃあ」

「あたしはおにいと魔法の勉強ばっかりだったなあ。あと、パパとママの仕事の見学とか？」

「十歳っすかー……ボクにとっては遙か昔の話っすねえ。あのころはうちのかーちゃんが、実家の森の守護神をやってて――」

いつものメンツ、メーガスやグロー、そしてミアハにエルーカ、ドロテアである。

みな真剣な顔で額を付き合わせ、わいわいと談義を続けていた。

それを見て、リディリアは不可解そうに首をひねる。

「あの者たちはいったい何をやっておるのじゃ……？」

「ああ。おまえに課すイケナイことを考えているらしいぞ」

「なに？　他者の知恵を借りるとは、ついになりふり構わなくなったか」

「バカを言うな、俺が頼んだわけじゃない。事情を話したら、協力したいと言い出したんだ」

手出し無用と言ったものの、エルーカたちは首を突っ込む気満々だった。

そこにちょうどダンジョン帰りのメーガスらが加わったというわけだ。

もちろん彼らの手下たちも一緒のため、店の中はかなりの盛況となっている。

物々しいメンツではあるものの、話し合う内容が『いかに聖女様を喜ばせるか』なので平和である。

おまけにその聖女様が十歳にして聖女として大成していたということもあり、どこのテーブルも子供時代の思い出話に花が咲いているようだった。

そう説明すると——。

「ふうん……他にも暇な奴らがいるとは呆れるのう」

リディリアはつまらなさそうに視線をそらし、ちびちびとジュースをすすった。

その薄い反応に、アレンはひそかに首をひねるのだ。

(ほう？　てっきり小馬鹿にするものかと思ったが違ったようだな……)

むしろ直視するのを避けるような様子である。

そこにリディリアを攻略するための、何らかのヒントがあるように思われた。

(ふむ、意外と人見知りするタイプなのか？　それとも世話を焼かれることに慣れていないのか……うーむ、何だ？)

顎に手を当てつつ、アレンは思案する。

そんな中、シャーロットはにこやかにリディィリアへと話しかけるのだ。

『でも本当に、十歳で魔法を使えたなんてすごいです。私なんてまだまだ練習中ですし』

「……別に、すごくもなんともない」

リディィリアはむすっとしたまま、すげなく言う。

「おぬしはわらわの才を受け継いでおる。少しの修行で、そこのアレンとの喧嘩も勝てるようになるじゃろうて」

『そ、そんな……アレンさんと喧嘩なんかしませんよ』

「そうなのか？」

苦笑するシャーロットに、リディィリアはきょとんと首をかしげてみせた。

純粋な眼をまっすぐ向けて言うことには――。

「昨夜、アレンと至近距離で睨み合っていたではないか。てっきり喧嘩だと思ったのじゃが、あれはなんだったのじゃ？」

「…………」

『…………』

アレンとシャーロットはすっ……と目をそらして黙り込むしかなかった。

やっぱりもろにキス未遂の現場を見られていた。

ルゥが不思議そうに高く鳴く。

『えっ、なーに？　ママとアレン、けんかしたの？　ダメだよー、なかよくしなきゃ』

『ご心配召されますな、ルゥどの。おふたりは相思相愛でございますゆえ』

『なかよしなのに、にらみ合うの？　へんなのー』

『人間には色々あるのですよ』

　何かを察したらしいゴウセツが訳知り顔で諭してみせるので、さらに居たたまれない。

　アレンは頭を抱えるしかない。

（事情が理解できていないのがせめてもの救いか……やはり聖女というだけあって俗世には疎く…………む？）

　そこでふと脳裏に浮かぶことがあった。

　アレンはハッとしてリディリアの顔を凝視する。

「まさか、おまえ……」

「な、なんじゃ？　わらわにも喧嘩を売る気か。受けて立つぞ」

「…………いや」

　リディリアはファイティングポーズを取って警戒を露わにする。

　そんな彼女に、アレンはその場では何も言えなかった。

街外れにある、開けた広場。

そこは今、緊迫の空気に包まれていた。

あたり一面には人を模した丸太が無数に並べられ、そのただ中にはひとりの亜人の姿があった。

長いコバルトグリーンの髪を腰のあたりでひとつに束ね、頭の上には髪と同じ色をしたケモノの耳が生えている。お尻から生えるのは長い鍵尻尾。性別は女性。

身にまとうのは動きやすそうな軽装備で、見るも分かりやすい冒険者の出で立ちだ。

ミアハそっくりの彼女は腰に手を当ててゆらりと構え、淡々とした声で告げる。

「では……参ります」

言い放った次の瞬間、彼女は空高く跳躍した。短く息を吐いて両腕を振るう。

ズガガガガッッッ!!

撃ち出されたのは無数のナイフ。

それらはあたりを埋め尽くす人形の胸に、狙いを違わず突き刺さった。

彼女はすたっと軽く着地して、ふうっと軽く息をつく。そのまま背後で見守っていたギャラリーたちを振り返り、ナイフを差し出して無表情で言ってのけた。

「さあ、どうぞ。やってみてください。楽しいですよ」

『無茶言うな!!』

その場の全員が声を揃えてツッコミを上げた。

それに彼女はこてんと小首をかしげるのだ。

「どうしてです？　子供のころに楽しかったことを教えてやってくれと言うから披露しただけなのに」

「いや、一般的な子供はそんなことやらねえよ。つかできねえわ」

メーガスが呆れたように肩をすくめる。

「聖女さんも無理だろ？」

「まあ、うむ……素晴らしい技であるとは思うが、やれと言われても困るわな……」

軽く拍手を送りつつも肩をすくめるリディリアだった。

ミアハは頬をぽりぽり掻きつつ補足する。

「いやはや、お騒がせしましたにゃ。うちのマイア姉さん、育った家が大道芸ファミリーだったとかで謎スキルを大量に持っているんですにゃ」

「この技を練習するのが子供のころの楽しみでした。パパは予備動作なしでもっと多くの的に当てられます」

「何度聞いても暗殺者一家としか思えないですにゃ……今度ちゃんとご挨拶に伺いますにゃ」

「うん。ミアハならいつでも歓迎する」

マイアはこくこくとうなずく。

妹と対照的に物静かな性分のようだし、表情もほとんど変わらない。それでも生き別れになっていた妹と再会できて嬉しいのか、口元にはささやかな笑みが浮かんでいた。

「……姉妹、か」

そんなふたりを見て、リディリアは小さく吐息をこぼす。

ともかくプレゼンターはバトンタッチとなって、メーガスが意気揚々と岩の塊を掲げてみせた。

「よーし！　次は俺だ！　幼少期に兄貴らと遊んだ岩駒を見せてやろうじゃねえか！　互いのコマをぶつけて、相手のコマを粉砕した方の勝ちだ！」

「面白いのか、それは……」

リディリアは目をすがめるだけだった。

「それより、どうして子供の遊びを教える流れになったのじゃ」

「だってあんた、十歳から聖女だったんだろ？」

メーガスはきょとんとしてから集まる面々を見回す。

「なら、こんな子供の遊びなんてほとんどしたことないだろうと思ってな。童心に返るってのもたまには悪くないだろ？」

「……余計なことを」

「ああ？　何か言ったか？」

リディリアはむすっと顔をゆがめるだけだった。

少し離れていた場所でそれを見守っていたアレンは、顎に手を当てて唸る。

「うーん……どれもいまいちだな」

『そうですねえ……』

鏡の中のシャーロットもため息をこぼす。

あれから入れ替わり立ち替わり、聖女様が喜びそうなことを披露していった。しかしその手応えはいまいちどころか、リディリアの機嫌が目に見えて悪くなるばかりである。

ゴウセツもひそひそと言う。

『いかがいたしますか。これ以上続けても逆効果かと。最悪、気分を害してシャーロット様の中から出てこなくなりますぞ』

「その可能性は十分に考えられるだろうな」

アレンたちの干渉が煩わしくなって、これまでシャーロットの中でずっと隠れていたように逃げてしまうかもしれない。

無理やり呼び出す方法はあるものの、そんな強硬手段を取ってしまえば、ますます向こうは臍(へそ)を曲げるだろう。

(さて、どうしたものかなあ)

そんなことを考えた、そのときだ。

ゴウセツがすっと目を細め、アレンにだけ聞こえる声量で告げる。

『ですが、それはそれで良いのかもしれませぬ』

「……なに？」

『彼女は生に興味などない、と言っていたようですが……今後、その気が変わってシャーロット様の肉体を乗っ取らないともかぎりませぬ』

そう言ってリディリアのことをちらりと見やる。

その目には、刃のように鈍い光が宿っていた。

『彼女は間違いなく、シャーロット様を害する可能性のある不穏分子。そのまま封じるなりして葬り去ってしまうのが筋というやつでは？』

「……おまえの言うことにも一理あるがな」

真にシャーロットの身を案じるのなら、問答無用でリディリアを封じてしまうのが一番いい。

相手はそもそも過去の亡霊だ。ご機嫌をうかがう必要などありはしない。

だが、アレンはぱたぱたと手を振る。

「その手はダメだ。俺の主義に反する」

『意地、というやつですかな。愛する女性のためならば、そんなくだらぬものはドブに投げ捨てるのが道理では？』

「たしかに意地もあるが、もうひとつの理由の方が大きいな」

一度やると決めたことはとことんやる。

それがアレンのモットーだ。だが、今回はそれに加えて大事な理由があった。

思い返すのは、シャーロットを拾ってすぐのころ。彼女に誓った言葉である。

「俺は前に、シャーロットに約束したんだ。『世界で一番幸せだと胸を張れるように変えてやる』と」

『……貴殿が臆面もなく言いそうな台詞ですなあ。で、それがいかがいたしました？』

「あの約束をしたとき、シャーロットの中にはリディリアもいたことになる。つまり、俺はリディリアとも約束したんだ」

幸せにする、と。

「だから俺はシャーロットだけでなく、あいつのことも幸せにしなければならない。それが大きな理由だ」

『……まったく貴殿という方は。それも結局、意地の問題ではございませぬか』

ゴウセツはやれやれと肩をすくめる。

心底呆れたとばかりの反応だが、その目に宿った攻撃的な光はなりをひそめてしまう。

くつくつと喉を鳴らして笑いながら、今度は普通の声量で語った。

『まあ、そのくらい豪胆でなければ、我が主を任せられませぬな。では封印がダメとなると、彼女の心を溶かす必要がございますが……策はあるのです？　一筋縄ではいかないようですが』

「なに、それはなんとかなる。取っ掛かりのようなものも見えたしな」

『ほう？　あのスレた聖女様も籠絡可能と。さすがはアレンどの。魔王の名をほしいままにするだけはありますなあ』

「だから大魔王だというに……おまえ、俺がそっちの呼び方を気に入っていないのを知っていてわざと呼んだな？」

アレンがじろりと睨むも、ゴウセツはニヤニヤと笑いっぱなしのままである。

そんな中。

「ただいま戻りました！」

「む」

どばーん、と勢いよく現れたのはナタリアだ。

背中にはパンパンに膨らんだリュックサックを背負い、両手にも紙袋を提げている。かなりの大荷物だが、当人はそんなことをまるで気にせず得意げな顔をしていた。

そういえば途中から姿を消していたな、とアレンは遅ればせながら気付く。

「ナタリア……？　おまえ今までどこに行ってたんだ」

「もちろんイケナイことの準備です。少々買い出しに行っておりました」

ナタリアは勝利を確信したように、ふふんと笑ってみせた。

居並ぶ一同とリディリアを前にして、ナタリアはふんっと鼻を鳴らす。

いつも自信に溢れた幼女ではあるものの、髪をかき上げる仕草ひとつ取っても世界を救った勇者のような絶対の自負に満ちていた。

その姿を見て、グローが目を丸くする。

「あんたが噂の妹さんか。なかなか優秀なんだってなあ」

「ふん。当然でしょう、なにしろわたしはねえさまの妹なのですから」

「っつーことは、このちびっ子も聖女様の縁者ってことか」

「どっちかっていうと、こっちの方が聖女様に似てるよなあ……」

他の面々もひそひそと言葉を交わす。

そんなナタリアを横目に、リディィリアは先ほどマイアが使った人形を転がし、そこにどすんと腰を落とす。片肘ついてため息をこぼすその様は、見るからにピリピリしていた。

「で、次は汝か。もうこれで終いにしてよいかのう？　そろそろわらわも疲れてきたわ」

「かまいません。わたしのターンで試合終了確実ですから」

「ほう……そこまで自信があるか」

「もちろんです。秀才のわたしが繰り出すイケナイことで、聖女様だろうとイチコロのはずですから！」

ナタリアとリディィリアは真っ向から睨み合い火花を散らす。

広場に冷たい風が吹き、波乱の予感が増していく。

そこに、メーガスがアレンにひそひそと声を掛けてきた。

「なあ、大魔王どの。あのお嬢ちゃんへの情操教育、あんた一回見直した方がいいんじゃないのか？」

「……検討しよう」

大抵のことは笑い飛ばすが、さすがにこれはちょっとダメな気がした。

大人たちが神妙な面持ちで顔を背ける中、シャーロットはハラハラしたように拳を握る。

『ナタリア、すごい自信ですね……いったい何をするつもりなんでしょう』

「あいつが出すならあれしかないだろう」

アレンは肩をすくめる。

家庭環境のせいで荒んでしまった幼女ではあるものの、子供らしい感性も有している。

そんなナタリアが自信満々に出してくるものといえば、自分にとっても大切な思い出だろう。

大きな荷物をごそごそと漁り、ナタリアはその品々を差し出した。

「どうぞ、好きな絵本をお選びください！　特別にこのわたしが、読み聞かせてさしあげましょう！」

「……絵本、じゃと？」

リディリアは目を白黒させる。

ナタリアが取り出したのは、様々なジャンルの絵本だった。

文字を学ぶためのシンプルなものから、かわいらしい動物たちが描かれたもの、オーソドックスな童話を書いたものなど、ラインナップは多岐にわたっている。

「あー……なかなか鋭いかもね。たしかに懐かしくっていいかも」

「ミアハも昔読んでた絵本がまだ実家に置いてありますにゃ〜」

「うん。私もお気に入りがあった」

エルーカたちもわいわいと盛り上がる。

みな意外と盲点だったのか、ナタリアのチョイスに感心しているようだった。

しかし、リディリアの反応は芳しくなかった。顔をめいっぱいにしかめ、ナタリアが差し出した絵本をぐいぐいと押し返す。

「わらわはそのような幼子が読むようなものに興味はない。下げよ」

「ふふん、片意地を張らなくてもいいのですよ。童心に返るのも立派な息抜きのうちですからね」

七歳の幼女が『童心』を語る。

なかなかシュールな光景だが、本人はいたって大真面目だ。

突っ返されてもめげることなく絵本を差し出し、ナタリアはどこか誇らしげに続ける。

「私の素敵な思い出は、ねえさまに絵本を読んでもらったことなんです。ねえさまの中にいたあなたは、ご存じかもしれませんが……」

頬をかき、リディリアをまっすぐ見つめて――。

「あなたは若くして命を落とした。その人生は、人から言わせれば非業と呼べるものでしょう。ですが、そんなあなたにも……家族に絵本を読んでもらったようなあたたかな記憶が、ひとつくらいあるのではないですか？」

「っ……そんな、もの……！」

リディリアが拳を握りしめ、声を荒らげる。

わなわな震えて目をつり上げ、しかとナタリアを睨め付けて——爆ぜるようにして叫ぶ。

「わらわには何の関係もない！」

「へ？」

ナタリアが目を丸くした次の瞬間、突如として広場一帯に爆風が吹き荒れた。

熱気だけで肺を焼くような凄まじい灼熱だ。直撃すれば、いかに丈夫な種族だろうと原形も残らず塵芥と化すだろう。しかし、その爆風はふっと収まった。

「やれやれ。まったく手のかかる弟子だな」

「あわわ……だ、大魔王……」

アレンの腕の中で、ナタリアは目を瞬かせる。

咄嗟に飛び出して守ったので、火傷ひとつ負っていない。

他の面々もエルーカやゴウセツの唱えた魔法障壁で、なんとか無事にやり過ごせていた。かわりに、マイアが使った人形たちは真っ黒焦げになってあたりに転がっている。被害は甚大かつ広範囲だ。

（さすがは歴史に名を残す聖女といったところだな……だが！）

こっそり感心しつつも、アレンはギンッとリディリアを睨め付ける。

「おいこら、リディリア！」

「ひっ」

「今のはおまえが悪い！　ナタリアがケガをしたらどうするんだ！　ちゃんと謝れ！」

誰がどう見てもリディリアに非がある。

しかし、当人は駄々をこねるようにかぶりを振る。

余裕ぶった厭世の空気は取り払われ、地団駄まで踏んで叫ぶ始末だ。

「っ、うるさいうるさいうるさい……！　わらわは、わらわはなんにも……悪くないもん！」

「こら待て！」

リディリアの身体から光が溢れる。

しかし、それはすぐに収まって――あとには目を瞬かせるリディリア……いや、シャーロットの姿があった。きょろきょろとあたりを見回してみせる。

「あ、あれ……？　どうなっているんですか……？」

「リディリアがおまえの中に引っ込んだんだ。身体に違和感はないか？」

「はい……なんともありません、けど……きゃっ」

「ねえさまあ！」

物憂げに顔を伏せるシャーロットに、ナタリアが勢いよく飛びついた。

ぐすぐすと鼻をすすりながら目元を拭う。

「ううう……怖かったです……でも、あんなに怒ることないじゃないですか……」

「ナタリア、大丈夫ですよ。アレンさんもありがとうございます」

「いや、気にするな。師匠として当然のことをしたまでだ」

泣きじゃくるナタリアの頭をぐりぐり撫でて、アレンは苦笑する。

「しかしおまえも俺の弟子だなあ。相手の嫌がることをピンポイントで突くとは」

「……あのひと、絵本がそんなに嫌いだったんです？」

「何、あとで説明してやろう」

アレンは鷹揚にうなずいてみせる。

数々の違和感が積み重なった結果、答えがようやく見つかった。

そんななか、シャーロットは少しだけ眉をひそめて不安そうにする。

「リディリアさん……大丈夫でしょうか」

「む、シャーロットも何か気付いたのか？」

「気付いたというより、伝わってきたんです」

苦しそうに胸を押さえて、つま先へと視線を落とす。

「リディリアさん、とても悲しんでいました。胸が張り裂けそうなほど……」

「えっ……わ、わたし、そんなにひどいことを言ってしまったんですか？　どうしましょう、大魔王……」

「気にするな、あっちもあっちでお相子だろう」

おろおろするナタリアの頭を、アレンはぽんっと叩く。

そのついで、その場に居合わせた面々をぐるりと見回した。

「そういうわけだ。集まってもらって悪いが、あいつのことは俺がなんとかする」

「まあ、そうなるよなあ……」

「俺たちじゃあんなの対処できねえし」

「でも何だったんだろうな、今の……」

グローたちは真っ青な顔を見合わせる。全員、聖女の突然のブチギレに驚いているようだった。だが、誰も理由までは分からないらしい。

その中で、ルゥがアレンの袖を引いてぐるると唸る。

『ねーねー、なにをするつもりなの？　やっぱりいつものイケナイこと？』

「もちろん。この世の理に反するような悪行だ」

アレンは口の端を持ち上げてニヤリと笑う。

「よし、帰ってパーティーの準備を始めよう」

三章　聖女の願い

かくして準備が整ったのは、それから二、三時間後のことだった。

そのころにもなればすっかり日も沈んでおり、屋敷周辺の森は完全な暗闇に沈んでいる。

それに反して、みなが集まるリビングは明るい光で満ちていた。

「よし、これで万全かな」

「ばっちりだよー、おにぃ」

「まあ、言われたとおりにしましたけど……」

ぐっと親指を立ててみせるエルーカ。

その一方で、ナタリアは眉を寄せて首をひねるのだ。

すっかり準備が終わったリビングを見回してみる。

部屋はすっかり賑やかになっていた。

壁には紙で作った飾りがいくつも付けられ、テーブルの上は色とりどりの料理が所狭しと並んでいる。ささやかなパーティーの光景だ。

もちろん中央には大きめのケーキがホールででんっと載っていた。

贅を尽くした……といった風でもなく、一般家庭のホームパーティーといった様相だ。

「本当にこんなので、あの聖女様が攻略できるのですか？　わたしもお手伝いしましたが……どれも普通の家庭料理じゃないですか」

「むしろこれがいいんだ。ともかく打ち合わせどおりに頼んだぞ」

「まあ、大魔王がそこまで言うのなら……分かりましたよ」

『儂らも了解ですぞ』

『ルゥもー』

ゴウセツとルゥもこくこくとうなずく。

そんな二匹の頭を撫でながら、シャーロットは苦笑しつつ頬をかく。

「ちょっと張り切って作りすぎちゃいましたね……喜んでいただけるといいんですが」

「なに、完璧な出来だ。俺が保証しよう」

「ふふふ、アレンさんがそうおっしゃるのなら安心ですね」

屋敷にいる顔ぶれはこれだけだ。

いつもの四人にお供の二匹。いわば身内だけのささやかな夕食会である。

これからそこに、もうひとり呼ぶことになる。

「それじゃ、シャーロット。頼めるか？　本来ならおまえの誕生日祝いだし、主役が追いやられるのもおかしな話なんだが……」

「私はかまいませんよ。昨日から十分お祝いしていただきましたし」

シャーロットはふんわりと笑って、ぺこりと頭を下げてみせる。

「リディリアさんのこと、よろしくお願いします」

「……分かった」

シャーロットの肩に手を置き、軽く呪文を唱える。するとシャーロットはこくりこくりと船を漕ぎ始めた。その耳元で、アレンはぱちんと指を鳴らす。

「起きろ、リディリア」

「…………はっ」

その瞬間、シャーロットはハッとして顔を上げる。

ゆっくりとあたりを見回したかと思えば――ひどく苦々しそうに顔をしかめてみせた。

人格がリディリアに入れ替わったのだ。

アレンのことを睨みながら、低い声で唸（うな）る。

「なんじゃ、わらわを起こしたか……余計なことを」

「まあそう言うな。おまえにちょっと用事があってな」

「ふんっ、さっきのことならわらわは謝ったりせんぞ」

リディリアは腕を組んでそっぽを向く。

ナタリアの方をちら見して、ふんっと鼻を鳴らすことも忘れなかった。

「何と言われようと、その小娘が悪いのじゃ。わらわはなーんにも悪くない」

「うぐう……！　ねえさまの姿だから、余計に腹立たしいやら悔しいやら……！」

『な、ナタリア、落ち着いてくださいね……？』

鏡の中から妹をなだめつつ、シャーロットがおろおろとする。

ゴウセツやルゥも目配せし合うだけだった。場の空気は張り詰めるものの――。

（ふむ、いい傾向だな）

アレンはこっそりと笑みを噛み殺していた。

なにしろリディリアの変化が明白だったからだ。

物言いは相変わらずの老成したものだが、仕草のひとつひとつがやけに子供じみている。

虚勢を張ってはいるものの、ナタリアをちらちら見やる眼差しはどこか揺れていた。

余裕のない証拠である。

敵を攻めるにはもっとも適した状態と言えよう。

そんな企みはなるべく包み隠し、アレンは軽い調子で告げる。

「先ほどのこともあるが、おまえを呼んだのは他でもない。今度はまた、俺がイケナイことを教えてやろうと思ってな」

「……では、おぬしはまだ諦めておらぬのか」

リディリアはあからさまにため息をこぼす。

「もう何もかもがどうでもいい。一刻も早くわらわを消してくれ。今日一日で分かった。やはりこの世界に……わらわの心を慰めるようなものは何ひとつとして存在しないのじゃ」

「ふん、そんな厭世家の真似事ができるのも今のうちだ」

沈み込むリディリアに、アレンは不敵に笑うだけだった。

「これが最後だ。これで万が一にもおまえの心を揺さぶることができなければ、俺は潔くおまえのことを封印しよう」

「……本当か？」

「ああ。約束は守る方だ」

「…………そう、か」

アレンが鷹揚にうなずけば、リディリアは少し息を呑んでから小さくこくりとうなずいた。

床を見つめるその目には、覚悟を決めるような、ホッとしたような、そんな様々な思いが入り交じる。

「分かった。ならば早くするといい。最後まで付き合ってやろうではないか」

「よし話は決まったな。それでは……」

アレンはリディリアの肩に手を置いて、食事の並ぶテーブルを顎で示してみせた。

「まずは夕飯を食うぞ。俺たちと一緒にな」

「はあ……？」

食事と聞いて、リディリアは目をぱちぱちと瞬かせる。しかしテーブルに並ぶ料理の数々と壁の飾り付けを確認すると、すぐに渋い顔を作ってみせた。

「これはつまり……シャーロットの誕生日祝いか？」

「そういうことだな。おまえも参加しろ」

「だったらわらわは引っ込む。この体はシャーロットのものじゃ。祝いの席に主役がいなくては話にならぬじゃろ」

「それとこれとは話が別だ。ほら、とっとと座れ」

「嫌じゃ。わらわには何の関係もないではないか」

いくら促しても、リディリアは頑として従おうとはしなかった。

アレンは不敵な笑みを浮かべてみせる。

「ふっ、ならば最終手段だな」

「何……？」

久方ぶりにあれをやろう。

アレンは短く呪文を唱え、パチンと指を鳴らす。すると自身の心臓のあたりに禍々しい紋様が浮かび上がった。そこに手を当てて、高々と言ってのける。

「たった今、俺は自分に死の呪いをかけた！」

「……は？」

「おまえがこの食事会に参加すると言わない限り、俺はこの呪いを解除しない。どうだ、リディリア。無実の一般市民が自分のせいで死ぬともなれば、さすがのおまえも心が痛むだろ。だったら早く――」

「いや、別に勝手に死ねばいいと思うのじゃが？」

「………む？」

リディリアは冷たい目をしてぴしゃりと言い放った。

動揺するでも、泣いて止めるでもない。思っていたのとまったく逆の反応だ。

想定外の事態に一瞬だけ固まってしまうが、アレンはハッとしてリディリアに詰め寄る。

「俺の命がかかっているんだぞ!?　自分のせいで善良な一般市民が命を落としたら、おまえみたいなクソ聖女でもさすがに罪悪感を覚えるだろ!?」

「誰が善良じゃ、誰が。おぬしみたいな阿呆が勝手に死にかかったところで、わらわは何の関係もないじゃろうが」

「ぐっ……シャーロットには効果抜群な脅しだったんだが……！」

「大魔王、うちのねえさまをそんな風にして脅迫したことがあるんですか？」

「うっ、それはその……！」

ナタリアが今にも射殺さんばかりの冷たい目で睨んでくる。無実とも言えないので口籠もると、シャーロットが慌てたように弁護してくれる。

『ま、まあまあ。ナタリア。最初はびっくりしましたけれど……最近はアレンさんもあまりやらなくなりましたし、大丈夫ですよ』

「『最近は』……？　『あまり』……？　大魔王、後でちょっと話があります。これまでどれだけねえさまを困らせてきたのか、つぶさに白状していただきましょう」

「ま、待ってくれ……ちょっと意識が遠のいてきた……ぐうう……」

『あ、アレンさん⁉　大丈夫ですかアレンさん⁉』

床にくずおれて苦しむアレンのことを、シャーロットだけが悲鳴を上げて心配した。

あとの面々はしれっとした反応だ。『バカやってるなあ』という冷たい目がいくつも突き刺さる。

そんな中、ナタリアがため息をこぼして肩をすくめてみせた。

「まったく。大魔王の悪行については後で追及するとして……ほら、リディリアさんもいいから早く座ってください。もたもたしていると料理が冷めてしまいます」

「そうそう。せっかくみんなで用意したんだからねー」

「な、なんじゃ、おぬしらまで」

ナタリアとエルーカにぐいぐい押され、リディリアは結局大人しくテーブルにつくことになった。それでもどこかソワソワして、鏡の中のシャーロットを見やる。

「これはおぬしの誕生日祝いじゃろ……？　ますますわらわが食すべきものではないと思うのじゃが……」

『私は後でいただきます。気にしないでください』

それにシャーロットはにっこりと笑ってみせた。

『リディリアさんに助けていただいたお礼も兼ねているんです。よかったら召し上がってください』

「そ、そういうことなら……少しいただこうかのう」

『はい！　デザートもありますよ。アレンさんも……その、召し上がれそうですか？』

「げふっ、ごほ……大丈夫だ、いただこう……」

仕方なく自分で呪いを解除して、のそのそと立ち上がる。

なんとなく締まらないスタートとなったが、リディリアをテーブルにつかせることには成功したので良しとしておく。

かくして一家全員がテーブルについた。

ルゥとゴウセツもすぐ近くに餌皿を置いてもらって準備万端だ。

「それじゃ、いただきまーす」

「いただきます」

「い、いただきます……」

エルーカとナタリアは元気よく、リディリアはどこか緊張したように手を合わせる。

こうしていつもより少し賑やかな食事が始まった。めいめいが大皿から好きな料理を取っていくスタイルだ。

テーブルに立てかけた鏡の中から、シャーロットは緊張した面持ちでリディリアに話しかける。

『お口に合えばいいんですが……リディリアさん、舌が肥えてらっしゃるみたいですし』

「ま、まあ問題ない。別に好き嫌いはないしな。なんでも――」

「あ、だったらこれとかどう？　美味しいし食べてみなよ」

「わたしはこのエビフライがお勧めですね。ねえさまが作ってくださったんですよ」

「なっ⁉　おぬしら勝手に盛るでない！」

エルーカとナタリアがひょいひょいっとリディリアの皿に料理を積んでいく。あっという間に取り皿は山のようになってしまった。

洗練された食事会とは程遠い光景だ。

リディリアは戸惑いつつもフォークを手に取る。

全員が期待の眼差しで見つめるものだから、逃げ場はないと悟ったらしい。

「むう……どいつもこいつもやけに押しが強いな……仕方ない、少しいただくとするか」

そうしてエビフライにフォークを伸ばす。

少し尻尾が焦げてしまっていて、お世辞にも完璧な出来とは言えない代物だ。リディリアはおそるおそるエビフライを口にする。その瞬間、しかめっ面がふっと和らいだ。

「……おいしい」

『本当ですか？』

その小声を聞きつけてシャーロットの顔がパッと明るくなる。

『それじゃ、他にも好きなものがあったらなんでも言ってくださいね。いつでも作っちゃいますから！』

「じゃ、じゃが、わらわは……」

リディリアは気まずそうに目を逸らす。『次などない』とでも言いたいのだろうが、シャーロットが嬉しそうで、突き放すに突き放せないのだろう。その戸惑いが手に取るように分かるので、アレンはくつくつと笑う。

「くくく……高級フルコースより、そうした分かりやすいメニューの方が舌に合うのか？」

「そ、そういうわけではない！　庶民料理が珍しいだけで――」

「あ、ナタリアちゃん。こっちのサラダいる？」

「いただきましょう。ゴウセツ先生たちもいかがですか？」

『それではご相伴に与りましょうかな』

『ルゥもたべる！　トマト好き！　リディリアは？　リディリアはなにが好き？』

「へ？　え、えーっと……え、エビフライ……とか？」

アレンを睨みつけるリディリアだが、すぐに他の面々にペースを乱されてしまう。

そのまましばしわいわいと賑やかな会食が続く。

リディリアはひどく気まずそうに小さくなっていたものの――やがて大きなため息をこぼし、がっくり肩を落としてアレンを見やった。

「アレン、いい加減に話せ。いったい何を企んでおるのじゃ」

「なに、おまえに課すイケナイことは単純明快だ」

アレンは鷹揚に両手を広げる。

それで収まるのは、みながついた食卓くらいだ。

「これだ。リディリア、俺はおまえに……この光景を与えよう」

「この光景……じゃと？」

「そう。つまり……」

訝しげに眉を寄せるリディリアに、アレンはニタリと笑う。

世を疎んじて命を落とした聖女様。そんな相手が欲するものなど、ひとつしかない。

「今日から俺たちが、おまえの新しい家族だ！」

「っ……!?」

リディリアがハッと大きく息を呑む。

その顔が蒼白に染まり、次の瞬間。

「か、家族……家族、じゃと……!?」

震える声を絞り出すと同時、その目が大きくつり上がった。

そこに浮かぶのは純然たる怒りの色だ。彼女はテーブルをだんっと殴りつけ、アレンのことを怒鳴り飛ばした。

「ふざけるな！　そんなもの……そんなもの、わらわには必要ない！」

「本当にそうか？」

それにアレンは平然と肩をすくめてみせた。

ついでに懐から紙の束を取り出し、読み上げる。

「おまえはわずか十歳にして聖女として目覚め、その後病に伏して……わずか十八歳という若さでこの世を去った」

聖女として活躍した期間は短い。

それでも彼女の上げた輝かしい功績や、絵に描いたように善良な家族たち……そういったことが事細かに書かれていた。

「いやはや、おまえの上げた手柄もそうだが、生家の功績も素晴らしいものだ。輝かしい逸話の数々がいくつも残っていた」

「……それならわたしも聞いたことがありますね」

ナタリアがフォークとナイフを置いて、腕を組んでむすっとした顔をする。

生家の話をするのは不本意らしい。どこか他人事のように続ける。

「リディリアの両親はたいへん立派な人々で、後を継いだ弟も世のため人のため努めたとか。今も屋敷には家族が揃った、仲睦まじい肖像画が飾られていますよ」

「ふむ。仲睦まじい、か。本当にそう見えたのか？」

「？　ええ、少なくとも……うちの一家よりは。ああ、でも」

ナタリアはふと考え込むように顎に手を当てる。

「聖女リディリアの肖像は、たった一枚だけ。彼女が幼いころに描かれた一枚きりでした。病に伏した姿を、後世に残したくなかったのでしょうか」

「……いいや、違う。残すわけにはいかなかったんだ」

アレンは新たに懐から新たな紙の束を取り出す。

今にも粉々になって朽ち果ててしまいそうなほどに古びた紙だ。

だがしかし、そこには決定的なことが書かれていた。

「おまえの本当の享年は、わずか十歳。そうだな、リディリア」

「なっ……十歳⁉」

『わ、私よりも年下だったんですか⁉』

ナタリアとシャーロットはハッと大きく息を呑んだ。

一方で、リディリアの反応は薄いものだった。

険しい顔のまま、アレンのことをじっと見つめる。

「なぜ、そう思ったのじゃ……？」

「きっかけは、おまえの秘密に気付いたことだ」

手にした調書の束をリディリアの前にぽいっと投げる。

するとその瞬間、顔色がさっと曇った。その変化が書かれた内容によるものではないことを、アレンはすでに見抜いていた。

「おまえは文字が読めない。そうだろう？」

「……」

リディリアはもう何も言わなかった。

「救国の聖女が文字すら読めないなんて不思議な話だろう？　それで改めて、おまえのことを調べ直した」

とはいえ他国の、三百年前の出来事だ。

魔法学院の資料では限界があった。

最初にゴウセツから話を聞いてみたものの、当時は別の大陸にいたらしくろくな情報を持っていなかった。

そういうわけで、アレンは別の長命種を当たった。ダークエルフのドロテアである。

ダメ元ではあったものの、それがまさかの大当たりだった。

『聖女死亡説……？』

『ええ、当時は有名な噂話でしたよ』

ナタリア同様、いつの間にやら姿を消していたドロテアだったが、探せば通りに面した喫茶店にいた。

優雅に紅茶をすすりつつ、彼女はこめかみを押さえて記憶を辿る。

『えーっと……たしか聖女リディリアは、当時のエヴァンズ家当主と娼婦との間にできた子だったはずっす。視察に訪れた田舎町で、ついつい遊んでしまった結果だとかなんとか』

『またお手本のようなダメ貴族だな……』

『ダメ貴族らしく、最初は知らぬ存ぜぬでいたみたいっすけどねー』

リディリアは七歳になるまで、母のいる娼館で下働きなどをして暮らしていた。

それが奇跡の力ともいうべき魔力に目覚めるや否や、当時のエヴァンズ家当主が多額の金を出して彼女を引き取ったのだという。

わずか十歳の聖女はこうして出来上がり、その後すぐに表舞台から姿を消す。

公式には療養生活に入っているとされていたが――。

『療養なんて真っ赤な嘘。力を使いすぎたせいで衰弱し、聖女はすでに死亡している……そういう噂が、当時はまことしやかに流れていたんです』

『……ときおり表に出てきたというのは影武者か』

『そういうことっすね。人前に出るときは、ほとんど顔を隠していたそうっすから』

当時、ニールズ王国は聖女リディリアのおかげで国力を強めていた。大国との同盟も決まりかけており……それが完了するまでの短い期間、国のシンボルでもあった聖女には生きていてもらわねばならなかった。

アレンはひとまず納得し、ドロテアに片手を上げて礼を告げた。

『礼を言うぞ、ドロテア。おまえでも少しは役に立つことがあるんだな』

『いやいや、とんでもないっすよー。それよりどうっすか、アレンさん。これからボクと一緒にお茶など。このお店のメニューはどれも絶品っすよ！』

『断る。とっとと帰るに決まってるだろ。仕事の邪魔をしては悪いしな』

『そ、そんなこと言わずにもっとここにいてほしいっす！　じゃないとボク、また亜空間でのカンヅメ原稿地獄に戻さ――』

『はい、五分経ちました。面会終了になります』

『嘘ぉ！　まだ三分も経ってないっすよ⁉　ボクにだって人権ならぬエルフ権ってものが

あって――って、ぎゃあああああああ!?』

後ろで控えていた黒スーツの男がぱちんと指を鳴らすと同時、虚空にぽっかりと穴が開き、ドロテアはその中へ吸い込まれていった。

穴はすぐに消え、アレンは男――ドロテアの担当編集、ヨルにも礼を言う。

『すまないな、取り込み中に無理を言って』

『たしかにスケジュールには一ミリの余裕もございません。ですが、アレン様の頼みとあれば面会時間を捻出することも厭いませんので』

ヨルは表情筋をぴくりともさせずに、恭しく頭を下げた。

どうやらドロテア、仕事が終わったというのは嘘で、隙をついて逃げ出してきただけだったらしい。

捕縛に来たというヨルは、胸に手を当て真顔で続ける。

『アレン様をモデルに描いた新作恋愛小説、飛ぶように売れているんです。改めてきちんとお礼をせねばならないなと、かねがね思っておりました。本当にありがとうございます』

『売れているのか、あのろくでもない本……』

『はい。当社の歴史において、ここ百年で一番のヒットとなっております。我が社の中でもファンが多く、続きはまだかと急かされている次第です』

ヨルは淡々とうなずいてみせた。

自分たちの恋模様が勝手に出版されて、バンバン売られて万人に広く読まれている……

かなり暴れ出したい状況だったが、アレンはそれをグッと堪えた。

ヨルは懐から名刺を取り出し、平坦な声で名乗った。

『改めまして、エルダーズ・アライアンス出版部門担当、ヨル・ダークホルンと申します。今後とも末長くよろしくお願いいたします』

『ちょ、長命種同盟所属だったのか、おまえら……』

エルダーズ・アライアンス。

エルフやドラゴン、精霊に吸血鬼……ありとあらゆる長命種が集う秘密結社である。その一端に接触できれば、世界を動かすことも容易であるとさえ言われている。

中古の屋敷を買って付いてきたコネにしては破格の代物であった。


まあ、それはともかくとして。

「おぬしは……いったい何が言いたいのじゃ」

苛立ちを隠そうともせずに睨みつけるリディリア。

それに、アレンは平然と言ってのけた。

「いくら強がろうとも……とことん利用されて、使い捨てられた子供。それが聖女様の正体だ」

「っ……それがどうした！」

リディリアは声を荒らげて吠える。

そこに余裕は微塵もない。

迸る力がテーブルの皿をカタカタと揺らし、その髪をヘビのように揺らめかせた。

ナタリアへ攻撃を仕掛けたあのときを遥かにしのぐ魔力量だ。

（ようやく仮面を剝がせたか……！）

だからアレンはこっそりとほくそ笑む。

そんなことにも気付かず、リディリアは叫び続けた。

「わらわはたしかに幼くして死んだ！　ろくな教育も受けさせてもらえず、聖女として振る舞うことだけを求められた！」

やがて、その目に大粒の涙が浮かぶ。

ひと雫溢れたのをきっかけに、強い感情が溢れ出す。

「わらわは愛されてみたかった……！　だから、だから……たくさんがんばったのに……誰も、愛してはくれなかった!!」

生みの親である娼婦は、リディリアを疎んじていたらしい。

大金で娘を売り払ったあと、あっさりと姿を消した。

だからこそリディリアは自分を必要としてくれる国や家族のため、命を削ってまで聖女を務めた。それなのに、みなが求めるのは聖女の功績だけだった。

「抱きしめてもらったことなど一度もない！　絵本も読んでもらえなかった……！　死ぬ間際でさえ……みな、わらわの死を、どう偽るかを相談していた……！」

「……そのようだな」

リディリアの死後、その死体は荼毘(だび)に付された。

あの国で一般的な埋葬方法は土葬であるにもかかわらず、だ。

聖女の死の証拠を、この世に残しておきたくなかったのだろう。

それが——ただ愛されたかっただけの少女をどれだけ絶望させたのか、想像に難くない。

「だからこんな世界……わらわの方から願い下げだと言っているのが……貴様は、なぜ分からぬ!?」

「っ……!」

リディリアが吠えると同時に、アレンに魔力の突風が襲いかかった。

素早く障壁を張って防御する。しかし、刹那ののちにすぐ背後で気配が膨れ上がった。

「くたばれ、バカ者!!」

ドガァッッッ!!

轟音(ごうおん)が屋敷を揺らした。

リビングにもうもうとした煙が立ち昇り、庭に面した壁には大穴が開いている。

そこから吹き込む冷えた風を受け、リディリアは肩で息をするものの——その肩を、アレンは背後からガシッと掴んだ。

「フェイントをかけるのは悪くない。だが所詮は子供の浅知恵だな」

「なっ……お、おぬしいつの間に!?」

「いいか、リディリア。貴様が聖女と持て囃されたのは三百年も前のことだ。当然それだけ、この世界の魔法技術は発展している。そんな現代において……！」

リディリアは目をみはる。その隙に、アレンは彼女に容赦なく襲いかかった。

「時代遅れの聖女なんぞが、この大魔王様に敵うはずないだろうがぁ！」

「ひっ……!?」

リディリアがびくりと身を竦めて小さくなる。

しかし、やがて恐々と顔を上げた。アレンが魔法を一切使わなかったからだろう。

「いったい何を……って、何じゃこれは!?」

かわりにすぐ目を丸くする。

その首元には大ぶりな首輪が装着されていたからだ。革のベルトには仰々しい錠前が施されている。見た目に反してなかなか軽い優れ物だ。

「ふっ、おまえの時代にはなかった代物だ。これぞ現代における技術進歩の賜物と言えような」

アレンは鼻を鳴らし、リディリアにびしっと人差し指を突きつける。

「そいつは特殊な魔法道具でな。なんと対象者の魔力を九十九パーセント吸収し……魔法の行使を不可能にしてしまう呪いのアイテムなんだ！」

「そ、そんなバカな……！　えいっ、えいっ……えええいっ!!」

リディリアはアレンに向けて懸命に指を振るう。通常ならば突風なり爆炎なり氷塊なりが撃ち出されたであろうその指先からは、ほのかな風しか生まれなかった。

監獄などで用いられる魔法拘束具の一種だ。

この話し合いが始まる前に、パパッと作って調整しておいた。大魔王なのでこの程度のことは朝飯前だ。

「魔力を封じられてしまえば、聖女など赤子同然！　ほれほれ、この大魔王様に手も足も出まい！」

「ぐぬぬっ……ま、魔法が使えなくとも、おぬしなんぞ素手で十分じゃ！　この、この……っ！」

「ふははは！　どうした！　そんなヘボいパンチで俺を倒そうというのか！　痛くも痒くもないぞ!!」

「ふぐうううう……!!」

ぽかぽか叩いてくるものの、一切ダメージは与えられない。それが心底悔しいのか、どんどんリディリアの目の端に涙が溜まって、攻撃はへろへろになっていく。

外見はそのままシャーロットのため胸は痛んだが、アレンは心を鬼にして相手を煽り続けた。

傍目から見れば、さぞかしまずい絵面に写ったことだろう。

現に、野次馬たちはしっかり白い目を向けてくる。

「うわー……おにいも大人気ないなあ」

『ほんとにあれはどうかと思うよねー』

「まあ、ねえさまの体に傷を付けず彼女を無力化する配慮は買いますが……あまりにも性格が悪いとしか言えませんね」

『魔物の儂でも若干引きますぞ』

「やかましい！　これが俺流の教育的指導だ！」

ふたりと二匹分の冷たい眼差しへ怒鳴りつける。

しかし、ナタリアが抱えた鏡の中から、シャーロットが眉を寄せてみせるのだ。

『あんまりいじめちゃダメですよ、アレンさん。さっきの話が本当なら……リディリアさんは小さな女の子なんですから』

「うっ!?　いやその、これは虐めているわけではなくて躾の一環で……」

『それでもダメです。めっ、です』

「……分かった」

「よ、弱すぎじゃろ、おぬし……」

しゅんっと項垂れるアレンに、リディリアはしゃくり上げながらもジト目を向ける。

気を取り直し、アレンはごほんと咳払いをした。

「そのとおり。俺はシャーロットに弱い。だが……おまえなんぞよりは遥かに強い！」

ぐっと親指で己を示し、アレンは高らかに告げる。

「三百年前の奴らと違って、俺は絶対におまえを利用しない。普通の子に頼るより、自分でやった方が効率的だからだ！」

「わらわが、ふつうの子供……？」

リディリアは呆然と、アレンの顔を凝視する。

「おぬしは……本気でそう言っておるのか？」

「当たり前だ。そもそも俺にとっては大抵の者が凡人だ」

アレンは彼女の前にしゃがみ込み、しょぼくれた顔をのぞき込んで笑う。

「俺ならおまえを、普通の子供として扱ってやれる。普通の子供として愛してやろう」

「っ……わらわ、は……！」

リディリアは言葉を失う。

やがて、ゆっくりとその顔が歪んでいった。

大粒の涙が後から後から溢れ出し、彼女は本格的に泣きじゃくってしまう。

「もう嫌なのじゃ……！　期待しても、どうせまた裏切られる……！　だから、だから全部終わらせたかったのに……どうしておぬしは、期待させるようなことを言い出すのじゃあ……！」

「……黙って見ていられないからに決まっているだろう」

わんわんと泣き続けるリディリアの頭をそっと撫でる。

子供らしい、感情任せの泣き方だ。

それが、彼女がずっと隠していた本心なのだろう。

「裏切られるのが嫌だと言うのなら……よし、こうしよう」

アレンはパチンと軽く指を鳴らす。

すると今度は自身の首に、ぐるっと一周分の紋様が浮かび上がった。しかもリディリアの人差し指にも同じものが浮かぶ。アレンは堂々と言ってのけた。

「たった今、俺はまた自分に死の呪いをかけた」

「は……？」

「先ほどとは違って、今度は自分で解呪できない代物だ！」

そしてその効果は――。

「おまえが俺に裏切られたと感じた瞬間……俺の心臓はただちに活動を停止するッ‼」

「はあああ⁉」

リディリアがぴたりと泣き止んで、すっとんきょうな悲鳴を上げた。

「お、おぬし本気か……⁉　そんな曖昧な発動条件の死の呪い、自分にかけるなんぞどーかしておるぞ⁉」

『まあでも、アレンさんですし……』

「大魔王ですしね……」

ドン引きのリディリアとは対照的に、シャーロットならびにギャラリーたちは納得の面持ちでうなずき合った。

アレンも飄々と肩をすくめるだけである。

「別に、おまえを満足させればいいだけだろう？　簡単なことだ」

リディリアの顔をのぞき込み、悪戯っぽくニヤリと笑う。

「まずは文字を教えてやろう。絵本だって好きなだけ読んでやる」

「っ……ほんとうか？」

「うむ。おまえが飽きるまで、何度だって付き合おう」

もう少し暖かくなったら、遠出をしてもいいだろう。

弁当を持ってピクニックに出かけたり、魔道動物園へ遊びに行ったり、何の用もなく街をぶらついたり――。

「何もない日も楽しいものだぞ。朝起きて、飯を食って、遊んで、学んで……風呂に入って寝る。そんな欠伸が出るような毎日を、俺はおまえに約束しよう」

アレンはリディリアへとまっすぐ右手を差し伸べる。

かつて悪夢に囚われたシャーロットを救ったあのときと同様に、泣き虫な少女を救うため。

「家族になろう、リディリア！　俺はけっして、おまえに寂しい思いをさせはしない！」

「アレン……」

リディリアは大きく息を呑んで目を潤ませる。

固く覆われていた心の壁にヒビが入ったのを、アレンはたしかに感じ取り――。

（……うん？）

そこでふと、妙な既視感に囚われた。

自分が今し方口にした台詞に、なぜか覚えがあったのだ。

いつかのどこかで、誰かがアレンに向けて今の台詞を口にした。

そう感じられてならなかった。

（叔父上、か……？　いやしかし、違う気も……って、そんなことは今どうでもいいか）

記憶はうっすらとぼやけていて、輪郭すらも不確かだ。

そうこうするうちにその曖昧な既視感も薄れていき、アレンは思考を切り替える。

リディリアがゆっくりとかぶりを振ったからだ。

「ダメじゃ……それだけはできぬ」

「意固地になるな、リディリア。おまえだって少しは心が揺らいでいるんだろう」

「……仮にそうだったとしても。この身体はシャーロットのものじゃろう」

リディリアは心臓のあたりを押さえ、ため息をこぼす。

「わらわの意識がこのまま残り続ければ、シャーロットの迷惑になる。生者の権利を侵してまで、わらわは生き長らえたいとは思えぬのじゃ……」

「なに、そのことも心配するな」

うなだれる肩をぽんっと叩き、アレンはニヤリと笑う。

そんな危惧は些細なことだった。なにしろアレンは――。

「俺は、やると言ったら徹底的にやる男だ。全部俺に任せておけ」

◇

窓の外が夜闇に染まるころ。

アレンの研究室では、本日の仕上げが行われていた。

「よし、体に違和感はないか？」

「む……う」

アレンの問いかけに、相手は両手をにぎにぎしながら小さくうなずく。

見た目年齢十歳ほどの女児だ。

髪は透けるような銀で、瞳は鮮やかな真紅。

それ以外の点を除けば、シャーロットをそのまま幼くしたような容姿である。

着せるものがなかったので、アレンのシャツをぶかぶかのワンピースのようにまとっていた。

可憐で、守ってあげたくなるような少女ではあるものの——アレンを見上げる目はひどく鋭い。

「この肉体はホムンクルスじゃな……？　わらわの仮の器とするためにわざわざ作製したというのか」

「も、もちろんそのとおりだ！　それ以外に、こんなものを作る理由などあるわけないだろ！」

「なぜおぬし、今ちょっと動揺したのじゃ……？」

ますます目をすがめる少女、リディリアだった。

シャーロットの魂からリディリアの人格部分を分離して、それをそっくりそのまま仮初（かりそ）めの肉体へと封じ込める。言うは易いが、それなりにテクニックを必要とする処置である。

とはいえ、大魔王の名をほしいままにするアレンにとっては朝飯前の作業であった。

（シャーロットへの誕生日プレゼントのつもりが、まさかこんな使い道が生まれるとはなあ……）

あのときお蔵入りにしておいて、本当に良かった。

しみじみしつつも、諸注意を簡単に説明する。

「ホムンクルスではあるが、成長もするし病気も怪我もする。さらに、魔力は元の十分の一ほどだ。これから訓練次第で伸びるだろうが、慣れるまでは注意しろよ」

「その程度なら問題はないじゃろう」

リディリアは鷹揚にうなずいてみせるものの、最後にほんの少し足元に目線を落とし、小さな人差し指をすり合わせる。

「それより、今一度聞くが……おぬし、本気でわらわを――」

「アレンさん、終わりましたか？」

「ああ。問題ないぞ」

控えめなノックが、リディリアのセリフを遮った。

アレンが応えれば、ゆっくりと扉が開かれてシャーロットが部屋の中をのぞき込んでくる。

最初は心配そうに眉を寄せていたものの――。

「わあ、可愛いです！」

「ひゃっ」

リディリアの姿を見て、パッと顔を輝かせる。

その声に驚いてリディリアはアレンの陰に隠れてしまうのだが、後から後から野次馬が入ってきてすぐに取り囲まれてしまう。

「へー、なかなかやるじゃん。さすがはおにいだよね。こんな短時間でホムンクルスを作っちゃうとかさー」

「ふむふむ、わたしよりほんの少し背が低いのが気に入りました。よしよししてあげましょう」

「こ、これ！　頭を撫でるな！　わらわを誰と心得て……きゃっ⁉」

エルーカとナタリアに揉みくちゃにされて、リディリアは悲鳴を上げて逃げようとする。

しかし後ずさった先にルゥとゴウセツがいた。

完全に退路は断たれてしまう。

『ほんとだ、ちっちゃーい！　これならルゥも丸呑みできるかも！』

『くくく。いけませんぞ、ルゥどの。食べるならもっと育ってからの方がお得でございますゆえ』

「ひぃぃぃっ⁉　た、助けるのじゃアレン！」

こうして完全に縮み上がったリディリアが足にしがみついてくる。

アレンは片眉を上げて訝しむばかりだ。

「さっきまで普通に接していただろ。そんなに怯えるものか？」

「体が小さくなったせいで、こいつらが大きく見えて怖いのじゃ！　そもそもその地獄カピバラは、わらわに対して敵意ビンビンじゃし……！」

『まあ、シャーロット様を牢獄より救い出した恩人とはいえ、迷惑をかけたのも事実でございますしなあ。良い子にしておかねば、この儂が取って食ってしまうのでそのつもりで』

「ううう……め、目力がすごいのじゃあ⁉」

目をかっ開いたゴウセツに凄まれて、リディリアはますます半泣きになる。

精神は肉体に左右されるというし、今は享年相応くらいの精神年齢になってしまったようだ。

そんなリディリアを見下ろして、アレンはふむと顎に手を当てる。

「変に大人ぶるより、こちらの方がはるかに健全だな。やっぱりこれで正解だったか」

「納得しとらんで助けよ！　わらわ、肉体を得て即座に命の危機なんじゃが⁉」

「もう……ダメですよ、ふたりとも」

じりじりと距離を詰める二匹の頭をぽんぽんし、シャーロットは苦笑する。

「仲良くしてくださいね、今日から家族の一員なんですから」

『分かってるよー。ルゥ、たくさんめんどーみる！』

『シャーロット様の頼みとあらば、委細承知いたしました』

「……家族、なあ」

盛り上がる二匹を前に、リディリアはふたたび神妙な面持ちを作った。

伏し目がちにアレンを見上げて、軽く首をかしげてみせる。

「その、本当に良いのじゃろうか……？　はるか昔に死んだわらわが、第二の人生を歩むなど……自然の摂理に反するのではないか？」

「何を言うか。この程度の事例ならいくらでも存在する」

不安げなリディリアに、アレンは肩をすくめてみせる。

前世の記憶が完全に蘇ることは多いし、遺灰から雛となって復活する不死鳥もいる。

自らの身体を新調し続け、千年という長きを生きた魔法使いの逸話もある。

死は、必ずしも終わりではないのだ。

「おまえの人生はおまえだけのものだ。好きにするといい」

「そういうものなのかのう……」

「それに、このとおり。すでに役所にはおまえの市民登録届を出してきたからな。もう後には引けんぞ」

「い、いつの間に!?」

アレンが取り出した書類を前にして、リディリアは目を丸くする。

役場が発行してくれる身分証明書である。

犯罪歴などを照会されるものの、他国の者でも市民登録は可能だ。人間以外の種族でも、もちろん登録できる。

「さあ、これでもうおまえは腹を括るしかない。何でもしたいことをするといい」

「何でも、か……」

リディリアは目線をさまよわせ、ハッとする。

そうしてじっと、アレンの持つ書類を見つめるのだ。

「文字を読めるようになるのが、ずっと夢じゃった……自分の名前すら、昔は書けなかったから」

「いい目標じゃないか。このくらいならすぐに読めるようになるだろう」

「う、うむ。これがわらわの名か？」

「ああ」

指さした箇所には、とある名前が書かれていた。

リディ・クロフォード——とある。

それを横手からのぞき込み、ナタリアが不思議そうにする。

「あれ、名前はリディリアではないのですか？」

「一応変えておいたんだ。聖女の名だと、色々支障があると思ってな」

もしも、リディリアが成長して魔法使いとして大成したとき、かつての聖女と同じ名前では伝説と比較されてしまうかもしれない。

エヴァンズ家との繋がりを詮索されても厄介だ。

「これが気に入らなければ好きに名乗るといい。元の名前でもかまわんぞ」

「……いいや、これでいい。リディがいい」

リディリア――リディはゆっくりとうなずいた。

人差し指をかざして呪文を唱えれば、そこには小さな炎が生まれる。しかしナタリアに攻撃を仕掛けたときのような、絶大な魔力はカケラも感じられなかった。

しかしリディの顔はぱっと輝いた。

アレンをまっすぐに見上げて、ごくりと喉を鳴らす。

「聖女は死んだ。ここにいるのは……ただ少々魔法が使えるだけの子供。そういうことで、よいのじゃな？」

「そのとおり」

アレンはニヤリと笑ってみせる。

そのついで、懐から一冊の本を取り出して与えるのだ。

「ほれ、文字を学ぶならこういう簡単な絵本からはじめるのが定石だ。まずはこいつで勉強しろ」

「わ……文字がいっぱい書いてあるのじゃ……！」

リディは絵本を開いて、キラキラと目を光らせる。

それを見て、アレンは背後を指さしてみせる。

「そいつはさっき、お前に読み聞かせてやるためにナタリアが買ってきた一冊だ。気に入ったのなら礼を言っておけよ」

「な、ナタリア……か」

リディはバツが悪そうに眉を寄せる。

絵本で顔を隠しつつナタリアのことをうかがって、しばしまごまごしたものの……やがて覚悟を決めるように唇を噛んで、ぺこりと頭を下げてみせた。

「その、先刻はごめんなさいなのじゃ……傷付けるつもりはなかったのじゃが……ゆるしてもらえるかのう」

「き、気にすることはありません。あの程度なら、大魔王がいなくても防げましたしね」

それに、ナタリアはふんっと鼻を鳴らして横柄に言ってのけた。

リディの持った絵本をのぞき込んでぶっきら棒に続ける。

「ところで……文字を学ぶというのでしたら、わたしが教えてあげてもかまいませんよ。舎弟たちの勉強を見てやることも多いですし、人に教えるのは慣れていますので」

「一応わらわ、十歳なのじゃが……年下に教えを乞うのはどうも据わりが悪いというか……」

「細かいことはいいでしょう。学ぶことに年齢など関係ありませんから」

「む、むう……そういうものか。では、頼まれてくれるかのう？」

「まったく仕方ないですね。今日はもう遅いですが、あとで少し読んであげましょう」

ナタリアはふんぞり返ってニコニコする。

どうやら、妹のような存在ができて嬉しいらしい。

そんなちびっこふたりを横目に、エルーカがアレンの肩をぽんっと叩いてくる。

「よかったねえ、おにい。なんとか丸く収まって。パパが見たらびっくりするだろうけど」

「そうか、報告する必要があるか……絶対色々言われるよなあ」

「そりゃ報告はいるっしょー」

天井を仰ぐアレンに、エルーカは口元を隠してにまにま笑う。

愉快で楽しくて仕方がないとでも言いたげに続けることには——。

「まさか、あのおにいがパパになるなんてねー」

「…………は？」

その台詞に、リディがぴしっと凍りついた。

ぎこちなくアレンに顔を向ける。大きく見開かれた目は、まるで理解ができないとでも言いたげだ。

「父……？　いったい誰が……？」

「もちろん俺だが」

そんな彼女に、アレンは肩をすくめて言う。

「身元保証人として必要だったからな。その方が今後何かと手続きもスムーズだしな」

義父のハーヴェイの養子としても良かったのだが、行政の手続きが必要な場合わざわざサインをもらいに学院まで行かねばならなくなる。

それなら名実ともに自分が保護者になってしまえ、とアレンは気軽に判を押したのだ。

そう簡潔に説明しても、リディはあんぐりと口を開けて固まるばかりだった。

アレンは眉を寄せる。

「家族になると言っただろう。何を驚くことがあるんだ」

「いやその、おぬしはどー見ても父親というキャラではないじゃろ……」

「まあ、それに関しては俺自身も同意せざるをえんな」

アレンはしみじみとうなずく。

自分が人の親になるなんて、一年前までなら考えもしないことだった。

しゃがみ込んでリディの顔をのぞき込み、その頭をがしがしと撫でる。

「だから俺もおまえも、父親初心者で子供初心者だ。お互いゆっくりレベルを上げていこうじゃないか」

「むう……」

リディは口をきゅっと引き結び、アレンのことをじーっと見つめてくる。

やがて消え入りそうな声で尋ねることには――。

「おぬしは……ずっと、わらわの父でいてくれるのか？」

「もちろん。呪いもかけたから、嫌と言われても逃がさんぞ」

アレンはニヤリと笑う。

予想外の結果となったが、このところは万事が万事そんなものだ。それでも全力で取り組んでなんとかなっている。

それに、自分ひとりで取り組むわけではない。父親も全力でやり遂げるだけだ。

アレンは隣のシャーロットに目配せする。

「そうだよなあ、シャーロット」

「は、はい。頑張ります」

「へ？」

硬い面持ちでうなずくシャーロットに、リディはきょとんと目を丸くする。まるで訳が分からないとでも言いたげだ。

シャーロットはぐっと拳を握って心意気を語る。

「え、えっと、至らないこともあるかもしれませんが……いいお母さんになれるよう、頑張ります！」

「……母？　シャーロットが……？」

「はい」

シャーロットはこくりとうなずく。

胸に手を当てて、はにかむようにして言うことには――。

「アレンさんは私に家族をくれました。だから今度は……私がリディさんの家族になれたら嬉しいな、って」

「…………」

「そ、それで、なるとしたらお姉さんかな、とも思ったんですが、アレンさんがお父さんになるなら、私は……あ、あれ？　リディさん？」

黙り込んだリディに気付き、シャーロットは目をみはる。

すぐにしゅんっと肩を落としてしまうのだが――。

「や、やっぱり私なんかがお母さんだなんて頼りないですよね……」

「そんなわけないじゃろ!?」

「きゃっ」

リディは叫ぶと同時、シャーロットの腰にがばっと抱きついた。

浮かべる笑みは、これまで見せた中でも群を抜いてキラキラしている。

アレンを指さして堂々と言う。

「あれに比べたら断然アリじゃ！　むしろ大歓迎なのじゃ！」

「あ、あれって……そんなこと言っちゃいけませんよ、アレンさんはリディさんのお父さんなんですからね」

たしなめるシャーロットだが、その顔はゆるみにゆるんでいた。

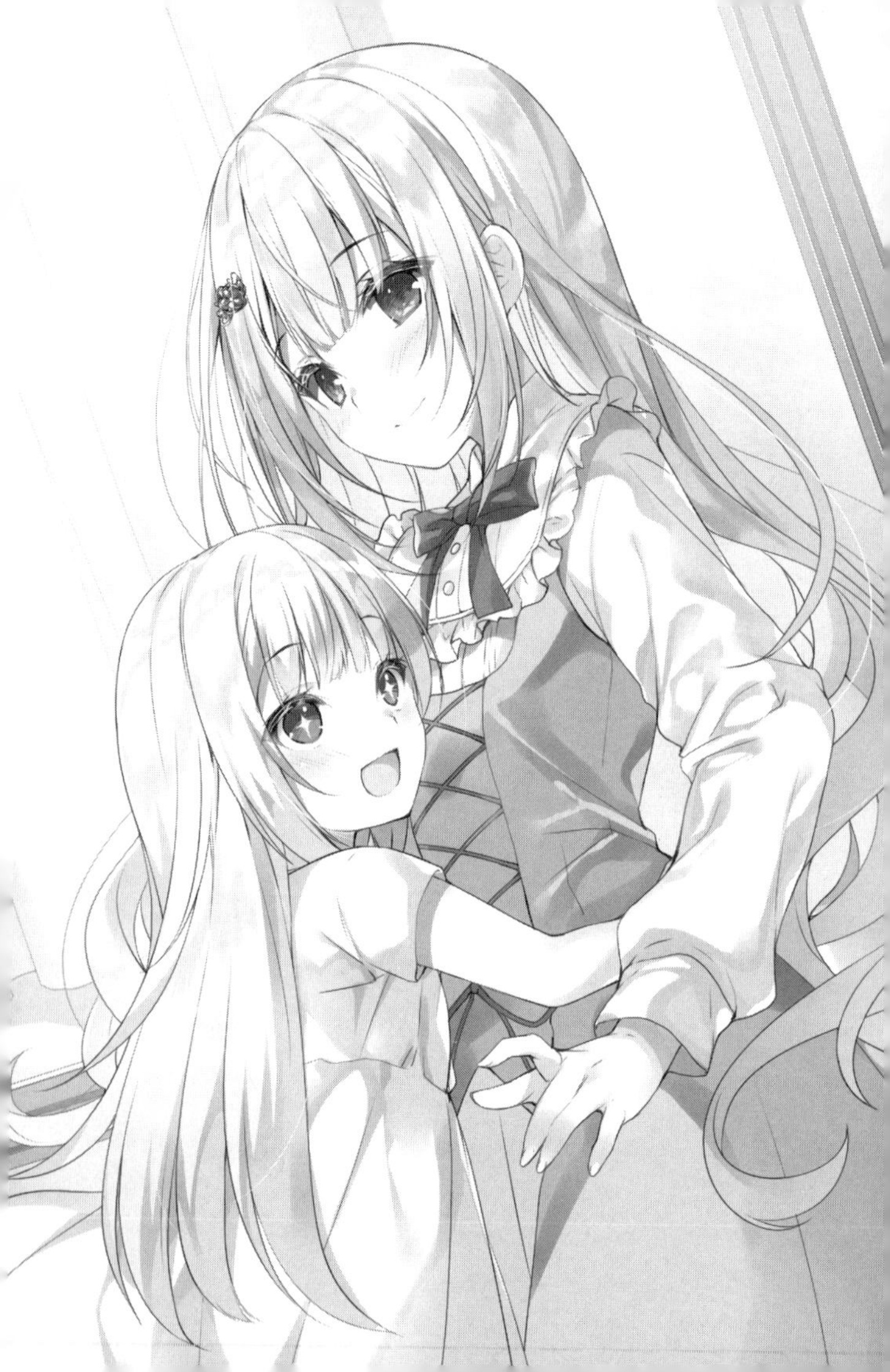

受け入れられてホッとしているらしい。

そこにナタリアも乱入し、シャーロットにぎゅうっと抱きついた。

「もう、リディさんだけずるいですよ！　ねえさまはわたしのねえさまなんですからね！」

「ふーんだ、それを言うならわらわのママ上じゃぞ！」

「ま、ママ上ですか……!?　と、ともかくふたりとも、仲良くしなきゃダメですよ！」

きゃいきゃいとじゃれ合うふたりに、シャーロットはあたふたするばかり。

母親（レベル1）はなかなか前途多難らしい。

そんな光景を前にして、エルーカはニヤニヤしながらアレンを肘で突いてくる。

「ほんっとやるじゃんねー、おにい。結婚前に娘ができるとかどんな気分？」

「ふ、不可抗力だ。仕方ないだろ」

アレンはまごつきながらも咳払いするしかなかった。

（とはいえ……書面上、シャーロットはリディの保護者でもなんでもないがな）

シャーロットにかけられた濡れ衣はまだ晴れないまま。当然、リディの市民登録書類にシャーロットの名前を書くことはできなかった。

たかが書類。されど書類である。

そうしたものに大手を振って自分の名前を書けるようになったとき、彼女の人生が本当に再始動するのだ。

そんなことをぼんやり考えるアレンをよそに、他の面々は盛り上がる。

ルゥなどリディの前に立ち、得意げに鼻を鳴らしてみせた。

『それじゃ、リディはルゥのいもーとだね。おねーちゃんって呼んでもいいよ！』

「むう、先に娘になったのはそちらの方か……ならば仕方ない。ルゥ姉上じゃな」

『では、儂のことはゴウセツお姉様と』

「ばあさまじゃな。承知した」

『おやおや、すでにもう反抗期まっただ中というわけですかな？　なんとまあ教育しがいのある……』

「ひいっ⁉」

凄むゴウセツに、リディの肩がびくりと跳ねる。

なんとか闘志を取り戻してふんぞり返るのだが――。

「や、やれるものならやってみるがいい！　ママ上を味方に付けたわらわには、恐れるものなんぞ何ひとつないのじゃ！」

「ダメですよ、リディさん。ゴウセツさんとも仲良くしましょうね」

「うぐうっ……じゃ、じゃがママ上よ、あやつやっぱり怖いのじゃ……！」

結局シャーロットにしがみつくリディだった。

みな冗談を飛ばしつつも、すっかり元聖女のことを受け入れてしまっていた。

それが肌で分かるのか、リディの表情もずいぶん柔らかなものとなっている。

これでようやく一件落着である。ひとまずは。

アレンは片手で顔を覆い、長めにため息をこぼしてから——最後の難敵を倒す決意を固めた。

（さて、これでリディのことはなんとかなった。あとは……シャーロットの誕生日プレゼントだな）

最後の難関。

それはずばり、約束したファーストキスである。

◇

そしてそれから数時間後。

夜も更け、もうあと少しで日付が変わるというころになって——。

「つ、疲れた……」

アレンはリビングのソファーに腰を落とし、ぐったりとしていた。

少し前まで賑やかだった屋敷はすっかり静まりかえっている。

リビングにいるのはアレンひとりで、あたりは大小様々な箱や紙袋の残骸が溢れていた。

ディナーに使った皿も出しっぱなしだし、盛大なパーティーの痕跡がそっくりそのまま残っている。

祭りの後の静けさが漂う中、アレンはため息交じりに視線を落とす。

「父親というのは……こうも大変なものなんだな……」

「すぴー……」

そこには安らかな寝息を立てるリディがいた。

気持ちよさそうに目を閉じて、アレンの服をしっかり摑んでいる。

こうなったのには深い理由があった。

リディが屋敷で暮らすこととなり、当然ながらあれこれと必要なものができた。

日用品や着替え、勉強道具や絵本など。

多少は予備があるものの、幼児用の服など我が家にあるはずもない。

そのため、アレンは明日にでも街に繰り出そうと思っていたのだが——シャーロットがやる気全開でこう切り出したのだ。

『それじゃ、今から買い出しですね！　今ならまだフローラさんの黄金郷が開いてるはずですし！』

『おおっ、いいねえ！　行こっか、おにい！』

『お、おう……？』

みなが乗り気となったので、急遽街へと向かうこととなった。

そうしてシャーロットやエルーカ主導で服やら何やら選んでいた。

アレンはそれを後方でぼんやり見守っていたのだが——。

『かわいいです、リディさん！　こっちの服も着てみてください！』

『さすがはねえさまのセンスです。わたしも色違いを買ってもらうとしましょう』

『う、うむ。じゃが、あんまり無駄遣いはどうかのう……支払いはアレンじゃろ……？』

『はあ？　バカを言え、我が家の経済状況を甘く見るなよ。おまえひとり分の爆買いなんぞ痛くもかゆくもないわ！』

　リディが変に遠慮を見せたので、アレンの闘志に火が付いた。

『よし！　次はここにある幼児教育本、棚ごと全部もらおうか！』

『毎度ありがとうございまーす♪』

『そろそろミアハさんを呼びましょうか？　どう考えても、みなさんだけで持って帰れる荷物じゃないので……』

　店主のフローラやバイトのジルが、金に糸目を付けずに買い物するアレンのために閉店時間を延ばしてくれたので、存分に買い物してしまった。

『のう……あやつやっぱり、女で身を滅ぼすタイプじゃろ』

『それは儂だけでなく、誰もが知るところでございますぞ』

　会計時、山と積み上がった商品を前にしてリディとゴウセツが何やらコソコソ陰口を叩いていたが、広い心で聞き流しておいた。

　そんなわけで、買い物のあとは家に戻って開封作業。

　作業の合間にはファッションショーを挟み、その後は――。

『リディさん、リディさん。そろそろ寝る時間ですよ』

『むう……ねむくなんか、ないのじゃー……』

『寝落ち寸前だろ、おまえ』

アレンの膝の上から、リディは頑としてどこうとしなかった。

家に帰ってから物言いたげに絵本を抱きしめていたので、膝にのせて何度も何度も読んでやったのだ。シャーロットがいくら言っても抵抗し、最終的にはアレンの服にしがみついていやいやと首を横に振った。

『アレンは読んでくれると言ったもん……だから、もう一回……』

『明日も読んでくださいますよ。ねえ、アレンさん』

『う、うむ。だからベッドに行こうな、リディ』

『やじゃー……ぱぱうえがいいのじゃー……』

『ぱ、パパ上……!?』

こうしてリディが駄々をこねたので、寝付くまでアレンは背中ぽんぽんを強制された。

何だかんだと懐いてくれているのが分かったのは嬉しい。

しかし——。

『ふわあ……ねえさま、そろそろわたしたちも寝ませんか』

『そうそう。ママ、今日はたいへんだったんだし、早くねた方がいいよ』

『そ、そうですね……あの、アレンさん。リディさんのこと、お任せしてもいいですか……?』

『あうん……任せておけ……』

寝かしつけている隙に、シャーロットはナタリアたちと寝室へ行ってしまった。

エルーカはバイト終わりのジルを捕まえて夜食を食べに行ったし、ゴウセツはゴウセツでまた飲みに行った。自由人どもは今日も元気だ。

そんなわけで、アレンはリディを抱っこしたままリビングに残されたのだった。

時計を見上げて頭を抱える。窓の外に広がる闇は、すっかりその濃さを増していた。

「おいおい、あいつの誕生日はあと一時間もないぞ……！　どうする、今から部屋に行くか……!?」

しかし、部屋にはナタリアとルゥがいる。

さすがにもうふたりも寝たと思うが、万が一起きていた場合『何しに来たのか』と怪訝な目を向けられてしまう。怖いものなしで我が道を行くアレンとはいえ、そんな場面で『シャーロットとイチャイチャしたいから譲れ』と臆面もなく言えるほど強くもなかった。

あと、リディが起きてしまいそうだから動けない。

うんうん悩み続けるものの、そこでハッと疑問を抱く。

「いや待て、そもそもシャーロットはあのときのことを覚えているのか……？」

誕生日プレゼントにキスを贈る。

そんなことを申し出たのはたった一日前の出来事だが、その間に起こったハプニングは異様に濃厚なものだった。シャーロットが忘れてしまっていてもおかしくはない。

「もしも忘れていた場合……変なタイミングでがっつく男、ということにならないか!?」

娘ができた夜に早速キスを迫る。

事実だけ抜き出してみるとがっつきようが凄まじかった。

海より広い心を持つシャーロットでも「それはちょっと……」と難色を示すだろう。いざキスしようとして、やんわりと断られてしまった日には死ぬしかない。

アレンは顔面蒼白となって頭を抱える。

ここで諦めるのは簡単だ。誕生日プレゼントは、明日にでもまた別に用意すればいい。

だがしかし——アレンはどうしても、それだけはしたくなかった。

「うっ、うぐぐっ……しかし、こうなったら……一度でいいから、キスしてみたいだろ……!」

もはや誕生日プレゼントは建前となりつつあった。

大好きな恋人とキスをする。今日一日ずっとそのことを考えていたせいで——もちろんリディの処遇もちゃんと考えていた。本当である——欲求がどんどん膨らんでいたのだ。

しかしそこに至る道がまったく見当も付かなかった。

あれこれ悩むアレンだが……突然背後から声をかけられて、飛び上がることとなる。

「お疲れ様です、アレンさん」

「っ……!?」

ばっと後ろを振り返る。

はたしてそこには、寝間着姿のシャーロットが立っていた。

リディの顔をのぞき込み、ふんわりと笑う。

「よく眠っていますね。よかったです」

「う、うむ……」

あれだけ会いたいと願っていたはずなのに、上手く言葉が出てこなかった。

アレンがもごもごと口ごもるうちに、シャーロットはそっと近付いてくる。

そうして、ほんのり頬を染めて小首をかしげてみせた。

「あの、隣に座ってもいいですか？　ナタリアたちも寝ちゃったので」

「……おう」

アレンはぎこちなくうなずくだけだった。

こうしてシャーロットが隣にそっと腰掛ける。

ちょうど昨日の夜もこうして並んで話をした。あのときは話が弾んだものの、今回はどちらも黙り込んでしまって、ひとりでいたとき以上の静けさがリビングに満ちる。

(待て待て待て！　何を、いったい何を話せばいいんだ……!?)

こんなときにどうするべきなのか、まるで分からなかった。

ガチガチになって固まっていると、不意にシャーロットがアレンの方に顔を向ける。そうして、柔らかな笑顔を浮かべてみせた。

「ありがとうございます、アレンさん」

「……む？」

まるで予想もしなかったその言葉に、アレンはぽかんとする。

頭の中を埋め尽くしていた煩悩や葛藤はその瞬間に消え去って、かわりに浮かぶのは純粋な疑問だった。

おもいっきり首をひねって考えるも、感謝される覚えはなかった。

「……リディを寝かしつけたことか？」

「それもありますけど……今日はずっと考えていたんです」

シャーロットはくすりと笑う。

「もしもアレンさんと会えていなかったら、どうなっていたかなって」

「どう、か」

アレンはふと考え込む。

春先のあの日、倒れたシャーロットを屋敷のそばで拾った。

しかし、もしも彼女が無事に森を抜け、アレンと出会わなかったのなら——。

「危機が降りかかってもリディが出てきて切り抜けただろうし……どこかの町でひっそり暮らしているうちに、ナタリアが迎えにきたんじゃないのか？」

リディはシャーロットのことを、密かにずっと見守っていた。

ナタリアは学院で、ひたすらシャーロットの行方を捜して魔法の腕を磨いていた。

だからきっと、アレンと出会わなかったとしてもシャーロットは無事だった。そんな気がした。

そう告げるとシャーロットは「そうかもしれません」とうなずく。

「でもそれだったら……三人一緒に笑うことなんて、できなかったと思うんです。ふたりと分かり合えたのはアレンさんのおかげですから」

「まあたしかに、ふたりとも気難しいからなあ」

リディはひねくれたままだろうし、ナタリアは姉への罪悪感を抱えたままだっただろう。

「だが、それも時間が解決したかもしれないぞ？」

「そうだったとしても、こんなに自然には笑えなかったと思います」

シャーロットはかぶりを振ってから、目の前――どこか遠くに視線を向ける。

「私、昨日言いましたよね。アレンさんは私に家族をくれたんだって。でも本当は……私だけじゃなく、みんなに笑顔をくれたんですね」

「何を言う。俺はただ好き勝手やったに過ぎないぞ」

「……たとえ、そうだったとしても」

シャーロットはふんわりと微笑んで、アレンの手をそっと握る。

その手を胸に抱いて、彼女は満面の笑みを向けた。

「私は、アレンさんに出会えてよかったです」

「……シャーロット」

アレンはまた、上手く言葉が出てこなかった。

そしてふと、こんなことを思った。

(俺は、シャーロットと出会わなかったら……今ごろどうしていただろう)

きっと、今でもこの屋敷にたったひとりで住んでいただろう。

人付き合いを避けて、何の代わり映えもしない日々をぐだぐだと送っていただろう。

そんな面白みの欠片(かけら)もない人生を想像するも——なぜか、それだけは違うと直感した。

確固たるイメージが脳裏に浮かぶ。

(シャーロットと出会わなかったら……俺は、ここにはいなかった?)

なぜか、そんな確信があった。

なぜか、何かが引っかかった。

得体の知れないかすかな違和感が胸の中で広がっていく。

そのせいで——シャーロットが身を乗り出して、ぐっと距離を縮めたことにギリギリまで気付けなかった。

「だから、あの……アレンさん!」

「は」

はっと気付いたときには、すぐ目の前にシャーロットの顔があった。

瞬く間もなく、唇に柔らかなものが重なる。

その瞬間、アレンの心臓は完全に停止した。

ただ分かるのはその柔らかさと、鼻先をかすめる甘い匂い、自分の頬にかかった彼女の髪の感触、握られた手から伝わる火傷しそうなほどの熱さ……。

そうしたものを脳に刻み付けるには、たった数秒でも十分すぎた。

シャーロットはそっと体を離し、真っ赤な顔を向ける。羞恥にうるんだ瞳は、ぽかんとしたアレンだけを映している。

「アレンさんは、みんなにあげてばかりだから……たまには私から、プレゼントさせてください」

いくぶんこわばった声でそう告げたかと思えば、シャーロットは弾かれたように立ち上がる。アレンの膝で丸まっていたリディを抱き上げて、最後にぺこりと頭を下げた。

「そ、それじゃおやすみなさい！　また、明日……！」

「…………」

そのままぱたぱたと急ぎ足でリビングを出て行った。

そんな彼女を見送っても、アレンはソファーに腰掛けたまま一切動くことができなかった。

ただ時計の秒針が進む音だけを聞き、窓の外に広がる闇がだんだん白んでいくのを見つめていた。やがてリビングが朝の光に包まれて、小鳥のさえずりが響くようになったころ――。

「アレン氏～！」

玄関扉を乱暴に開け、無駄に元気よく屋敷に入ってくる者がいた。

ドロテアである。

まっすぐリビングまでやってきて、アレンの前で好き勝手に喋り出す。

「何か聖女の件で色々大変だったみたいっすけど……ボクも今原稿が大ピンチなんすよー。もうほんと全然ネタが浮かばなくって、これ以上はマジもうヨルさんのドラゴンブレス待ったなしで……そこでアレン氏に相談なんすけど……って、あれ？」

ドロテアはきょとんとしてアレンの顔をのぞき込む。

「どうしたんすか、アレン氏。顔が真っ赤っすよ。あっ、ひょっとしてラブコメ？　シャーロット氏との胸きゅんラブコメ展開があったんすか⁉　詳しく聞かせてもらっても――」

「うおわああああああああ⁉」

「ひえっ⁉」

アレンは絶叫とともに駆け出して窓をぶち破り、転がるようにして外へと飛び出した。

そのまま全速力で森を駆け回って半日以上帰らなかったので、シャーロットからかなり心配されてしまったのは言うまでもない。

他の面々からは「何やってんの？」と冷たい目を送られた。

リディからは「絵本を読んでもらおうと思ったのに！」と叱られた。

娘ができて早々、家庭内での地位の危うさを痛感することとなった。

それはともかく――アレンの絶叫に驚いて尻もちをついたドロテアは、割れた窓を見てため息をこぼす。

「はあ……やっぱり素直に話してくれるタマじゃないか。こうなったら、こっちからラブコメを作ってやるしかないっすね！」

ニヤリと笑い、彼女は懐から一枚の封筒を取り出した。

何の変哲もない白封筒。そこにはこう書かれていた。

竜宮郷・特別招待券――と。

四章　イケナイ家族旅行

シャーロットの誕生日から一夜明けた次の日。

衝撃的な出来事を経験したアレンは外を思いっきり走り回り、手近なダンジョンを荒らしたり、街で強い酒をばかすか飲んだりしてから夕方近くに屋敷へ戻った。

「ただいま……」

「あ、アレンさん。お帰りなさい！」

リビングに戻ったアレンのことを、シャーロットは慌てて出迎えてくれた。ぱたぱたと駆け寄ってきて、不安そうに眉を寄せる。

「急に出て行ったってドロテアさんから聞きました。心配したんですよ」

「いや、その……」

まともに彼女の顔を見ることができず、アレンはそっと顔をそむけて小声で言う。

「びっくりしたので……ちょっと発散してきたんだ」

「ひょっとして……昨日のあれ、お嫌でしたか？」

「まさか!!」

おもわず大声が出てしまった。その勢いのままシャーロットの手をぎゅっと握り、真正面から顔を見て万感の思いを言い放つ。

「そ、その……嬉しかった！　ありがとう！」

「い、いえ……どういたしまして……」

シャーロットは顔を真っ赤に染めてもじもじと言う。アレンもまた自分の顔が同じくらい赤くなっている自覚があった。

そんなふたりを見て、リディは首をひねるのだ。

「ママ上とアレンは何の話をしておるのじゃ？」

『リディどの。こういうのはスルーするのが子供の義務でございますぞ』

そんなリディの肩を、ゴウセツがぽんっと叩いて諭してみせた。

リビングはもちろん家族が揃い踏みである。リディを除く全員が全員、生あたたかい眼差しを送ってきたが、アレンもシャーロットもお互いのことしか見えていなかった。

（き、キスしたんだよな、俺たち……）

あの柔らかさが脳裏をよぎり、アレンはごくりと喉を鳴らす。

まさかシャーロットから仕掛けてくるとは予想外だった。しかしその驚きは後になればなるほど、じわじわと喜びへと変わっていった。

シャーロットの手を握ったまま、アレンはしみじみと語る。

「俺の不意を突くとは、おまえも成長したな……」

「い、いつもアレンさんがリードしてくださるから……たまには頑張ってみようかな、って……えへへ」

シャーロットはぎこちなくはにかんでみせる。

出会ったころからは考えられない大胆さだった。アレンはその変化がとても嬉しかったし……シャーロットに顔を近付けて、全力で凄む。

「ふっ……だがしかし、やられっぱなしでは大魔王の沽券に関わる。次はこっちから仕掛けてやるから覚悟しろよ、シャーロット」

「ひっ、ひえぇ……！」

シャーロットは小さく悲鳴を上げて、アレンの手をぱっと離して逃げてしまう。

逃げ込んだ先は手近にいたエルーカの背中だ。義妹はアレンに冷ややかな眼差しを向けてくる。

「ちょっとおにい。仲がいいのはけっこうだけど、飛ばしすぎじゃない？」

「いいや、これくらいでいいんだ。そうじゃないと負けてしまうからな」

「何の勝負をしてんのさ。それより、ドロテアさんがおにいに話があるんだって」

「……話だあ？」

「どもどもー」

そこでリビングの隅でお茶をすすっていたドロテアが、片手を挙げて答えてみせた。

かくして話し合いの場が設けられた。

アレンはドロテアの話をざっと聞いて、いったん受け取った白封筒をためつすがめつ眺める。

「竜宮郷への招待状だと……？」

「そのとおりっす！」

ドロテアはやけに勢いよく首肯する。

一方で――。

「へえ……？」

その単語を聞いて、エルーカの眉がぴくりと動いた。

少し不思議な反応がアレンは気になったものの、追及する間もなく話は進む。

「竜宮郷ですか？　どこかで聞いたような気が……」

「簡単に言えば秘境宿だ」

首をかしげるナタリアに、アレンは簡単に解説する。

「山一帯を擁する保養地なんだが、正式に予約した客以外は立ち入ることのできない場所だ。主人によって特殊な結界が張られているからな」

「うん。だから……要人のお忍びなんかにも使われるんだ」

エルーカがそれに口を挟んだ。

どこか硬い面持ちで、シャーロットやナタリア、それにリディの顔を見比べて続ける。

「貸し切りのコテージを使えば、なおさら他の客には会わないからね。人目を避けてゆっくりするのに最適なんだよ」

「エルーカさんはお詳しいんですね。行ったことがあるんですか？」

「うーーん。まあ、何て言うか……ちょくちょく？」

シャーロットの質問を、エルーカはあいまいな笑みで誤魔化した。

（そんな頻繁に行くような場所か……？）

たしかアレンも、クロフォード家の家族旅行で訪れたことがある。しかし、それも一度や二度だ。

エルーカは魔法道具の材料を探して世界のあちこちを飛び回っているものの、竜宮郷は一年中冬山だ。ろくな素材は見つからない。

（まさか……例の調査絡みか？）

依頼しておいた、シャーロットが巻き込まれた陰謀に関する調査。

ひょっとするとエルーカは例の王子やエヴァンズ家について何か掴んだのかもしれない。

なにしろ先ほど話に上がったとおり、竜宮郷は密談にうってつけだ。

エルーカにじっと視線を送っていると、アレンにだけ分かるように目配せした。後で話す、と言いたげだ。

そのため、アレンはひとまずそちらは保留にしてドロテアをじろりと睨む。

「突然どういう風の吹き回しだ。俺たちのことをネタにして本を書いたから、その迷惑料というわけか？」

「そりゃもちろん、決まってるっす！」

ドロテアは己の胸をどんっと叩き、いっそ堂々と言ってのけた。

「旅行で羽目を外して、シャーロット氏とイチャイチャしてください！　ボクはそれをこっそり拝見させてもらって、アレン氏たちをモデルにした例のラブコメ続編を爆速で仕上げるって寸法でえぎゃんっ⁉」

チケット入りの白封筒をドロテアの顔に思いっきり叩き付け、返答とした。

「誰が行くか、誰が」

アレンはふんっと鼻を鳴らしてそっぽを向く。

先日、街の者たちから旅行を贈られたときはありがたく頂戴した。しかし、今回は話がまるで変わってくる。

「貴様の三文カストリ小説のネタにされると分かっていて、みすみす乗るわけないだろうが」

「いたた……えー、でも一番グレードの高いコテージをわざわざ押さえたんすよ？　おまけに支払いは全部ボク持ち！　断るなんて勿体ないっすよ？」

「くどい。その程度で釣られる俺じゃない」

「ええー……ほんとにいいんすかー？　ほらほら、見てほしいっすよ。あっち」

「む？」

ドロテアがにんまり笑ってあらぬ方向を指し示す。

何気なく顔を向けた先では——シャーロットがいつの間にか竜宮郷のパンフレットに釘付けとなっていた。

「す、すごいです！　この前連れて行っていただいたお宿より、ずっと大きいだなんて……！」

「ほう、豪華スイーツ食べ放題に広々とした温泉……悪くありませんね」

『ゆき!?　ルゥ、ゆきって見たことない！　冷たくてふわふわしてるって、ほんと？』

『これが今の竜宮郷ですか。昔とはずいぶん様変わりしたようですなあ』

ナタリア、それにルゥやゴウセツも隣からパンフレットをのぞき込んで大いにはしゃぐ。

そんな面々を優雅に示し、ドロテアはチケット入りの封筒をひらひらさせる。

「ご家族みーんな乗り気みたいっすけど？　ほんとに断ってもよろしいので？」

「ぐっ、ぐぬぬぬぬぬ……！」

アレンは顔を真っ赤にするものの、こうなってはどうしようもなかった。

勢いのままにその封筒を引ったくり、びしっと人差し指を突きつけて宣言する。

「ええい！　仕方ない、乗ってやる！　そのかわり、貴様の懐を空にするつもりで贅の限りを尽くしてやるからな!?」

「わーいそうこなくっちゃ！　ボクが無意味に溜め込んだ数百年分の私財、使い果たせるものなら使ってみるがいいっすよぉ！」

ガッツポーズでそれに応えるドロテアだった。

メラメラと無意味な炎を燃やすふたりをよそに、シャーロットはかたわらのリディに笑いかけるのだが――。

「リディさんとは家族になって初めてのお出かけですね。たくさん楽しんで……リディさん？　どうかしましたか？」

「へ……？　む、むう……そう、じゃな」

リディはそれに、さっと目を逸らして歯切れ悪く返事をした。

エルーカはエルーカで、そんな面々の様子をじっとうかがっていて――様々な思惑が入り交じる冬の家族旅行が幕を開けたのだ。

◇

旅立ったのは、それから一週間後のことだった。

竜宮郷は大陸をかなり北上した山奥に存在する。

アレンらの屋敷からでは、ドラゴンを借りて移動しても半日かかる距離である。

しかし――到着は徒歩十分だった。

「よし、着いたぞ」

「わっ……あわわ!?」

地面に刻まれた魔方陣。そこに足を踏み入れた途端、視界いっぱいに光が溢れ、次の瞬間には一面の銀世界が広がっていた。

何棟も連なった建物群がそびえ立ち、そのすぐそばにはなだらかな斜面が続き多くの人々が雪遊びに興じている。

マフラーやコートでしっかり防寒したシャーロットが、あたりを見回して顔を輝かせる。

「ほんとにあっという間でしたね。魔法ってすごいです」

「世界中にこうした入り口があるんだ。ちょうど街の近くでラッキーだったな」

招待状を持つ客だけが通れる秘密のゲートが、地区ごとにだいたいひとつ存在している。世界中のどこからでもあっという間に来られるのだ。

魔力もメンテの手間も馬鹿にならないと思うのだが、ここの主人がたったひとりでそれらを全部管理しているというのだから恐れ入る。

「しかしナタリア。おまえ、また学院を休んだろ。学業の方は大丈夫なのか？」

「ふんっ、愚問ですね。大魔王」

学院制服の上にもこもこなコートと帽子を着込んだナタリアが、不敵な笑みでブイサインをしてみせる。

「こんなこともあろうかと、すでに卒業までの必要単位は九割がた取り終えました。卒業研究も完了しています！　すべてはねえさまと心置きなく遊ぶため！」

「おまえのその、姉ファーストの精神。そこまでいくと素直に感心するぞ」

ちなみに、学院最年少卒業記録はアレンが刻んだ十二歳だ。

この調子だとナタリアにあっさり抜かれそうである。

そんな妹に「たくさん勉強したんですねえ」とふんわり笑いかけつつ、シャーロットはふと小首をかしげてみせる。

「それにしても、エルーカさんはいついらっしゃるんでしょう？　ドロテアさんもお姿が見えませんし」

「ドロテアは知らん。エルーカは遅れて来るとは言っていたがな」

アレンは肩をすくめるだけだ。

出発前、エルーカはこそこそとアレンに耳打ちしてきた。

『……おにい。ちょっと頼みがあるんだけどさ』

そこで言葉を切ってシャーロットらをちら見してから、真剣な目で続けた。

『あたしは後から行くからさ、そっちでひとまず待機してもらっててもいいかな？　なるべくすぐに向かうようにするからさ』

『かまわんが……いったい何を企んでいるんだ？』

『うふふ、秘密。でもとりあえず覚悟しといてよ』

義妹はニヤリと笑ってウィンクする。

『ちょうどいい機会だし、みんなもいる。色々報告するにはいい機会だと思うからさ……そこで全部話すよ』

『……分かった』

アレンはそれ以上聞かず、家の前でエルーカと別れたのだった。

(……何かしら、動くのかもしれないな)

うっすらとそんな予感がした。とはいえ不安は一切ない。

「ま、何が来たところで全力でっぶふ⁉」

「アレンさん⁉」

軽く拳をにぎり、決意を固めたところで大量の雪が顔に浴びせかけられた。

ルゥが雪に飛び込んで大いに跳ね回ったからである。

『ゆきー！　わーい！　ゆきー！』

「むう……雪、なあ」

そんなルゥを見て、リディはつま先で雪をほんの少しだけ蹴り上げる。

きらきらした粉雪が目線の高さまで舞い上がるものの、リディの瞳はその光を反射せず
ぼんやりとどこかを見つめていた。

『ふぉっふぉっふぉ、若い方は無邪気でよいですなあ……おや？』

微笑ましそうに見ていたゴウセツが鼻をぴくりとさせる。

そこで、アレンらに声がかかった。

「いらっしゃいませ！　ご予約のクロフォード様ですね？」

「ああ、よろしくたの……む？」

雪を払い落とし、アレンは顔を上げる。そして目を瞬かせることとなった。シャーロッ

トもきょとんとする。

「あ、あれ？　ひょっとしてユノハにいらした人魚さんですか？」

「うふふ、お久しぶりです。シャーロット様」

にっこりと柔らかな笑みを浮かべるのは、いつぞやの温泉旅行で世話になった人魚のコンシェルジュである。

シャーロットはゆっくりと彼女の足元へ視線を下げる。

「でもその、人魚さん……人魚さんでいいんですよね？」

「ああ、足を生やすこともできるんですよ」

彼女はすらりとした足で軽いステップを踏んでみせた。

いたずらっぽく笑みを深め、ぽかんとするアレンに目を向ける。

「もともと私はここの従業員なんです。ユノハのホテルはうちの系列で、新規オープンのヘルプに出ていただけでして」

「手広くやっているなあ……」

「ふふ、驚いていただけて何よりです。予約表にクロフォード様のお名前を見つけたので、出迎えに参りましたの」

彼女はアレンらの荷物を軽々と担ぎ上げ、ホテルを示す。

「我が竜宮郷へ、ようこそいらっしゃいました。歓迎いたします」

こうしてフロントでチェックインを済ませ、コテージへと案内された。

竜宮郷に来たときと同じように、本館に備え付けられた魔方陣のゲートに乗るだけで移動が完了する。

コテージはさすがの豪華さで、アレンの屋敷の何倍も広い。

客室は複数あるし、大きな温泉付きだ。食事もここに運んでくれるらしく至れり尽くせりだ。

コテージ真正面に描かれた魔方陣ゲートを見下ろして、アレンはふむふむとうなずく。

「なるほどなあ。これを使えば竜宮郷の好きな場所へ行けるわけか」

「はい。ただし、各コテージに行けるのはご滞在のお客様とスタッフだけでございます」

コンシェルジュはここから一望できる雪山を示す。

「コテージはこの山脈に点在しておりますので、静かにお過ごしいただけるかと。ご登録いただければ、ご自宅近くのゲートにも繋ぐことができますよ」

「聞けば聞くほど技術力が凄まじいな……個人登録から位置情報の管理まで……むぅ」

非常に興味をそそられて、アレンはついまじまじと見つめてしまう。

その真横で、人魚のコンシェルジュはシャーロットらに笑いかける。

「いかがでしょう。まだお夕食まで時間がありますし、雪遊びに出かけてみては。今はまだ雪が綺麗ですよ」

「雪遊び！　ねえさま、ゴーです！」

「そうですね、みんなで行きましょうか」

『わーい！　ルゥまけないよ！』

はしゃぐナタリアに、シャーロットはにこにことうなずく。

ルゥも尻尾をぱたぱた振ってテンションマックスだ。

盛り上がる面々をよそに、ゴウセツはアレンのことをチラ見して呆れたように言う。

『貴殿は……また妙な人脈を築いておられますなぁ』

「は？　何の話だ」

『いえいえ、こちらの話でございます』

ゴウセツはそれ以上何も答えようとはしなかった。首をひねりつつ、アレンはリディに声をかける。シャーロットらがはしゃぐのとは対照的に、異様に静かだったからだ。

「おいリディ、どうした。おまえも遊びに行くんだろう？」

「えっ……わらわは、えっと……」

リディは視線をさまよわせてから、ぎこちなく笑う。

「少し疲れた、ので……休んでおくとする」

「ええっ、それは大変です！」

シャーロットがハッとして駆け寄ってくる。

リディの顔をのぞき込んで、心配そうに申し出るのだが――。

「それじゃあ私も一緒に残って――」

「いや、ママ上はナタリアたちと行くがいい。わらわは留守番くらい朝飯前じゃ」

「えっ、そ、そうですか……？」

きっぱりと言うリディに、シャーロットはたじろぐばかりだ。

しかしそれ以上は無理に誘うことも、自分も残ると言い出すこともなかった。

荷物を簡単にまとめたあと、人魚のコンシェルジュの案内に従ってコテージをそろって後にする。

コテージの玄関口でそれを見送って、リディは小さくため息をこぼしてみせた。

「はあ……どうしたものかのう」

「何がだ？」

「うわっ⁉」

それにアレンが背後からツッコミを入れてやれば、面白いくらいに体が跳ねた。

勢いよくこちらを振り返り、リディは目を丸くする。

「な、なんじゃ、おぬしなぜ残っているのじゃ⁉」

「シャーロットからおまえのことを頼まれたんだ。ちょうど、俺も気になっていたしな」

アレンはこともなげに言ってのけ、軽い足取りでリディのそばに歩み寄る。

しゃがみ込んで目線を合わせてから、今しがたシャーロットたちが出かけたゲートを指し示した。

「いいのか、おまえは遊びに行かなくても？」

「ふん。かまわぬ」

リディはぷいっとそっぽを向く。

そうして取り出すのは、最近よく読まされる絵本だ。

「わらわは文字の練習をするのじゃ。ここでみなの帰りを待っておる」

「ほうほう、なるほど？」

アレンはにやにやと笑うだけだ。

リディの横顔――その頬を人差し指でつつき、小声で囁きかける。

「本当のことを当ててやろうか？　おまえ……どうやって旅を楽しめばいいのか分からないんだろ」

「……！」

その瞬間、リディの顔がこわばった。

強がりを保とうと試みたらしいが、うまく表情を作れずに終わる。

しばしの逡巡ののち、リディは絵本を抱きしめてうなだれてしまう。

「だって、仕方ないじゃろ……わらわにとって、遠出というのは聖女の任務のみだったし」

人々に請われ、聖女としての力を揮う。

もしくはどこぞの地位ある大人と会って、味のよく分からない料理を食べて、愛想笑いをする。

リディがこれまで経験してきた旅とはそれだけだ。

「自由な旅と言われても、何をしたらいいのか分からぬ。雪で遊んだこともないし……」

「ふん、そんなことだろうと思っていた」

アレンはうつむいたリディの頭をがしがしと撫でる。

「分からないなら俺たちに聞け。何のためにそばにいると思っているんだ」

「じゃが……怖いのじゃ」

「怖い？」

リディは小さくうなずく。

「旅やら雪遊びやら……ふつうの子供なら、まず間違いなく楽しいと思うはずなのじゃろう。もしそれを楽しいと思えなかったら？　わらわはふつうの子供として、失格ではないか」

「なるほどなあ」

アレンは顎に手を当てて唸る。

自由気ままな旅も、子供らしい遊びも、何ひとつとして経験がない。だから臆してしまうのだ。

それはアレンにも理解できるのだが——リディに向けるのは冷ややかな半眼だ。

「おまえはバカか？」

「なっ……何をぉ!?」

リディは最初ぽかんとしていたが、すぐに目をつり上げて摑みかかってくる。

「悩みを吐露した娘に言うのがそれか!?　おぬし、人の心はないのか!?」

「バカにバカと言って何が悪い。おまえはあれこれ難しく考えすぎなんだ」

「うわわっ、何をする⁉」

リディの首根っこを押さえ、抱え上げる。

ぶすっとした娘にアレンは鷹揚に言ってのけた。

「いいか、何に心揺さぶられるかは本人にしか分からん。九十九の退屈を繰り返して、ようやくひとつだけ見つかるものかもしれない。それならそれが見つかるまで、諦めず貪欲に、とにかく何でもチャレンジすればいいだけだ」

「なん、でも……」

「うむ。これもまたいい機会だ！」

考え込むリディに、アレンは目の前にそびえる雪山をびしっと指し示す。

「おまえにもイケナイことを教えてやろう。偉大なる父の教え、しかと胸に刻むがいい！」

◇

それから十分後のことである。

竜宮郷のスキー場――その平坦な一角には、小さな子供が遊ぶための広場があった。子供らが雪合戦をしたり、なだらかな坂をソリで滑ったり、ほのぼのとした空気が満ちている。

シャーロットとナタリアも、そこで雪だるまを作っていたのだが――。

「あら？」

「おや……？」

ふたりして足元に目を向け、きょとんとする。

そこには小さな雪だるまがいた。

頭と胴のバランスが悪く、石と枝で作った顔も不恰好だ。そんな雪だるまが左右にゆっくり体を揺らしながら、ふたりの足元を通り過ぎていく。それを見送れば、また別の雪だるまが歩いてきた。他の者たちもその不思議なパレードに気付いて声を上げる。

ナタリアは首をかしげるしかない。

「なんでしょうか、あれ」

「あっ、あそこにアレンさんたちがいますよ」

シャーロットが指さす先。

そこではリディが一生懸命に雪だるまを作っていた。それもまた他と同じく不恰好な仕上がりだが、横で見ていたアレンはぐっと親指を立てて鼓舞してみせた。

「よし、出来たな。次はおまえが魔法をかけてみろ」

「う、うむ！　えーっと……《目覚めよ》！」

リディは出来上がった雪だるまに右手をかざして呪文を唱える。

するとと雪だるまはほのかな光に包まれて、他と同様にぴょこぴょこと動き回るようになった。

リディはそれを見てぱあっと顔を輝かせる。

「おお、動いた！　動いたのじゃ！」

「当然だろう。俺直伝の魔法だからな」

アレンはその頭を撫でて笑う。

雪だるまたちは飛んだり跳ねたり転んだり自由に動き回っている。

他の子供たちからも歓声がいくつも上がった。

リディは顔を輝かせてそれに見入っていたものの、すぐに肩を落として小さくため息をこぼす。

「じゃが魔法は問題なくとも……雪だるまの方はなかなか上手く作れぬのう。こんなに難しいものとは思わなんだ」

「何を言う。初めてであれなら上出来だ」

「そ、そうか？　ふふふ……そっか、パパ上のお墨付きなら……む？」

リディは口元をほころばせて小さく笑う。しかし、ふと袖を引かれて振り返った。

そこには他の子供たちが集まっていた。全員がリディにキラキラとした眼差しを向けており、口々に頼み込む。

「ねえねえ、おねーちゃん！　あたしのつくった雪だるまさんも動かしてよ！」

「僕も僕も！　お願いします！」

「ふぇっ!?　ま、待て待て、順番！　順番じゃぞ!?」

他の子供たちに囲まれて、リディはあたふたするばかり。

それでもひとりいじけていたときよりもずいぶん表情は明るくなっていた。

「ふっ、まずは前進だな」

アレンがうなずいていると、そこにシャーロットがやってくる。

子供たちに囲まれたリディを見て、彼女もほっと顔をほころばせた。

「リディさんったらすっかり人気者ですね。アレンさんにお任せしてよかったです」

「なに、たいしたことはしていない。それよりルゥとゴウセツはどこに行ったんだ、姿が見当たらないが……」

「この山のふもとで開催されている、魔物レースに参加しに行きましたよ。なんでも一位には美味しいお肉が進呈されるとかで」

「なるほど、今日の晩飯はステーキだな」

希少種フェンリルと、一部で有名な地獄カピバラだ。

おそらく他の魔物をすべてぶっちぎって、ふたりで一位争いを繰り広げていることだろう。

「ふむ、ちょっと見てみたい気も……って、ナタリア。どうした」

ナタリアは歩き回る雪だるまをジーッと見つめていた。

ややあってからハッとして、アレンのマントをぐいぐいと引っ張ってくる。その顔はいつも以上に真剣だった。

「大魔王！　あの魔法、わたしにも伝授してください！　わたしも大きいのを作って動かしたいです！」

「それならリディに教えてもらえ。ふたりで作れば、山ほど大きな雪だるまだろうと余裕で作れるはずだ」

「なるほど……！　リディさん、ここは共同戦線といきましょう！」

「おう！　ナタリアがいれば百人力なのじゃ！」

コートを翻し、ナタリアもリディの元へと意気揚々と向かっていった。

子供らの集団はますます賑やかになる。動く雪だるまが増えるたび、大きな歓声がいくつも上がった。

足元でちょこまか歩く雪だるまを見下ろして、シャーロットもふんわりと笑う。

「アレンさんは本当になんでもできるんですね。雪だるまを動かせるなんて」

「ああ、幼少期のころに編み出したオリジナルでな」

リディの作った雪だるまを拾い上げ、しげしげと見つめる。

たしかに見た目が整っているとは言いがたいが、足をばたつかせる動き自体は活発だ。

聖女として生きたころに比べれば魔力は十分の一にも満たない。だがしかし、魔法の腕はかなりのものである。

アレンも自分の幼少期を思い出して目を細める。

「俺も昔はよくこうやって雪だるまを動かしたものだ。雪山の主に挑む戦力にしたり、掘り出した鉱石を運ぶのに使ったりな」

「存じ上げていましたけど、わんぱくなお子さんだったんですね……てっきり、エルーカさんと一緒に遊んでいたのかと」

「ああ、遊びにも使ったな。互いに百ずつ作って大規模機動戦を行ったり」

「やっぱりおふたりともわんぱくです……」

シャーロットは神妙な面持ちで考え込み、覚悟を決めるようにグッと拳を握ってみせる。

「リディさんも、アレンさんみたくヤンチャになりそうですし……私もお母さんとして頑張らなきゃですね」

「なあに、そこまで気負う必要はないぞ。あいつがヤンチャをしたら俺が教育するからな」

「やっぱり私がしっかりしなきゃ……」

「なぜ、より一層沈痛な面持ちになる？」

アレンは首をひねりつつ、シャーロットの肩をぽんっと叩く。

「ま、そこまで気負う必要はない。おまえが何よりも優先して考えるべきなのは、俺の繰り出すイケナイことに全力で翻弄（ほんろう）されることだ」

「ひょっとして……冬ならではのイケナイこと、ですか？」

「そのとおり！　頼めるか、コンシェルジュどの！」

「はーい、お待たせいたしました！」

高らかに指を鳴らせば、仕込みどおりに人魚の彼女がやってくる。

ガラガラと引いてくるのは、雪でも走行可能なように作り替えたソリ付きワゴンだ。

コンシェルジュは手早く準備を整えて、シャーロットにマグカップを手渡す。

「はい、どうぞ。お熱くなっておりますのでお気を付けて」

「わあ！　ココアですね！」

カップを満たしていたのは茶色い液体だ。

ほかほかと湯気を立てており、甘い香りがあたりに広がった。

目を輝かせるシャーロットにアレンはニヤリと笑いかける。

「しかもただのココアじゃないぞ。仕上げに……《永久焦熱(イモータル・バーン)》」

マグカップがほのかな光に包まれて、沸き立つ湯気の勢いが増した。

即席の魔法は成功である。

「これで保温も完璧だ！　最後まで温かいまま飲むことができるぞ！」

「温泉でのアイスと同じですね……！　さすがはアレンさんです！」

ますますはしゃぐシャーロットだった。

それに気付いた周囲の者たちが、大人も子供もそろってごくりと喉を鳴らす。雪遊びで体はぽかぽかしているだろうが、寒い屋外で飲むココアは格別だ。

そこで人魚のコンシェルジュが勢いよく挙手をする。

「クロフォード様！　今回もまた、その魔法を教えていただいてもよろしいですか⁉」

「ああ、もちろんかまわん！　ついでにこの場の客たち全員に、ココアを奢(おご)ってやろう！」

「なっ……いいのかい、お兄さん！」

「ありがとー、魔法使いのおにいちゃん！」

あたりの者たちは満面の笑みでワゴンに集まり始めた。

それを遠巻きに見つめながら、ナタリアとリディは顔を見合わせるのだ。

「個々人ごとの適温を推定し、絶えずそれを持続させ、嚥下されたら魔法を解除する……言うは易いですが複雑な技術が要求されます。それをあんなシンプルな魔法に組み立てるとは、さすが大魔王ですね」

「雪だるまの魔法も相当最適化されておったし……あんなのでも天才なのじゃなあ……あんなのでも」

「そうですね、釈然とはしませんが……」

「聞こえているぞ、おまえたち」

陰口を叩くふたりをじろりと睨み、アレンは両手に持ったマグカップをこれ見よがしにかざしてみせる。

「そんな悪い子供らにはココアはおあずけだな。クリームもたっぷり入れてもらったんだがなあ」

「なっ、いらないとは言っていません！　リディさん、早く行きましょう！」

「う、うむ！　待って…………む？」

駆け足のナタリアを追うようにして、リディも走り出す。

しかし数歩と進まないうちに、ぴたりと足を止めてしまった。

そのまま怪訝な顔であたりを見回す。とはいえ周囲には動き回る雪だるましかいない。四方を囲むのは高い雪山ばかりだ。アレンの目からも、おかしなものは見当たらなかった。

「どうかしたか、リディ」

「ううむ……何でもないのじゃ」

アレンが声をかけると、リディは首をひねりつつもこちらに向かってきた。

その後もみなでココアを楽しんで、雪遊びを満喫したものの——リディはたびたびあたりを気にかけ続けた。

それからアレンたちは雪山リゾートを思いっきり楽しんだ。

スキーを体験したり、魔物レースを見に行ったり、のんびりと温泉に浸かったり。

旅行三日目となったこの日も、ふもとの魔道動物園に行って、雪国ならではのもこもこした魔物を見てきたところだ。

そんな一日の締めくくりとして出されたのは豪華なジビエ鍋だった。

丁寧に下処理された猪肉から脂が溶け出して、スープは黄金色に輝いていた。もちろん全員たらふく食べて、鍋にはしずくひとつ残っていない。

ソファーにぐったり沈みながら、ナタリアは天井を見上げる。

「もうお腹いっぱいです……」

『ルゥもたくさんたべたよ！』

『儂も年甲斐もなくがっついてしまいました』

ルゥとゴウセツも、カーペットにごろんと寝転がって腹を出している。

暖炉の薪がパチパチと爆ぜて、リビングは眠気を誘うぬくもりに満ちていた。

そんな中、アレンは食器を片付けていたものの、一緒に作業していたシャーロットがはっと気付く。

「そうだ、食後にアイスがあるんです。準備しますね」

「俺も手伝おうか？」

「いいえ、アレンさんはお片付けをお願いします。私にちょっと考えがあるので」

「考え……？」

シャーロットはいたずらっぽく笑って、台所の方へと引っ込んでいった。

少し気になるものの、任されたからには片付けを優先させる。食器をまとめておけば、あとでスタッフが回収に来てくれる仕組みだ。

束にしたフォークを握ってあたりを見回す。

「えーっと、カトラリーはどこにしまうんだっけか」

「ん」

「おお、でかしたぞ。リディ」

横手からリディが小さめのバスケットを差し出してくる。

そのままふたりして片付けを進めれば思ったより早く片付いた。椅子に上ってテーブルを拭くリディの頭を、アレンはぽんっと叩く。

「手伝いご苦労。どうだ、ちゃんと旅を楽しめているか？」

「う、うむ。たぶん……じゃが」

リディはぎこちなくうなずいてみせる。

雪遊びに連れ出したあの日から、しゃべり方はともかくとして所作はずいぶんと子供らしいものになっていた。一同もその変化をすんなり受け入れて、当人もだんだんと慣れつつある。

笑顔はまだ硬いものの、心から浮かべるものだった。

リディはすっかり片付いたテーブルを見て、小さく吐息をこぼす。

「聖女だったときは、食べ物の味なんて分からなかったが……みんなと食べると、こんなにぽかぽかするのじゃな。なんだか初めて、生きてるって気がする」

「なんだ、おまえも分かってきたじゃないか」

アレンはニヤリと笑いつつ、ふと気になったことを尋ねてみる。

「昔はこんなふうに食卓を囲むこともなかったのか？」

「うむ。エヴァンズ家の者たちと過ごした時間はそもそも少なかったし……あ、でも」

リディはどこか遠くを見るように目を細める。

「嫡子のロバート……弟は、何かにつけてわらわに話しかけてきたのぅ。魔法が使えるのがよっぽど珍しかったみたいで、いろいろ見せてほしいと頼まれた。それは……ちょっとだけ、嬉しかったな」

「……そうか」

アレンはそれ以上何も聞かなかった。

辛いことばかりだったはずの前世にも、ほんの少しだけ美しいものを見つけられたのなら……今後のリディの人生にも、明るいものが満ちるはずだと思えた。

他の面々も、静かにふたりの会話へ耳を傾けていた。

食後のリビングにはゆったりとした時間が流れていく。

「ともかく今のおまえはうちの子だ。何かあればいつでも言えよ。最近、妙に周りを気にしていただろう」

「それなら大丈夫なのじゃ」

リディは首を横に振って、何もないはずの部屋の隅をじとーっとした目で見つめる。

「なんだかおかしな気配がするのう、と思っておったが……正体はたぶん分かったから、もう気にしないのじゃ」

「ああ、なるほど」

アレンはそれですべてを察した。

リディの視線を追うようにして部屋の隅へと向かい――虚空をがしっと摑んだ。

「こいつのせいか」

「うぎゃっ⁉」

「へっ、ドロテアさん⁉」

ソファーでまどろんでいたはずのナタリアが、すっとんきょうな声を上げる。

部屋に突然、ドロテアが出現したからだろう。不審者は尻餅をついたまま「ど、どもー……」と半笑いで手を振る。

それを見下ろして、アレンは奪った外套を広げてみせる。

白い布地は柔らかな手触りで、細部に刺繍が施されている。

「これで姿を消して、俺たちのことをずっとつけ回していたんだ。ツッコミを入れるのも面倒だったからスルーしていた」

「だってだって、この旅行はアレン氏たちにイチャついてもらうために贈ったんすよ⁉濃厚なラブコメを見守るためには、壁や床に同化するのが鉄則っす！」

「すごい執念ですね……ところでそれ、魔法道具ですか？」

「そのとおりっす。これを着ていれば周囲の景色に溶け込めるんすよー。透過の度合いも選べる優れものっす！」

「出歯亀以外の目的で使うべき代物だろ、これ。諜報とか隠密とか」

アレンは布を摘(つま)んで顔をしかめる。

材質も、かかっている魔法も一級だ。相当名のある術士が作ったものに違いなく、市場価値は計り知れない。たぶん、小さな島くらいなら余裕で買える。

ルゥも困惑した様子で鼻を鳴らす。

『ええ……ルゥも分かんなかった。それ、匂いも消しちゃうんだ』

『ふぉっふぉ、儂は気付いておりましたがな。害がない故、放置しました』

「お待たせしましたー、ってあれ？　ドロテアさん？」

そこでシャーロットがキッチンから戻ってきた。

ドロテアを見て最初はきょとんとしていたものの、軽く説明するとあっさり受け入れた。

もうすっかり珍事には慣れっこらしい。

シャーロットは人数分のマグカップをテーブルに並べていく。なみなみと注がれているのは、数日前にも口にしたココアである。アレンは首をひねるしかない。

「ココアがデザートなのか？」

「いえ、まだ完成じゃないんです。ここにアイスをのせて……」

シャーロットはよく冷えたアイスの箱を取り出して、それをスプーンで掬ってからココアの上にのせる。本来ならばアイスはすぐに溶けて、ココアはぬるくなってしまうことだろう。

しかしシャーロットはマグカップをずいっとアレンに差し出した。

「アレンさん、魔法をお願いします！」

「ほうほう、なるほど……そら」

意図を察して、即座にぱちんと指を鳴らす。

するとマグカップは淡い光に包まれて、ココアの湯気が強くなる。溶けかけたアイスはそれ以上崩れることもない。ココアの温度を保つ魔法と、アイスが溶けなくなる魔法を同時にかけたのだ。

そしてそれはシャーロットの狙いどおりだったらしい。マグカップをナタリアらに見せてにっこりと笑う。

「こうすると、どちらも一緒に楽しむことができるんです！」

「なんと！　すごい発明です、ねえさま！」

「ま、ママ上！　リディもリディも！」

「もちろんすぐに用意しますね。アレンさんもお願いします」

「ああ、もちろん任せておけ」

ちびっこふたりは特製ココアをのぞき込み、目をキラキラさせる。

シャーロットもアイスをひと口味わって顔をほころばせた。

「やっぱり美味しくなりました。ありがとうございます、アレンさん」

「合わせ技か……なるほど、やるじゃないか」

以前ふたりで旅行に出たとき、温泉でアイスが溶けない魔法を使った。それと今回の旅でのココアを合体させたわけだ。

甘いものにそれほど興味がないアレンにとって、わりと盲点の発想だった。

そう告げると、シャーロットはカップで口元を隠して笑う。

「ふふ、アレンさんのおかげです。私もすっかりイケナイ子になっちゃいました」

『ふぉっふぉ。なんともまあお熱いことですなあ』

「そ、そんなことありません。普通です。ほら、ゴウセツさんとルゥちゃんにはフルーツの盛り合わせがありますよ」

『わーい！　別腹ってやつだ！』

からかうゴウセツに顔を赤らめながらも、シャーロットは大皿を運んできて二匹の前にでんっと置いた。あからさまな照れ隠しである。

そんなシャーロットを前にして、ドロテアももらったココアを啜りながら片手で器用にメモを取っていた。

「なるほど、薄幸ヒロインが自らの足で歩み始める……いい展開じゃないっすか！　ネタいただきっす！」

「ココアにアイスを入れただけですよ、大袈裟です」

「だが、自分で考えて行動するのはいいことだぞ」

苦笑するシャーロットに、アレンはにやっと笑いかける。

「最初のころに比べたらずいぶんな成長だ。そうなってくると、俺も負けてはいられないな……もっと見聞を広めて、おまえに教え込むイケナイことを探さねば」

「ほ、本気の顔で考え込まないでください」

アレンの気迫に、シャーロットはたじたじだ。

そんな中、ドロテアはココアをぐいっと飲み干して、にんまりと笑みを深めてみせた。

「ねえねえ、アレン氏。シャーロット氏にイケナイことを教えたいのなら……抜群のネタがあるっすよ。ここらで一発いかがっすか？」

「貴様なんぞが出す案など、耳を傾けるに値せん。結構だ」

「まあまあそんなこと言わずに。ヒロインが成長した次の展開といえば、そんなのひとつしかないっすしー？」

ドロテアは書き物に使っていたペンを人差し指のようにぴんっと立てる。

「ずばり、根本的な問題にケリを付ける。ニールズ王国に乗り込んでみては？」

「……」

そこで、アレンを含めた一同はハッと口をつぐんでドロテアを見つめた。

薪が爆ぜる音、風が窓枠を揺らす音、そんなものを遠くで聴きながら、アレンは盛大にため息をこぼした。

「まさかおまえも気付いていたとは……世捨てエルフが世相に詳しいとは意外だな」

「だってこの前、エヴァンズ家の話をしたじゃないっすか。ちょっと調べりゃ、すぐタネは分かるっすよ」

ドロテアは平然と言ってから、シャーロットにペンを向ける。

「で、どうなんすか。シャーロット氏の気持ち的には」

「……私は」

シャーロットはごくりと喉を鳴らす。

それでもその顔に悲壮な色はなかった。

霧深い山道を慎重に歩くような面持ちで、ぽつりぽつりと言葉を紡ぐ。

「その、怒る気持ちも、酷いと思う気持ちもあるにはあるんです。ちゃんと無実を証明したいとも思います。でも……」

「でも？」

「追放されたおかげでアレンさんと出会えたのなら……それも悪くなかったかな、とも思うんですよね」

シャーロットは頬を染めて、うつむき加減で言う。

しかしすぐにハッとして顔を上げ、ぐっと拳を握ってみせた。

「あっ、でもちゃんと怒っていますよ！　王子様に会ったら、今ならその……『こら！』って言えると思います！」

「『こら』って……もっとこーなんかないんすか、謀殺されかかったんすよ」

ドロテアは苦笑しつつ頬をかく。

「まあでも、それはそれでシャーロット氏らしいっていうか……ん？　アレン氏？」

「シャーロット……」

そこでアレンはゆらりと動いた。

ゆっくりとシャーロットの前まで歩き――その肩をがしっと摑んで叫ぶ。

「ちゃんと怒ることができるなんて……素晴らしい成長だ！　よくぞここまで変わったも

のだなあ……！」

「あ、あの、大丈夫ですか、アレンさん」

号泣するアレンを支え、シャーロットはハンカチを差し出す。

ドロテアはそれを見て「恋人っつーより親バカっす……」と呆れたような反応だった。

はたから見れば大袈裟かもしれない。しかし、自分の気持ちと向き合えなかったころのシャーロットを知っているからこそ、この変化がたまらなく胸に突き刺さった。

アレンは目元を乱暴に拭ってから、小さく息をついて言う。

「実を言うとな……ずっとエルーカに調査を頼んでいたんだ」

「調査ってまさか、王子様のこととか……？　何か分かったんですか？」

「それがまだ詳しくは聞いていない。小出しにされると我慢がならん性格だからな」

不安そうなシャーロットにアレンはかぶりを振る。

どうせ胸くそ悪い話なら、一気に全部聞かされた方がまだマシだ。

だからこれまでエルーカをせっつくような真似はしなかったのだが……ようやく、当人の口から語られることとなるらしい。

「あいつはここですべてを説明すると言っていた。調査を詰めてくる気なんだろう。後のことはその話を聞いてから考えよう。前も話したと思うが……」

アレンはそこで言葉を切って、シャーロットの目をまっすぐに見つめる。

「俺はおまえの気持ちを尊重する。おまえがやると決めたなら……どんなことでも手を貸そう」

「はい！　お願いします！」

シャーロットは満面の笑みでうなずいた。

そこには前に進むことへの恐れも、アレンを巻き込む気後れも何もない。

ただ色濃い決意の色が読み取れて――アレンはまたほろりとしつつ、部屋の隅を睨む。

「だから……ナタリア、リディ、ルゥ、ゴウセツ」

そこにはふたりと二匹が円陣を組んでいた。

中央には一枚の紙が置かれており、『抹殺』だの『鏖殺』だのといった拙い文字から、首を斬られた人形が書かれている。一目見て分かる殺気全開ぶりだった。

アレンはため息をこぼす。

「勝手に殲滅作戦を練るんじゃない。これはシャーロットの喧嘩なんだぞ」

「くっ……ですが大魔王！　わたしは今すぐあの王子をボコボコにしたいんです！」

ナタリアはペンを握りしめて殺意を叫ぶ。

「王子だけではありません。ねえさまを虐げた実家の者たちも、全員もれなく生き地獄を見せてやります……！」

「わらわも、ママ上の味方じゃ！　びしばし悪を断つぞ！」

『ルゥもやるよ！　ママの敵はルゥのおやつだし！』

『雌伏からのべ数ヶ月……くく、ようやくこのときが来ましたな……』

「うんうん、分かった分かった。シャーロット、頼む。こいつらを鎮めてくれ」

「は、はい。みなさん、一緒にクッキーでも食べませんか？　ね？」

どうどう、とお菓子を片手に宥めにかかるシャーロットだった。

見た目は可愛らしい集まりだが、実質狂犬集団である。

アレンは額に手を当てて呻くしかない。

「報復自体より、あいつらの手綱を取るのが厄介そうだな……」

「いやあ、あちらさんも難儀な集団を敵に回したものっすねえ」

ドロテアもけらけらと笑う。

しかしふと眉を寄せ、声をひそめる。

「しっかし、変な話っすよね。シャーロット氏はエヴァンズ家に引き取られてから、ずっと継母に虐げられていたんすよね？」

「よく調べたな……冤罪はともかく、公爵家での扱いはどこから聞いたんだ」

「そりゃ簡単な話っすよ。出入りの行商人とか、辞めちゃった使用人とかを探し出して、魔法でちょこっと素直にしてお話を聞いたんす」

悪びれることもなくあっさりと言うドロテアである。

そこそこ法に触れていそうだ。アレンはスルーすることに決めた。

おかまいなしでドロテアは続ける。

「王子による一方的な婚約破棄は、理由をあれこれ想像できなくもないっすけど……エヴァンズ家の動向が超絶不可解っす。いくら妾腹だからって虐待までするっすかね？　王子と婚約した令嬢っすよ？　後々それが露見したらどうなるか、明白だと思うんすけど」

「そこなんだよなあ……」

アレンは首をひねるばかりだ。

ドロテアの指摘は、ずっと前から気付いていたことだ。

王子が妾腹の娘を疎んで一計を案じた――までは理解できる。

エヴァンズ家がシャーロットを庇うことなく、彼女を虐げ続けていた理由がまるで分からなかった。下手をすれば貴族社会での地位はない。現に次女のナタリアを遠方の学院に預けているような状況だ。

（まるで、家が潰れることこそが目的のような……）

可能性としてはありうる話だ。だが、理由がやはり読めなかった。

アレンはあれこれ考えるものの、すぐにため息交じりにかぶりを振る。

「ま、どうせ後で分かる話だ。少ない材料で推理しても……む？」

そこでコテージのドアが控えめに叩かれた。

扉を開ければ――冷え切った雪風とともにエルーカが転がり込んでくる。

「やっほー、こんばんは。みんな待たせてごめんねー」

「あっ、エルーカさ……!?」

シャーロットがぱっと扉の方を見て、顔を強張らせる。

そのままそばにあったブランケットを引っ掴み、バタバタと駆け寄ってきてエルーカにばさっとかぶせた。エルーカがいつもどおりの格好だったので心配したらしい。

「大丈夫ですか、エルーカさん!?　寒かったんじゃないですか!?」

「ああ、これ？　大丈夫。この服、こう見えて魔法道具だから丈夫であったかいんだー」

「そこまでして露出したいのか……？」

雪山でもおかまいなしでヘソ出しミニスカの義妹に、アレンは全力のジト目を向けてしまう。魔法道具なのは分かっていても、冬の雪山では見た目が寒々しすぎた。

それはともかくとして、アレンはごほんと咳払いをしてから切り出す。

「ちょうどいいところに来た。今おまえに任せた調査の話をしていたんだ」

「あっ、そうなの？　それじゃ話は早いね」

エルーカは居並ぶ顔をぐるりと見回す。

どんな話が飛び出すのかと、緊迫した空気が満ちるのだが――エルーカは笑顔でこう切り出した。すっかり夜闇に染まった窓の外を指さして。

「そんじゃ行こっか。楽しい楽しいお散歩にね？」

「……は？」

極北の行楽地、竜宮郷。

それは大陸の果て、閉ざされた氷河を越えた先に存在している。

元は氷河を治める大海神がたわむれに温泉を作ったのが始まりだった。

本来ならば生物が生存できない極寒の地だが、大海神の加護によりほどよい環境が維持されている。世界中からアクセス可能ということもあって人気も高い。

特に権力者から人気なのは、敷地内に点在するコテージだ。グレードは様々だが、どれも常に埋まっている。人気の理由はその秘匿性にあった。

世界のどこからでも訪れることができて、他の者と一切接触せず過ごすことができる。セキュリティも大海神の配下によって万全だ。

それゆえ、密会にはうってつけの場所なのである。

ここで世界の歴史が大きく動くこともある——そうまことしやかに囁かれているほどだ。

今宵もそのコテージのひとつで、秘めやかな逢瀬が行われていた。

白く輝く月が見下ろす中、人影が玄関のドアを叩く。分厚い毛皮のコートを着込み、頭の先からつま先までをすっぽりと覆い隠した人目を忍ぶ出で立ちだ。

「……私よ」

小声で絞り出すのは女の声。

すぐにコテージの中から足音が響き、勢いよく扉が開かれる。

女を出迎えたのは赤茶の髪をした青年だった。わずかに息を切らしていたものの、気品ある面立ちに浮かべるのは満面の笑みだ。そのまま青年は女を抱き寄せ、熱い口づけを交わした。

あたりは息が凍るほどの寒気に包まれている。

それでもふたりは長い間、互いの体温を分け合った。

しばらくして青年が体を離し、女のフードをそっと上げる。棘を孕んだ美しい顔と、豊かな紫色の髪が露わになった。ふたりは月明かりの下で見つめ合い、甘い声で相手の名を呼ぶ。

「よく来てくれたね。愛しい人、コーデリア」

「お招きありがとう、セシル王子」

ニールズ王国第二王子、セシル王子。

エヴァンズ公爵家夫人、コーデリア・エヴァンズ。

露見すれば国を揺るがすスキャンダル待ったなしの密会だった。

セシルはコーデリアを屋敷の中へと招き入れる。

すでにリビングには暖炉が灯されており、あたたかな光で満ちていた。コーデリアをひとまず暖炉の前に案内し、セシルは背後を振り返る。

「おまえたちは引き続き外を見張っていろ。竜宮郷の者も入れるなよ」

「承知しております」

それに軽くうなずいてみせるのは、重装に身を包んだ戦士たちだ。その身のこなしには一切の無駄がなく、どれも一線級の実力を有しているとうかがい知れる。

男たちはセシルに一礼して音もなく部屋を辞す。

コーデリアはそれを睨み付けるようにして見送った。

「私兵なんて信用できるの？」

「相応の金を渡しているから安心しておくれ。君との密会に、国の兵を連れてくるわけにもいかないしな」

それにセシルは肩をすくめて答えてみせる。

ワインの栓を開けてグラスを手渡すものの、コーデリアは顔をしかめるだけだ。

「嫌よ、そんな安物。久々に竜宮郷まで来たっていうのに、もう少しマシな品はないの？」

「あいにく、ここのグレードは下から数えた方が早くてね。備え付けの品も低俗だ。懇意にしている商人が融通してくれたんだが」

「ふん、三流商人ね。付き合うのは考えた方がいいわよ」

「もちろんそのつもりさ」

屑籠（くずかご）に開けたばかりの栓を無造作に捨て、セシルはコーデリアの手を取る。

その手の甲に軽い口づけを落とし、ニヤリと笑った。

「だが、きみとこうして誰の目も気にせず過ごせるのはありがたい。きみは大丈夫だったかい？　いくらなんでも公爵家の奥方が夜に出歩いちゃマズいだろ」

「問題ないわ、いつものように使用人は口止めしてあるから。万が一に備えて、影武者も立ててきたし」

コーデリアはふんっと鼻を鳴らす。

「当主様は相変わらずあちこちに出かけてばかりよ。まったく、あの老いぼれときたら……仮にも妻を放っておいて、いったいどこで何をやっているのだか」

「ふっ、外で女でも作っているんじゃないのか。かつてメイドなんかに手を出した男だぞ、エヴァンズ卿は」

「それなら……好都合だわ」

仮にも夫への侮辱に対して、コーデリアは口の端を持ち上げて笑う。

セシルの手を握り、甘く囁くように続けた。

「そろそろ当主様にも退場いただきましょうよ。娘があそこまで世間を騒がせたんだもの、どうとでも理由付けは可能でしょう」

「ああ、もちろんそのつもりで準備を進めているよ。近いうちにエヴァンズ公爵家は取り潰しとなる」

セシルはまるで天気の話でも口にするように軽く断言してみせた。

笑みを深め、コーデリアの顔をのぞき込む。

「なにしろ国を騒がせた悪女、シャーロットを出した家だ。この上さらに当主の素行に問題ありとなれば……過去の栄光も関係はない。あの家の命運は風前の灯火だ」

「ああ……！　嬉しいわ、セシル！　やっと私は自由を手にすることができるのね！」

コーデリアは感極まったように声を上げ、セシルの首に抱きついた。

うっとりと目を細める様は汚れを知らない少女のよう。

彼女は満面の笑みを浮かべてセシルの耳に囁きかける。

「これでようやくあなたと一緒になれるのね……六年前、お城のパーティーであなたと出会って一目で分かったわ。私と結ばれるべきなのはエヴァンズ卿なんかじゃなくて、あなただって」

「俺もまったく同じ気持ちだよ、コーデリア。俺に相応しいのは、生まれも気品も完璧なきみしかいない」

セシルも軽くうなずいてみせるものの、ふと眉をひそめてみせる。

「だが、あの女が万が一にも生きていたら厄介だ。探知魔法を使った城の魔法使いのうち、何名かは『生きている』と主張したらしいんだが……」

「ふふ、それの何が問題だっていうの？」

女は唇をゆっくりとつり上げて嗤ってみせた。

「たとえ生きていたところで、あの愚図に何ができるのよ。何年にもわたっていびり抜いてやったっていうのに、一度も私に刃向かわなかったんだから」

「ふっ、きみも悪い人だな。いったいどれだけ彼女で鬱憤を晴らしたんだい？」

「だってあんな女があなたの婚約者だなんて……許せないもの」

「それは俺も同じさ。元々あの女は気に食わなかったんだ。下賤な生まれと分かって納得したくらいだよ」

「良かったわ、私の運命の人がきちんとした眼をお持ちで」

ふたりはくすくすと笑い合う。

やがてセシルは息を吐き、そっと窓の外を見やる。

「ま、俺もきみとほとんど同意見だが……万が一ということもある。あのとき牢を抜け出せた仕組みも、依然として分からないままだしな」

雪の吹きすさぶ外の景色をじっと見つめる目は、ひどく冷え切っている。

だが次に息を小さく吐いて浮かべた笑みは、勝利を確信したそれだった。

「明日からは懸賞金をさらにつり上げて、捜索隊も出す。そうして今度こそあの女の死体を、きみの前に差し出そうじゃないか」

「ふふ、待ち遠しいわ。ひょっとしたら化けて出るかもしれないわね」

コーデリアが声を弾ませて高笑いする。

それを聞いていたのは笑みを深めたセシルと、部屋で燃えさかる薪——そして。

「よし、落ち着いて決を採ろう」

一方そのころ、彼らのコテージから遠く離れた雪原にて。

大きなかまくらの中で、アレンらは車座になって手鏡を囲んでいた。

望郷の鏡と呼ばれる魔法道具で、遠く離れた場所の光景を映し出すことができる。

対象との距離が近ければ音声まで傍受可能だ。先日、学院に赴いたとき、ナタリアの様子をこっそりうかがうのに使ったことがある。

そして今、そこにはセシル王子とコーデリアが映し出されていた。

仲睦まじいふたりをじっと見つめたまま、アレンは人差し指をぴんと立てる。

「山に埋めるか、海に沈めるか、もしくはこの場で切り刻むか。おまえたちはどれがいいと思う?」

『とりあえず全部で』

「ぜ、全然落ち着いていませんよ、みなさん」

殺気全開の面々の中、シャーロットだけがあたふたしていた。

エルーカに連れられて全員ひっそりと山を進み、このコテージまでやってきたのが一時間ほど前のことになる。

かまくらの中で暖を取りながら説明を待っていると、現れた客人の顔を見てシャーロットとナタリアが息を呑み——そのタイミングでエルーカから望郷の鏡を手渡された。どうやらこれを見せるために準備を進めていたらしい。

真顔で殺意を燃やす面々を見回して、エルーカはため息をこぼす。

「ま、そういうことらしいんだよねえ」

「なるほど、なあ……」

アレンは大きく息を吐く。

意識しないと呼吸ができなかった。少しでも気を抜くと怒りに任せてコテージに突撃し

かねなかったので、足にぐっと力を入れて堪えることも忘れない。

　がしがしと頭を掻いて、鏡を睨む。

「王子と義母が繋がっていたのなら……色々と辻褄は合うか」

　濡れ衣を着せて追放した王子。何年にもわたり虐待し続けた義母。

　それぞれ別の敵かと思っていたが、陰謀はふたりが結ばれるためで、虐げていたのは単なる嫉妬だったというわけだ。

　いったん怒りを収め、アレンは顎に手を当てて唸る。

「そうなると図式はシンプルだな」

「ええまったくそのとおりですね!!」

　そこでナタリアが声を荒らげた。

　風の魔法で防音は完璧だが、かまくらが大きく揺れてヒビが入るほどの声量だった。

　わなわなと震えながらナタリアはたっぷりと怨嗟を込めた声をしぼりだす。

「あ、あのクソ女ぁ……！　ねえさまを虐げていたのはこんな理由だったんですか!?　てっきり己が血を引く娘が次女なのが気に食わないのかとばかり……!!」

「そういえば、あの女はおまえに興味を示さなかったんだっけか」

　アレンはふむ、と鏡の中の女を見つめる。

　言われてみれば気の強そうな面立ちはナタリアによく似ていた。血の繋がりを感じさせるものの、姉妹と言われた方がしっくりくる。

「ちなみにあの女、いったいいくつなんだ？　ナタリアの母にしてはずいぶん若いが」

「今は二十五だね。王子の方は二十二だよ」

「あー、分かったぞ。親の決めた婚約を一度は受け入れたが、後になって運命の愛とやらに出会ったと。そういうわけだな？」

「せいかーい。何、おにい。人の心が分かるようになってきたじゃない」

「茶化すな。貴族社会じゃよくある話だろう」

公爵家に嫁ぐとなれば、コーデリアも実家はかなりの家柄なのだろう。

親の決めた結婚を呑んで子を産んだが、その後別に好きな相手ができた――セシル王子も同様だ。互いに年も近いし不思議でも何でもない。

「だったら地位も名誉も全部捨てて駆け落ちしたら良かったんですよ！　保身に走った結果がこれですよ⁉　あんのクソアバズレ、マジで潰す……！　腐れ王子もろとも八つ裂きにしてくれます‼」

「あの、ナタリア……？　一応あなたのお母様ですし、あまり悪く言うのは……」

「わたしの家族はねえさまだけなので悪しからず‼」

おずおずと諫めたシャーロットに、ナタリアはぴしゃっと言い放った。

運命の相手と出会ったのなら、好きでも何でもない男との間に生まれた子など邪魔者でしかないだろう。その疎ましさがナタリアに向かなかったのは、シャーロットという明確な恋敵がいたからだ。幸か不幸かは別として。

真っ赤になって震えるナタリアをよそに、エルーカはやれやれと肩をすくめてみせる。

「ニールズ王国に潜伏して王子を張ってたら、あっさり逢い引きの現場を目撃しちゃってねー。一応物証も必要かと思ってちょいちょい詰めてたんだ」

「ま、警戒心はなさそうだものなあ……しかし手間はかかっただろ。悪かったな」

「へーきへーき。パパにも協力してもらったしね」

エルーカはばちんとウィンクを決める。

そんな中、姉によしよしされて少し冷静さを取り戻したナタリアが不可解そうに首をひねってみせる。

「しかしこんな繋がり、あっさり露見して然るべきなのでは……なぜこれまで表に出なかったのでしょうか」

「それも簡単なことだろう」

義妹の肩をぽんっと叩き、アレンはあっさりと告げる。

『臭いものには蓋をする』……これが処世術の基本だ。一国の王子と公爵家夫人が共謀し国を騒がせたとなれば、責任は多方に波及する。それなら無実の少女ひとり見殺しにした方が早いだろう？」

「くっ……大人って汚い！」

ナタリアがギリギリと歯がみして憎悪を燃やす。

そんな中、リディは首をひねるばかりだった。

「むう……わらわも全然気付かなかったのじゃ。おとなって難しいのじゃ……」

「……子供は分からなくていいことですよ」

シャーロットはリディの頭をそっと撫でて苦笑する。

辛く苦しい日々の記憶を思い起こしているらしい。

そんなシャーロットに寄り添って、ルゥは心配そうに顔を見あげる。

『大丈夫？　ママ、顔色が悪いよ』

『無理もありませぬ。よもやこのような下らぬ奸計であったとは……儂もはらわたが煮えくりかえりそうでございますよ』

ゴウセツもまた側で控え、ふんっと鼻を鳴らした。

重い空気が場に満ちて、誰も彼もがしかめっ面で黙り込む。

そんな面々を横目に、アレンは最後の疑問をエルーカに投げた。

「で……エヴァンズ家の当主はいったい何をやっているんだ？　家督の危機だろうに」

「ああ、何かあっちこっちを飛び回ってるよ。魔法道具を色々かき集めてるみたいでさ、私財もけっこう浪費してるみたいで」

「ふうむ……金持ちにはよくある道楽だが」

魔法道具は日常生活で役立つものから、神秘的な力を秘めたものまで幅広く存在する。

金と暇を持て余した貴族が蒐集にハマるのはよく聞く話だ。

(だが、家の危機にも無関心なのか……？　そっちはそっちで変な話だな)

とはいえ、この場にいない当主について悩んでいても仕方ない。

「よし、ともかく情報は揃ったな」

張り詰めた空気を振り払うようにして、アレンは軽く手を叩く。

そうして、なるべく静かにシャーロットへと声をかけた。

「おまえはどうしたい。決断すべき局面だ」

「そ、そうですね。ここが正念場なんですよね」

シャーロットはふうと小さく息を吐く。

そのわずかな吐息がかまくらの隅々にまで満ちた。

全員が固唾(かたず)を呑んでシャーロットの言葉を待つ。

望郷の鏡には依然として義母と王子が映し出されていた。シャーロットはそれをちらりと見やってから、困ったような笑顔をアレンに向ける。

「好きな人と一緒にいたいって気持ち、今の私なら痛いほどに分かるんです。それだけは……おふたりを責めることはできません」

「……ならば最低限の報復で済ませるか？　告発するとか」

それもひとつの選択だ。

あらゆる証拠を集めてから、正当な手段でふたりを告発する。

時間はかかるだろうが、名誉回復には繋がるだろう。

そう説明すると、シャーロットはどこか考え込むように眉を寄せる。

「それもいいですけど……ちょっと、聞いてもいいですか？」

「何だ。俺でよければ答えよう」

シャーロットの前にしゃがみ込むと、彼女はこくりと重くうなずく。

そうして飛び出した質問は、予想だにしないもので——。

「喧嘩って、どうすればいいんでしょう？」

「……は？」

目を瞬かせるアレンの後ろで、他の面々も無言で顔を見合わせた。

そんな全員に、シャーロットは慌てて補足する。

「そ、その、アレンさんだったらこういうとき、自分で戦って、相手をばしっとやっつけちゃうじゃないですか」

「まあそうだな……」

「私、そういうのって一度もしたことがないから……だから、いい機会だと思うんです！」

困惑したアレンの前で、シャーロットはぐっと拳を握る。

その瞳に迷いはなかった。ただ純粋なキラキラとした目で決意を語る。

「私、自分の手で決着をつけます。アレンさんみたいに！」

「シャーロット……」

それにアレンは言葉を忘れて見惚れてしまう。

かつて、怒りを口にすることもできなかった彼女がここまで人として成長した。それにジーンとするのだが、ナタリアは白い目を向けてくる。

「大魔王……わたしのねえさまに悪い影響を与えすぎなのでは？」

「あっ、ナタリアもあとで教えてくださいね。だって得意ですよね？」

「ねえさま!?　わたしのことをそんな目で見ていたんですか……!?」

「順当な評価だろ」

ガーンとショックを受けるナタリアだった。

シャーロットはそれにくすりと笑って、この場にいる面々の顔をぐるりと見回す。

「私がこんな勇気を出せたのは、アレンさんやみなさんがいたからです。あのふたりに、変わった私を見せてやりたいんです。だからあの……」

最後にまたアレンに目を向けて、にっこりと笑う。

「私に教えてくれますか？　アレンさん流の喧嘩のやり方を」

「ふっ、それなら俺の得意分野だ」

アレンはニヤリと口の端を持ち上げる。

シャーロットに右手を差し伸べて、高らかに言い放った。

「ならば本日のイケナイことは決まったな！　ずばり、一世一代の大喧嘩だ！」

「はい！」

シャーロットは満面の笑みでその手を取った。

かくして魔王と悪役令嬢による一大連合軍が結成された。

しかしふとシャーロットは顔を曇らせるのだ。

「あっ、でも、大怪我させるとかはダメですよ？　ほどほどに脅かして反省していただくとか、できたらそんな感じでお願いします」

「ふむ、そういうことなら……よし、ドロテア！」

「えっ、ボクっすか？」

ずっと隅の方で取材メモを取っていたドロテアがきょとんと目を丸くする。

完全に部外者に徹してこれまで口を挟まなかったし、事実そうなのだから話を振られたのがよほど予想外だったらしい。

そんなドロテアに、アレンはびしっと人差し指を向けて言い放つ。

「少しばかり手を貸せ！　そうしたら好きなだけ……俺たちのことを書いてもいいぞ！」

「ひゃっほーい！　お任せくださいっす」

二つ返事で戦力が加わって、作戦が急ピッチで練られることとなった。

五章　イケナイ悪戯大作戦

竜宮郷の夜は更けていく。

セシルは立ち上がり、コーデリアへと手を差し伸べる。

「さて、退屈な話はここまでだ。夜は長いんだ。楽しもうじゃないか」

「ええ。あなたとゆっくりできるのも久々だし……あら？」

その手を取ろうとしたコーデリアが、ふと顔をしかめる。

どこからともなく風が吹き込んで、部屋を照らし出していた蝋燭のひとつが音もなく消えたのだ。

「嫌だわ、隙間風だなんて。安宿はこれだからダメね」

「そんなはずは……窓も閉めたんだが」

セシルは訝しげに眉をひそめて窓へと歩み寄る。

どの窓も鍵が掛けられており、扉もすべて閉まっていた。しばしセシルは壁や天井などを探っていたものの、風の差し込む穴などは見つけられなかったらしい。

「おかしいな。いったいどこから……おや？」

そうこうするうちに、また風が吹く。

今度はほとんどの蝋燭と、暖炉の炎がかき消されるほどの強さだった。あたたかな光に満ちていた部屋の中は、突如として冷え冷えとした暗がりに叩き落とされる。

これにはコーデリアも肝を潰したらしい。

小さく悲鳴を上げて、セシルのそばへと駆け寄った。

「ちょ、ちょっと、何よこれ」

「なに、ただの風だ。怖がることは……ああ、いや」

そこでセシルは言葉を切って、ニヤリと意地の悪い笑みを浮かべてみせる。

「ひょっとしたら……あの女の呪いかもしれないな。野垂れ死んだ末に、恨みを晴らそうとしているんだ」

「へ、変なことを言わないでちょうだい。あの女が化けて出るようなタマ？」

「ははは、仮にそうだったとしても心配無用だ。俺が守ってみせるからな」

怯(おび)えてしがみついてくるコーデリアに、セシルはからからと笑う。

このハプニングを、逢い引きのスパイス程度にしか考えていないのが明白だった。

セシルは扉の外へと呼びかける。

「おい、火が消えたぞ。早く点けろ」

すぐそばには雇った腕利きが控えているはずだった。

しかし、その声に応える者はいなかった。いつまで待っても、静寂だけがそこにある。

セシルは舌打ちし、乱暴に扉を開く。

「まったく、何をやって……なっ!?」

「どうし……ひいっ！」

セシルが言葉を失って、のぞき込んだコーデリアも喉の奥で悲鳴を上げた。

室内に反し、廊下はひどく冷え切っていた。

小さな蝋燭がいくつも灯っており、そして今、それが倒れた男たちを照らし出していた。

もちろんセシルの雇った腕利きたちである。目立った外傷は見当たらないものの、全員ピクリともしない。

「な、何よこれは!?　まさか死んだの!?」

コーデリアはますます血相を変えて叫ぶ。

「俺が知るわけないだろう！　おい！　他の者はいないのか！」

セシルは大声で叫ぶ。

すると上階や隣の部屋から物音がした。「何ですか！」といった慌てた声も聞こえるし、無事な者もいるらしい。

それに少しばかり安堵したようだが、セシルの顔は強張ったままだ。

コーデリアを背に庇（かば）いながら、腰に下げていた短剣を抜き放つ。

「賊か……？　いやしかし、いったいどこから――」

「せ、セシル……！　あ、あれ……あれ！」

コーデリアが悲痛な声を絞り出し、廊下の先を指し示す。

蝋燭の明かりが届かないそこには色濃い闇が蠢いていた。

ゆらゆらと揺らめく闇。それはおぼつかない足取りで歩く人間を思わせる、薄ぼんやりとしたシルエットを有しており――その影が、とうとう灯りの届く範囲にやってきた。

「ひっ……!?」

その悲鳴がセシルとコーデリア、どちらのものであったのかは分からない。

それでもその引き絞ったような声が廊下に響いた瞬間、コテージ全体が軋みを上げた。

引きつった顔で凍り付くふたり。

影はそこへ、一歩一歩踏みしめるようにして歩を進めた。

「にく、い……」

それは少女の姿をしていた。

うつむき加減で床を見つめ、長い金髪の隙間からうかがえる相貌はひどくやつれている。

身に纏うのはボロ同然のドレスだ。そしてその全身はべっとりと赤黒い血で汚れていて――背後の景色が透けて見える。

少女がか細い声をこぼすたび、廊下には凍てつくような風が吹いた。

その外見はどこからどう見ても、彼らが貶めた令嬢、シャーロットそのものだ。

コーデリアがふたたび悲鳴を上げる。

「まさか、シャーロットの幽霊……!?　な、なんでこんな場所に!?」

「ふっ、俺たちが一緒にいるところを狙ったか……？」

セシルがあざ笑うようにして鼻を鳴らす。

コーデリアの怯えように反し、セシルは平静そのものだ。ニヤリと笑みを深め、ゆっくりと歩み寄ってくる少女の霊に対し高らかに言い放った。

「のこのこ出てきてくれたのなら好都合！　探す手間が省けた！　出てこい、おまえたち！　ゴースト退治だ！」

「了解いたしました」

「へえ、こんなとこにも出るんだなあ」

セシルの声に応えるようにして、上階や他の部屋から屈強な男たちが飛び出してくる。

彼らはゴーストを見ても顔色ひとつ変えず、手にした武器を構えてみせた。

いわゆる幽霊――つまりゴーストというのは自然現象に近い。

人などの残留思念が自然界に溢れるマナと偶然にも結びつき、形を有したものとされている。物理攻撃こそ効かないものの、多少魔法の心得がある者にとっては雑魚同然だ。男らの反応も当然のことだった。

だがしかし、ごくまれに――。

「よし、消え失せ――」

「……にくい」

浄化魔法を唱え、それを放とうとしたひとりの男。

それに少女の霊が人差し指を向ける。その瞬間――。

「ぶばっ⁉」

「なっ⁉」

男の体が勢いよく真横に吹っ飛んだ。

壁に叩き付けられて完全に動かなくなった男を目の当たりにして、セシルを含めた一同は言葉を失う。しかし、場慣れした男らの動きは迅速だった。

「くっ、このゴースト風情が……！」

「大人しく失せろ！」

魔力を宿した剣を向ける者。魔法を唱える者。

何人もの腕利きが同時に飛びかかり――。

「……どいてください」

「ぶげらぼっ⁉」

「ぎゃぶげっ⁉」

少女の霊が軽く右手を振るだけで、男らは吹っ飛んだり凍り付いたり雷に撃たれたり。とにかく多種多様な手段で制圧された。

廊下はすっかり死屍累々の有様だ。

それをまるでバージンロードであるかのように、少女の霊はゆっくりと歩く。

コーデリアがさらに顔をゆがめてセシルに抱きついた。

「ただのゴーストがこんなに強いなんてありえるの……!?」

「……よほど俺たちへの恨みが強いんだろう」

通常のゴーストは雑魚同然だ。

だがしかしごくまれに、この世に強い未練や恨みを残したものが、驚異的なパワーを持った怨霊となることがあった。中には国を滅ぼし尽くした例も存在する。

戦慄するセシルらだが……今回はまた別の例である。

（よーっし！　いい演技だ、シャーロット！　一流の女優も顔負けだな！）

アレンは廊下の隅でしゃがみ込んだまま、ぐっと親指を立ててみせた。

それに気付いたシャーロットがわずかにぱっと顔を輝かせるものの、すぐにキリッと表情を正す。幽霊にしては少し生気に溢れている気もするが、怯えたセシルらにはバレなかった。

「にく、い……です」

「ひいいいっ!?」

抑揚のない喋り方は、単に慣れていなくて棒読み気味のせいではあるものの、それはそれで雰囲気抜群である。

アレンの隣でそれを見ていたナタリアもご満悦だ。

（ふふふ、ねえさまが主役の喧嘩なんてどうするものかと思いましたが……考えましたね、大魔王。ドロテアさんから魔法道具を借りるなんて）

（なあに、使えるものはエルフでも使う主義だからな）

ドロテアが出歯亀に使っていた、姿を消す魔法道具である。

姿も気配も消せて、調整次第で今のシャーロットのように姿を透けさせることも可能。

それを人数分借りたのだ。アレンも姿を変える魔法を使えるが、その上位互換といったところ。

シャーロットが幽霊として奴らを脅かし、姿を隠したアレンらが敵を排除する。

役割分担のはっきりした奇襲作戦である。

（おまえにも先日教えただろう、何も物理だけが喧嘩の手段ではない。多種多様な手立てを知っておくに越したことはないぞ）

（わはは、ぜーんぶわらわの獲物じゃー！　肩慣らしにもならーぬ！）

（ふん、言われなくとも日々勉強中で……あっ！　リディさん、ずるいですよ！）

まだセシルの雇った腕利きたちは人数が残っている。

そのうちのひとりが暗器を繰り出そうとしたのだが、そこを容赦なくリディが風の魔法で吹っ飛ばした。無駄のない身のこなしと魔法の使い方に、アレンも舌を巻く。

（ほうほう。あいつはまだまだ伸びるなあ。ナタリアもうかうかしていられないぞ）

（ふっ、好敵手にとって不足はありません。わたしもやります！　とーう！）

ナタリアも飛び出していって、敵のひとりを蹴り飛ばした。

瞬く間に廊下は倒れた男たちまみれになって、シャーロットはひどく歩きづらそうだった。

「くっ……ここは任せた！　コーデリア、行くぞ！」

「い、行くってどこへ……!?」

分が悪いと判断したのか、セシルはコーデリアの手を取って屋敷を飛び出していった。

それもアレンの予想の範疇だ。

（よし、ならばフォーメーションその二だな）

ぱちんと指を鳴らせば、アレンの頭上を風の塊が飛び越える。

ルゥとゴウセツである。二匹はシャーロットのもとに颯爽と駆け付けて、向かってきた敵をそれぞれ蹴り飛ばした。

ゴウセツが前足で器用にサムズアップして決め顔を作る。

『反撃開始でございます。適度な速度で追いますぞ、ルゥどの』

『はーい！　えものを疲れさせるのは、狩りのきほんだもんね！　ママ、乗って！』

「は、はい！」

ゴウセツが先導役を務め、ルゥが乗り物役。役割分担も完璧だ。

二匹はシャーロットを伴って一気に廊下を駆け抜けていった。

「に、逃がすな！　必ずしとめ――ごほっ！」

残った者たちが色めき立って追おうとするが、全員数秒足らずで床へと沈んだ。

廊下はすっかり静かになった。ヴェールを取り払い、アレンは手についた埃を払う。

「ふう。雑魚はこれで終わりだな」

「ああっ!?　見てください、大魔王!」

ナタリアが慌てて窓の外を指す。

吹雪がうなりを上げる中、地面に描かれた魔方陣のゲートにセシルたちが吸い込まれていくのが見えた。シャーロットらもそれを追いかけて姿を消す。

竜宮郷のあちこちに繋がる移動用ゲートだが、世界中の各地に転送も可能だ。

ナタリアは血相を変える。

「やつら、まさかニールズ王国へ逃げたのでは……!?　大勢の兵がクソ王子に味方しますよ!」

「あー……それはマズいかもしれぬな。ゴウセツが何をするか分からない、って意味で」

リディも顔を曇らせる。ニールズ王国ではシャーロットは依然としてお尋ね者だ。そんな中に姿を現せば最後、大騒ぎになるのは間違いない。

しかしアレンは不敵に笑うだけだ。

「あれがニールズ王国に通じていれば、の話だろう。ついて来い」

ちびっこふたりを伴って、魔方陣ゲートに悠々とした足取りで歩み寄る。

複雑な紋様と魔法文字が書き連ねられたそこには、赤い線と文字が付け足されていた。

「先にゲートを弄(いじ)っておいた。この先に通じているのは俺たちの屋敷の付近だ」

「本当に抜かりがないですね……味方で心底良かったと思いますよ」

「ふはは、そう褒めるな。見習うというのなら側で見て学ぶがいい」

「まあ、その性格の悪さは多少参考にしていますけど」

ナタリアはため息交じりにぼやいてみせた。

そんな中、リディが腕まくりをして意気込むのだが――。

「よーっし、それじゃわらわが一番乗りで――」

「っ……待て！」

ぴょんっと魔方陣に飛び乗ろうとしたリディを、アレンは慌てて抱き上げた。

一拍遅れ、そこに光弾が降り注ぐ。光が弾けた後には、凍てつく氷が魔方陣を覆っていた。

息を呑む三人の前に、天から大勢の者たちが降り立つ。

亜人や獣人、竜人にエルフ……顔ぶれは多種多様だが、総じて竜宮郷スタッフの制服を身に纏っている。皆が皆武装しており、鋭い目をアレンへ向けた。

「お客様……これはどういうことでしょうか？」

「ごっめーん、おにい。結界が破られちった」

彼らに連行されたエルーカが、両手を合わせて軽く謝ってみせた。

アレンはざっと人数を確認しつつ、ちびっこふたりを背中に庇う。

（ふむ……ここの警備は想定以上だったか）

エルーカの魔法の腕は、アレンには劣るとはいえかなりのものだ。

それが本気で展開した結界を破ってここまでたどり着くとは、並大抵のことではない。

相当の遣い手が中にまぎれていると見えた。

とはいえ、こんな場所で足止めを食らっている場合ではない。

どこから敵陣を切り崩すかをざっと頭の中で計算しながら、重心をわずかに低くして臨戦の構えを取る。

「悪いが急いでいるんだ。邪魔立てするなら――」

「あら、クロフォード様？」

「うげっ⁉」

しかし、その戦意が一瞬でかき消えた。

スタッフらをかき分けて、顔なじみの人魚が顔を出したからだ。

ユノハ地方の温泉宿で世話になり、ここでもまた例に洩れず多分なサービスをしてくれるコンシェルジュだ。

彼女はアレンを前にして、困ったように小首をかしげてみせた。

「ひょっとして、こちらのコテージを襲撃されたのはクロフォード様なのですか？」

「ぐっ……それに関しては申し開きできん」

アレンは口ごもるしかない。

もともとスタッフらを傷付けるつもりは毛頭なかった。

軽く洗脳魔法でもかけて追い返すか、眠ってもらうか。とはいえそれも荒っぽい手段には違いなく……知人にそんな無体が働けるほど、アレンは横暴でもなかった。

どうするか考えあぐねた末に、深々と頭を下げる。

「おまえと事を荒立てたくはない。頼む、何も言わずに見逃してくれ」

「……何やら事情がおありのようですね」

人魚のコンシェルジュは、しばしじっと考え込む。

その間、他のスタッフらは一切動こうとはしなかった。

やがて人魚が小さく息をこぼすと同時、彼らは一斉に武器を収める。

「分かりました。どうぞご自由にお通りください」

人魚の彼女がにっこりと笑う。

魔方陣ゲートに人差し指を向けると、覆っていた氷が一瞬で溶け消えた。

あまりにもすんなりと進んだ話し合いに、アレンは目を丸くする。

「い、いいのか？　おまえがここの主に大目玉を食らうのでは……」

「ご安心くださいませ、そんなことは万に一つもありません」

人魚はくすりと笑う。

さらには恭しく胸に手を当ててこう続けた。

「それではどうぞ行ってらっしゃいませ。このヴィノス・ダゴルミョス、皆様のお帰りを心よりお待ちしております」

「っ……感謝する！」

アレンはナタリアとリディを連れ、魔方陣ゲートに飛び込んだ。

竜宮郷に来たときと同じで、淡い光が視界を覆ってぱっと晴れた瞬間、そこは見慣れた森の中だった。すっかり夜闇に沈んでしまっているものの、遠く離れた向こうに馴染みの街の光が見える。

魔方陣を振り返って、ナタリアが物憂げに眉を寄せる。

「あの方、本当に大丈夫でしょうか……独断でわたしたちの味方をするなんて」

「大丈夫だろう。何せ、あいつが竜宮郷の主だ」

「……は？」

ナタリアがきょとんとしたところで、魔方陣が再び光る。

その光から飛び出してくるのはエルーカだ。頬をかきながら、苦笑する。

「いやはや……ヴィノスさんから、あたしも行っていいって言われたよ。シャーロットちゃんと出会ってから、おにいは妙な縁ばっかり結んでるねえ」

「そろそろ己の引きが怖くなってきたところだ」

アレンはため息をこぼす。

オーナーが平然と接客対応するだろうか、普通。よほど仕事が好きなのかもしれない。

「ちなみに、ドロテアはどうしたんだ？」

「別行動して望郷の鏡で見てるってさ。なんかインスピレーションがビビッときたみたいで、原稿が捗（はかど）りそうだとかなんとか」

「……あとで燃やすべきかなあ、その原稿。いったいどんな代物が出来上がるのやら」

気分が沈みそうになったところで——。

「きゃあああああ⁉」

「っ……！」

街の方から、夜の静寂を切り裂くような悲鳴が轟いた。

うかうかしている暇はなさそうだ。

「時間がない！　俺たちも行くぞ！」

「はい！」

アレンがいち早く駆け出すと、ナタリアとエルーカがそれに続いた。

深まる闇の中、一行は一目散に街の明かりを目指して駆け出したのだが——。

「……おや？」

リディは足を止め、首をひねりながら街を眺めるのだった。

◇

魔方陣ゲートをくぐった先は、ニールズ王国王都外れの公園——のはずだった。

「っ……⁉　どこだ、ここは……！」

ゲートを出てすぐ、セシルは目を丸くした。

それもそのはず、目の前に広がっていたのは見知った景色ではなかったからだ。

　そこは簡素な街道で、鬱蒼とした森が道の両側を挟んでいる。その先にはぽつぽつと人工の明かりが浮かんでいた。

　コーデリアも真っ青な顔で声を震わせる。

「何よこれ……！　ニールズ王国に通じているはずじゃないの⁉」

「俺が知るもんか！　くそっ、こんなときに――っ！」

　声を荒らげるセシルだが、魔方陣ゲートがふたたび光りはじめて息を呑む。

　その光の中にうっすらと浮かび上がるのは、線の細い少女のシルエットで――セシルはそれを見るなり、コーデリアの手を取って駆け出した。

「走れ！　あの街に行けば、何とかなるかもしれない！」

「そんな……私はもう無理よ！」

「つべこべ言うな！　あんな超級悪霊、俺たちじゃどうしようもないだろ！」

　コーデリアを引きずるようにしてセシルは足を動かした。

　己の懐にそっと手を入れて、忌々しげに舌打ちする。

「もしものときはこれを使うしかないが……こればっかりは最終手段だからな」

「っ、ちょっとセシル！　うしろ！　来てるわよ⁉」

　コーデリアが悲痛な悲鳴を上げる。

　魔方陣から飛び出してきたのは、少女の霊だけでなかったのだ。

　爛々と目を輝かせて夜闇に躍り出るのはフェンリルと地獄カピバラという物々しい魔物

たちだ。魔物たちはその背にシャーロットを乗せて、風を切って肉薄する。

「に、にくぃー……」

「がるるる！」

「かぴー」

「ひぃっ⁉　使い魔を召喚した⁉」

「いやあああ⁉　く、食い殺されるぅぅ⁉」

ぐずっていたコーデリアだが、魔物たちを前にして驚異的な足を見せた。セシルもそれを追いかけて、ふたりしてもつれ合うようにして街へと駆け込んだ。

シャーロットと魔物たちはそれをゆっくりと追いかける。

その追走劇は付かず離れずの絶妙なものではあったが、セシルらは手加減されていることに最後まで気付かなかった。

やがて彼らはふたりそろって街の入り口をくぐる。

深夜と呼ぶべき時間帯のため、大通りには人影がほとんどない。建物に灯る光もまばらだ。

「こ、こっちだ！　とりあえず誰か探そう！」

そんな街中をセシルらは駆けずり回った。

いくつもの角を曲がり、通りを抜け、ひとまず人の声がする方を目指して走る。

しかしすぐに限界が来た。ふたりは倒れ込むようにして、とある路地へとたどり着く。

どこか荒涼とした区域である。

廃墟が多いのか、あちこちの窓が割れていたり板が打ち付けられたりしている。

それでもなぜか道ばたに花が植えられていたり、掃除が行き届いていたりして、治安が良いのか悪いのかよく分からない場所だ。

そんな彼らを出迎えたのは――。

「わはは！　もっと飲め飲め！」

酒盛りをする冒険者、数十名だった。

普通の人間が大半だが、中には岩人族や亜人といった種族も交じっている。ダンジョン帰りなのか全員武装しているが、誰もがほろ酔いの赤ら顔で物々しい雰囲気は微塵もない。

セシルは息も絶え絶えながらにニヤリと笑う。

「た、助かった……あいつらを使おう」

「ええ……あんなの明らかに三下じゃない。勝てると思うわけ？」

「バカだな、ただの囮にするんだ。でくの坊どもでも多少の役に立つだろうさ」

そう言って、セシルは地面の泥でわざと服を汚す。

追われる弱者を装って、よたよたとした足取りで冒険者たちのもとへと向かった。

セシルらは知る由もないが、そこはメアード地区と呼ばれる場所であった。

かつてはチンピラ崩れがたむろするスラム街のような地区だったのだが、アレンとシャーロットが華麗な飴と鞭を振るった末に制圧した。

今ではこの場を根城にしていた彼らもすっかり強制改心していて――。

「なあ、おまえらこの本もう読んだか？　最近巷で噂の恋愛小説なんだけど」

「読んだよ……どう考えてもあれ、モデルは大魔王と女神様だったよな……」

「俺もあんな恋がしてみてえ……」

恋愛小説を囲みながら、遠い目をする者たちやら――。

「ううっ……女神様、どうしてあんなクソ野郎なんかに……！」

「まだ言ってんのか、おまえ……」

「俺も悔しいけどさあ……女神様を一番幸せにできるのは大魔王だからなあ」

「とりあえず今日は飲もう！　飲んで忘れるんだ！」

失恋に泣き崩れるひとりを囲んで励ます者たちがいるくらいには、和気あいあいとしている。パーティの垣根を超えた絆が彼らの中にはたしかに生まれていた。

そんな彼らのもとへ、セシルは大声で叫びながら飛び込んだ。

「よかった……人がいた！　どうか助けてくれ……！」

「ああ？　どうしたんだ、兄さん」

それに首をかしげるのは、岩人族だ。

他の者たちも酒盛りの手を止めて顔を見合わせる。

みなの注目が集まったのを確認してから、セシルは震える手で皮袋を取り出してそれを岩人族へと差し出した。

きょとんとしつつも袋を開いた岩人族は、中に詰まった金貨を目にして困惑の声を上げる。

「お、おいおい。こりゃいったいどういう真似だ？」

「厄介なバケモノに襲われているんだ……！　金ならある！　君たちを雇わせてくれ」

「へえ……？　おもしろいじゃねえか」

それにせせら笑うのは、大蛇を首に巻いた青年である。

「この街に来たのが運の尽きだ。いいぜ、俺たちが相手をしてやるよ。なあ、メーガス！」

「ははは、グローはやる気だな。それじゃこっちも負けてらんねえか」

「おう！」

岩人族がそれに笑い、他の者たちもそれに応える。

ほどよく酒が回った彼らにとって、飛び込みの依頼はいい肴となったらしい。

セシルがこっそりと黒い笑みを噛み締めたところで、背後で獣の足音が響いた。慌てて駆け寄ってきたコーデリアを抱きしめて、セシルは彼らへ叫ぶ。

「っ、奴が来た！　どうか頼む！」

「へいへい。軽くやっちまいますか」

のそりと立ち上がり、武器を構える数十名。緊迫した空気が路地に満ちる。

そんな彼らからゆっくりと後退り（あとずさり）ながら、セシルはコーデリアに小声で耳打ちした。

（今のうちに逃げるぞ！　さすがの悪霊も、朝日が昇ればパワーが落ちるはずだ……！）

（わ、分かったわ……！）

そうしてふたりがこっそりとその場から離れようとした、そのときだ。

ついに悪霊が使い魔とともにその場に現れて――。

「あれ、みなさんお揃いでパーティーですか？」

『は……？』

悪霊（仮）が気さくに話しかけると、その場の全員がぴしっと固まった。手にした武器を振るうこともなく、魔法の呪文を唱えかけていた者はそれをあっさりと中断した。

しばし悪霊（仮）と冒険者たちは見つめ合ったまま誰も動かず……セシルは痺れを切らして声を荒らげる。

「どうしたんだ、おまえたち！　早くあいつを倒せ！」

『ああん⁉』

「ひっ⁉」

それに冒険者たち全員がセシルの方を一斉に振り返った。彼らがその顔に浮かべているのは紛れもない憤怒の色だ。雇い主に向けるものでは決してない。

冒険者たちは悪霊（仮）を放置してじりじりと距離を詰めてくる。

「てめえこら！　俺らの女神様をバケモン呼ばわりとはどういう了見だゴルァ！」

「あ、あの怨霊が女神だって⁉　どういう目をしているんだおまえたちは⁉」

「そりゃこっちの台詞だ！　あのお方が意味もなく一般市民を追いかけ回すわけねえだろ

うが！」

「さてはてめえらの方が悪人だな……？」

「よっしゃ、やっちまえ！」

「なっ、なんでそうなっ――ぐぎゃっ!?」

「きゃあああ!?　セシル!?」

セシルは華麗に殴り飛ばされてしまって、夜空にコーデリアの悲鳴が轟いた。

地面に転がり、セシルは呻く。

そこに冒険者たちは追撃を加えようとするものの、悪霊（仮）のシャーロットが慌てて割って入った。

「す、ストップです！　みなさん、どうかそのあたりでやめてください……！」

「でも女神様、この男って悪い奴なんですよね？」

「えっ、それは、その……そうですけど」

「……ひょっとして、こいつに何かされたとか？」

「あ、あはは……」

グローの問いかけに、シャーロットはあいまいに笑う。

ほとんど肯定したに等しい返答だった。

一瞬にして冒険者一同らのボルテージはマックスまでぶち上がる。

「殺るぞおまえら！　女神様を害する輩は俺たちの敵だ!!」

『応!』

「えええええっ⁉　み、みなさん落ち着いてください!」

シャーロットが慌てふためくものの、すべては後の祭りだった。

ルゥとゴウセツも顔を見合わせるばかりである。

そんな中、コーデリアに介抱されていたセシルだったが――。

「っ……悪い奴、だって……?」

「せ、セシル、どうしたの」

口の端ににじんだ血をぬぐい、コーデリアを押しのけて立ち上がる。

その目に宿るのは恐怖とは真逆のどす黒い炎だった。

「ふざけるな‼」

「きゃっ⁉」

懐から取り出した水晶を、躊躇なく地面へと叩き付ける。

澄んだ音と光が弾けた次の瞬間――。

「GRR……」

そこには巨大な影がそびえていた。

月明かりのもとでゆっくりと頭を上げるのは漆黒のドラゴンである。

その身の丈は星に手が届きそうなほどに大きく、体中に新旧様々な傷跡が刻まれていた。

「GR……グァアアアアアア!」

ズ――ン！

ドラゴンが羽を広げて空高く吼える。その際に生じた突風によって、足下の家屋がいくつも崩れ落ちることとなった。あたり一面に色濃い砂塵がもうもうと上がる。

「ぎゃあああ⁉　なんだよ、このドラゴンは⁉」

「召喚用の魔法道具か！　こんな街中で使うか、ふつー⁉」

グローやメーガスたちは慌てて逃げ惑う。

シャーロットは血相を変えて背後の二匹を振り返った。

「た、大変です！　ゴウセツさん、どうしましょう……！」

『いやあ、我らが手を出すまでもないでしょう』

場の大混乱をよそに、ゴウセツの反応は呑気なものだった。

ルゥも『だよねー』と気楽に空を見上げる。

ドラゴンの肩にはセシルが立っていた。彼は地上のシャーロットを見下ろして、声高に叫ぶ。

「俺はただ、愛する人と結ばれたかっただけだ！　いったいそれの何が悪い！」

「何が悪い……か」

「っ……⁉」

セシルがハッとして振り返った先――崩れかけた屋根にいたアレンと目が合った。

その目にわずかな戸惑いが浮かぶ。彼にとってアレンは見知らぬ顔だから当然の反応だ。

だがアレンにとっては違う。いつか必ず仕留めると決めていた、不倶戴天の敵である。

そして、今がまさにそのときだった。

屋根を蹴りつけ空へと躍り出て——。

「強いて言うなら……やり方が悪いわぁ!!」

『グビョッ!?』

「うぎゃあっ!?」

一撃必殺。全身全霊の力をこめた拳が、ドラゴンの横っ面に炸裂する。

結果、ドラゴンは家屋を押しつぶして一撃でダウンして、セシルもあえなく吹っ飛ばされた。

◇

かくしてひとまずの収拾が付いた。

瓦礫だらけのメアード地区の一角にて、エルーカは地面に散らばる水晶の欠片を拾い上げる。セシルがドラゴンを呼び出すために破壊した代物だ。

魔法の明かりで照らしてためつすがめつ眺めてから、呆れたような声を上げる。

「うわー、これってニールズ王国の秘宝だよ。大昔暴れた黒邪竜を封じたっていう。持ち出し禁止のはずなのになあ」

『奥の手として盗み出したのでしょう。いやはや、まこと愚かとしか言いようがありませぬなあ』

くつくつと笑ってから、ゴウセツはちらりと側のドラゴンを見やる。

『ねえ、貴殿もそうは思いませぬか？』

「ぐ、ぐるぅ……」

限界まで体を丸めたドラゴンがか細い鳴き声を上げる。

ぶん殴られたのがショックだったのか、地獄カピバラに睨まれて手も足も出ないのか、はたまたその両方かは不明だが、すっかり大人しくなってしまっていた。

そちらはもう暴れ出すこともなさそうだし——。

「ふう、これで一段落だな」

「くっ……！」

セシルとコーデリアは捕縛が完了していた。

どちらも見るも無惨なまでに薄汚れており、ロープでぐるぐる巻きにされたその様は夜盗に襲われたようでもあった。ふたりともドラゴンが倒れた拍子にぶっ飛ばされており、先ほどまで気絶していたのだ。種明かしもすでに済んでいる。

セシルは縛られたままで、アレンをじろりと睨め付けた。

「……貴様のような男が、シャーロットに手を貸していたとはな」

「ああ、意外か？」

「はっ……そうだな」

セシルは口の端を歪めて嗤う。

舐めるような視線を送るのは、アレンの隣にいるシャーロットだ。

「そこのアバズレに、男をたらし込むだけの技量があったとは驚いた。何の能力もない下賤な女だと見くびっていたからな」

「ほうほう。まだ口が減らないと見えるなあ」

アレンがこれ見よがしに拳をバキバキと鳴らしたところで――。

「セシル王子様」

シャーロットがそこに割って入った。

王子のことをまっすぐに見据えて、ゆっくりと口を開く。

「私、昔はあなたのことが怖かったんです。あなただけじゃありません。エヴァンズ家も、王城のパーティーも、何もかもが恐ろしかった」

シャーロットは噛みしめるようにしてその言葉を紡ぎ上げる。

何年もずっと尊厳を奪われ続けた、辛く苦しい日々のことを思い出しているのだろう。

しかし――最後にはふっと柔らかく笑ってみせた。

「でも今はもう、ちっとも怖くありません。今の私には……昔じゃ考えられないくらいの、たくさんの家族がいますから」

「シャーロット……」

アレンは拳を収める。

ちゃんと自分の言葉で決着をつけられたのだ。

セシルも少し驚いたように目を丸くする。

その間に、シャーロットはコーデリアにも向き直って小さく頭を下げてみせた。

「おふたりの仲は知りませんでした。邪魔をしてしまってごめんなさい、お義母様」

「シャーロット……っ！」

それにコーデリアが目をつり上げて吼えるのだが――。

「おまえさえいなければ私は……っ⁉」

突然、大きく目を見開いて息を呑んだ。

その視線の先にいたのは彼女の実子、ナタリアだ。

「ナタリア⁉　どうしてこんなところに……！」

「はい……？」

瓦礫の片付けを手伝っていたナタリアが、疎ましそうにこちらを振り返る。

今現在、ナタリアはアテナ魔法学院に留学中の身だ。

それがまさかこんな場所で会うとは思わなかったらしい。コーデリアは想定外の遭遇に目を丸くしていたが、しばらくしてから目に涙を溜めて悲痛に叫ぶ。

「お母さんを助けてちょうだい、ナタリア！　この街の兵を呼んでくるのよ！」

「ちっ……」

「……え？」

ナタリアが顔を歪めて舌打ちしたので、コーデリアの嘘泣きはぴたりと止まった。

母までずんずんと歩み寄り、ナタリアは横柄に腕組みしながら冷たく言い放つ。

「主犯はそこの愚物のようですが、あなたも片棒を担いだ共犯でしょう。自分のやったことくらい自分で贖いなさい。わたしは一切関与も弁護もいたしません」

「なっ……ナタリア、じゃない……!? あの子が私に刃向かうなんてありえないわ！」

「ほんっとーに口の減らない女ですね……グローさん、適当な布きれをいただけませんか。猿轡をかまして転がしておきましょう」

「ナタリアちゃん、どんどん大魔王に似てきてないか……？」

「むぐーーーっ!?」

手際よく母を縛り上げるナタリアに、グローらはたじろぐばかりだった。

そうする間にもどんどん空が白んでいく。

賑やかな夜が明け、新しい朝日がもうじき昇る。

エルーカが軽い足取りで近付いてきて、アレンの肩をばしっと叩いた。

「お疲れ様、おにい。これでひとまず一件落着だね？」

「バカを言え。まだ何も終わっていない」

ざっくりとした復讐は完了した。

だがしかし、これはまだ通過点だ。

「何としてでもこいつらの悪事を暴き立て、シャーロットの無実を世界中に知らしめる。そこまで達してクリアのミッションだ」

「……ふっ」

そこでセシルが小さく噴き出した。

アレンを嘲りながら、ニヤニヤとした笑みを浮かべてみせる。

「仮におまえがどんな切り札を出そうとも、ニールズ王国の総力を挙げて握りつぶしてやる。それだけじゃないぞ、おまえが王族を害した事実は変わらない。俺は帰国次第、貴様とシャーロットを訴える。無事で済むとは思うなよ」

「はっ、芸のない脅しだな」

「何……！」

色めき立つセシルの鼻先に、アレンは人差し指を突きつける。

朝日がとうとう昇りはじめた。

その光を背に受けながら、アレンは笑顔で宣戦布告する。

「俺はな、やられたらとことんやり返す性格なんだ。これから貴様らを地の果てまでも追い詰めて、たっぷりと生き地獄を見せてやる。せいぜい楽しみにしていろよ」

「っ……！」

本気が伝わったのか、セシルの顔が青ざめた。

「アレンさん……」

シャーロットも胸の前で手を組んで、どこかホッとしたように表情を緩める。

次は国を相手取った大喧嘩になるだろう。

道のりは遠いかもしれない。

それでも――。

「俺は約束したんだ。シャーロットを世界で一番幸せにする、と。だから――」

それを阻む敵には容赦しない。

そう宣言しようとした、そのときだ。

緊迫感が満ちる場に、脳天気としか形容できない声が響く。

「あっ、アレン氏だ！　こんなところにいたんすねー！」

「……なぜこんなややこしいときに!?」

背後からぱたぱたと駆け寄ってくるのは言わずもがな、ドロテアだった。

無視できる空気でもなく、アレンは彼女の方を嫌々ながらに振り返る。

「何の用だ、ドロテア。今は取り込み中で――」

「はい、これ。さっき書き上げたばかりで出来立てほやほやのボクの新刊っす！」

「どんな製本技術だ!?」

おもわず邪険にするのを忘れてツッコミを入れてしまった。

勢いで受け取った本は、しっかりした装丁の一冊だった。しかも分厚い。表紙にはやはり、白黒髪の魔法使いと金髪の少女が寄り添う姿が描かれている。

「これ、つまりまた俺たちの話なのか……？」

「そーっすよ。だって書いていいって言われたし」

「原稿を燃やしそびれた……」

悪びれることもなく言い放つドロテアに、アレンはがっくりと肩を落とす。

また全世界に自分たちの恋模様が頒布されてしまう。

「……とりあえずシャーロット、持っててくれ」

「は、はい……ど、どんな内容なんでしょう……」

本を手渡せば、シャーロットは頬を染めつつも興味津々といった様子でぱらっと表紙をめくる。その瞬間ぽっと頭から湯気が出て、頬の赤みがさらに増した。

前回の本は、開幕キスシーンだった。

それを踏まえて考えると――。

（またろくでもない内容なんだろうなあ……）

アレンはそんな確信を持て余して、盛大なため息を吐くしかない。

そこで瓦礫を運んでいたメーガスがすっとんきょうな声を上げた。

「ああっ！　ドロテア先生だ!?　新刊読みましたよ！　やっぱあの小説って、大魔王どのがモデルなんですか!?」

「あはは、そうっすよー。岩人族の男性がボクの小説を読んでくれてるなんてちょっと意外っすね」

「いやあ、俺のいも……家族が好きで。よかったらサインもらえませんか？」

「いいっすよー！　ボクってば心の広い人気者っすから！」

「あっ、俺も俺も！　お願いします！」

他にも著作を読んでいたらしい面々が集まってきてわいわいと騒ぐ。

場の空気は完全に和やかなものになってしまった。

騒ぐドロテアたちに、アレンは目をつり上げてしっしと手を振る。

「ええいシリアスな空気が霧散する……！　いいから貴様は消えろ！　今俺たちは大事な大局を迎えているところなんだ！」

「ええー、ボクもしっかりお役に立ったっすのに！　感謝の言葉があってもいいんじゃないっすか⁉」

「あの隠密魔法道具は後でちゃんと返す！　だから今は――」

「いやいや、そっちはどーでもいいんすよ」

ドロテアはぱたぱたと手を振って、虚空から先ほどと同じ本を取り出してみせる。

「ボクが言ってるのは今回の新作っす。シャーロット氏の無実を晴らしたわけっすから」

「はあ……？　おまえの三文小説が何の役に立つと言うんだ」

「あ、あれ？　あれれ？」

首をかしげるアレンの隣で、シャーロットが目を瞬かせた。

先ほどの本をゆっくりとめくってから、ごくりと喉を鳴らす。

「ドロテアさん、これ……ほんとに私たちのことを書いたんですね」

「そーっすよ、だってアレン氏から許可が出ましたから。何でも書いていいって！」

「たしかに言ったが…………まさか！」

鮮烈な予感にハッとして、アレンはドロテアから本を奪う。

そうして勢いよくページをめくっていった。合間に挟まる男女のイラストはスルーして、文章だけを追っていく。見知った単語がいくつも出てきた。

ニールズ王国。

第二王子セシル。

エヴァンズ家。

継母コーデリア。

エトセトラ、エトセトラ……。

「おまえ……馬鹿王子の陰謀劇を、実名そのままで書いたのか⁉」

「だって書いていいって言われたしー」

「……は？」

何とか縄をほどこうともがいていたセシルが、その瞬間に凍り付く。

猿轡をかまされて呻いていたコーデリアも同様の反応だった。

エルーカとナタリアも本をのぞき込んで「うわっ」と声を上げる。

「ご丁寧にノンフィクションって書いてるし……恋愛小説兼告発本じゃん、これ」

「忖度というものが一切感じられません。ドロテアさん、いい仕事をなさいましたね」

「ふっふーん、こういうテイストもたまには悪くないかと思いましてね。ちなみに今日から全世界に配本されるっすよ！」

「なっ、あ……!?」

セシルはますます青ざめるのだが、気を取り直すようにして不恰好な笑みを浮かべてみせる。

「い、いや……そんな下らない書籍など、出回る数は知れている。どうせ何の影響力もないはずで――」

「一応初版百万冊っすね。ニールズ王国の書店にもばんばん並ぶと思うっすよ。庶民も貴族もみーんな新作を楽しみにしてくれてるらしくって、感想が楽しみっす！」

「馬鹿な!?　おいそこのエルフ！　うちの国を敵に回す気か!?」

「別に人間の国なんか怖くも何ともないっすからねえ。どーせボクの寿命が来るより先に潰れるじゃないっすか。訴訟もどーぞご勝手に？　本を読んだ一般市民がどう思うかは知らねーっすけどね、わはは！」

「ぐっ、ううう……!?」

からから笑うドロテアに、セシルの顔は赤くなったり青くなったりする。

コーデリアも冷や汗をだらだら流して目を泳がせていた。

そんな中、アレンはぱたんと本を閉じて肝心のことを尋ねる。

「つまり今日中に……世界中がシャーロットの無実を知ることになるのか?」

「そっすねー」

「ええ……そんな、軽く……えええ」

シャーロットも戸惑い気味である。

ここからまた戦うつもりで闘志を燃やしていたというのに、肩透かしを食らってしまった。

ともかくアレンはシャーロットへ頭を下げる。

「すまん。俺の手で全部どうにかしたかったんだが……勝手に大団円になってしまったようだ」

「い、いえ。これもアレンさんが繋いでくださったご縁ですから」

シャーロットは慌てて首を横に振る。

アレンの手を取ってぎゅっと握りしめ、にっこりと笑ってくれた。

「ありがとうございます、アレンさん。私と出会ってくれて」

「……ああ」

先日の誕生日にも言われた台詞。

それがアレンの胸にじんわりとしたぬくもりを与えてくれた。

ふたりが手を取り合って見つめ合う真横で、セシルが戦慄き声を絞り出す。

「ええい！　この程度のことで俺の地位が失われるものか！　そこの魔法使い！　覚えて

げぶっほぉっ⁉」

「アレンさん⁉」

もう色々と面倒になってしまい、アレンはとりあえずセシルのことをぶん殴った。

死なないようきちんと手加減したものの、これまで溜めに溜めていた鬱憤を晴らすには十分な一発となった。セシルも気絶して静かになったし一石二鳥だ。

ふうと息を吐いてから、アレンはふと気付く。

例の本をわいわいと回し読みする面々の中に、とある姿が見えないことに。

「おや……？　そういえばリディのやつはどうしたんだ？」

◇

メアード地区において大騒動が繰り広げられていたころ。

そこから少し離れた細い裏路地を、リディはひとりで歩いていた。

アレンらがまっすぐシャーロットの元へと向かう中、密かに別れたのだ。

頭上には沈みかけた月が浮かんでいる。空は鮮やかな瑠璃色だ。

それでもまだ夜明けには少し早く、さびれた路地は薄暗い。けっして子供ひとりで歩くような場所ではない。そもそもこんな場所に、用事など何もないはずだった。

だがリディは足を止め、小さく吐息をこぼす。

「……おかしな気配がすると、ずっと思ったのじゃ」

応えるもののいないはずの独り言。

しかし、その瞬間に背後の影がかすかに動いた。

リディは気配に振り返ることもなく、ぽつりぽつりと言葉を続ける。

「最初は別の者かと思った。しかし、アレンらは何も気付いていないようじゃったし……わらわにしか分からないものだと悟った」

リディはそこで言葉を切った。

ためらいを振り切るようにしてかぶりを振って、ため息交じりに言う。

「久方ぶりじゃのう……我が弟、ロバートよ」

「……っ！」

暗闇の奥で、気配が息を呑んだ。

ついにその人物がおずおずとした足取りで物陰から現れる。

月明かりに照らされるその姿は——髭を蓄えた初老の男だ。

髪には白いものが交じっているが、身なりは上等で、佇まいからは気品が溢れる。しかしその顔はひどくやつれており、目は鈍い光を宿す。異様と呼ぶべき風体だ。

「あ、あぁ……」

男はふらふらとリディに近付く。

今にも倒れそうな歩調でゆっくりと距離を詰め——その目の前で跪いた。

無感動な目で見つめるリディへと、彼は震える声を絞り出す。

「お久しゅうございます、姉上……！」

「おぬしもわらわのように転生しておったのか、ロバート」

リディはじっと男を見つめる。

三百年前、エヴァンズ家にはふたりの子供がいた。聖女としてもてはやされたリディリア。そしてもうひとり——長じてエヴァンズ家を継いだ弟のロバート。

長い時を経て再会した弟に、リディはかつての面影を見る。

そうして、ちっと小さく舌打ちした。

「その体……おぬしの子孫、エヴァンズ家現当主のものじゃな？　おぬしの人格と現当主の人格、ふたつが宿っておるようじゃ」

「そっ、そのとおりです」

男は弾かれたように顔を上げた。

その双眸からは涙が滂沱と溢れている。それでも口元に浮かんでいるのは満面の笑みで、ひどくちぐはぐだ。彼は堰を切ったように言葉を続ける。

「この男、なかなかしぶとい精神力の持ち主でございまして、長年私に体を明け渡さなかったのです。あまつさえ魔法医に頼り、偉大な先祖である私を消そうとする粗忽者でして……ですがここ数年は私がこうして主導権を握る時間も増えてきておりまして、それで私は、ずっと……ああ、いえ」

男はそこで言葉を切ってかぶりを振る。

笑みを取り払い、痛恨とばかりに顔をしかめた。

「違う、違うのです。こんな下らぬことを申し上げたかったわけではありません」

「ほう、では何を言いたいのじゃ」

「……お会いしとうございました、姉上」

男は震える声を絞り出した。

縋るように伸ばされた手にリディが触れると、両手で握り返される。

「私は家督を継いでからずっと悔やんでおりました。真にエヴァンズ家を継承するに相応しいのは、聖女である姉上であるのに……と」

輝かしい伝説を築き、早逝した聖女。

姉の生前、まだ彼は幼さゆえに姉の偉大さを知らなかった。

長じるにつれて彼女の残した功績を理解して、姉の足下にも及ばない自分が当主として名を残すことに分不相応だと思うようになった。

「だから私は再びこの世に生を受け、決意したのです。今度こそ姉上にエヴァンズ家を明け渡す。そのためにあなたを現世に呼び戻そうと……！」

「……まさか、子を作ったのはわらわの依り代にするためか？」

「いえ、姉の方はこの男……フランクが勝手に」

男は苦々しくため息をこぼす。

「私の存在に気付き、妾と娘を逃がしたようですが……後年、私が手を回して家に招き入れたのです。ですが妹の方ともども、期待外れでした。姉上の器たり得る素質を有していなかったのです」

「ふむ、なるほど」

リディはその言葉に小さくうなずき、実弟の魂に目を凝らす。

魔法の素質はほとんどない。シャーロットの中で眠っていたリディの存在に、彼は気付かなかったのだろう。

「方々手を尽くしたのです。魂を呼び戻す魔法道具をいくつも当たりましたが、姉上を呼び出すことはできませんでした」

「……エヴァンズ家自体が、今大変なことになっているというのにか？」

「あの程度の汚名、姉上が戻ってきてくだされば簡単にそそげましょう。くだらぬ奸計も取るに足りませぬ」

男は平然と言ってのけ、もう一度噛みしめるようにして頭を下げた。

「ずっと姉上を探し求めていたのに……先日、あなたの気配を感じたのです。だから私はこうして馳せ参じて――」

「そうか」

万感の思いがこもったその言葉を、リディは遮った。

男の手をそっと振り払い、彼の肩を優しく叩く。

「ありがとう、ロバート。わらわをそこまで慕ってくれて」

「いえ、姉上！　私は当然のことを――」

「だから……すまぬ」

「っ……ぐ!?」

リディがかぶりを振ったその瞬間、男がくぐもった声を上げた。

見えない糸が虚空より伸びて、その体を吊り下げる。

首を両手で押さえ、足をばたつかせてもがき苦しみながら男は息も絶え絶えに叫ぶ。

「あ、姉上！　いったい何を……!?」

「聖女は死んだ。ここにいるのは、ただのリディという名の少女なのじゃ」

リディは硬い面持ちで、男の浮かぶ空を見上げる。

夜明けが近付き、その色は次第に白んでいく。

新しい朝がもうじきやってくる。古いものはそろそろ去るべき時間だった。

「死者が生者の人生を脅かしてはならぬ。おぬしが今やっていることは……まさにその大罪じゃ。その者をそろそろ解放してやるがいい」

そうしてリディは短く呪文を唱える。

路地裏の冷えた空気がかすかに震えはじめ、男の顔はますます歪んでいった。

リディは呪文を唱え終え、その魔法を――前世の人格を消し去る魔法を行使する。

「さらばじゃ、ロバート。おぬしと家族になれず……すまなかったな」

「あねう――――っっ!?」

瞬間、男の目から光が消え、ぴくりとも動かなくなった。

ぐったりとした彼の体が、虚空から音もなく降りてくる。

それをリディはじっと見守った。

やがて地面に落とされて、男はくぐもった声を上げる。ゆっくりとまぶたを開き、ぼんやりとした様子で起き上がると不思議そうにあたりを見回した。

「こ、ここは、いったい……」

「気がついたのじゃな?」

「っ……!」

声をかけたその瞬間、男が驚愕に目を見張った。

すぐに彼は飛び起きてリディから大きく距離を取る。

その目に浮かんでいるのは色濃い恐怖の色で――彼は震える声で叫んだ。

「きみ、私から離れるんだ……! そして、できれば大人を呼んできてくれないか! 私は何をするか分からな――」

「大丈夫」

怯える彼に、リディは軽い足取りで近付いた。

にっこり笑顔を浮かべてみせて挨拶する。

「はじめましてじゃな、おじーちゃん♪」

「……は？」

六章　知らない記憶

事件から一ヶ月あまりが経過したある日のこと。

アレンらはニールズ王国の南西に位置する、とある田舎町を訪れていた。

王都や大きな街から遠く離れたその集落は、なだらかな山の斜面に沿って広がっていた。

小さな民家がいくつも建ち並び、草原には放牧された羊がちらほらと見える。

山間には炭焼きの煙がたなびき、晴れ渡る空の下、その白い煙がよく映える。

冬の時期でもそれなりに穏やかな気候で、雪がちらつくこともない。一枚コートを羽織るだけでしのげるほど、風もやわらかい。

あくびが出るほどに退屈な光景だ。

そしてここそが――シャーロットの生まれ育った故郷だった。

「わあ……！」

ふもとからその景色を眺め、シャーロットは声を上げた。

その顔にはキラキラとした笑みが浮かんでいる。隣のアレンに、興奮気味に口を開いた。

「す、すごいです！　お母さんと住んでいたときから、ちっとも変わりません！」

だ。
シャーロットが喜んでくれたのも嬉しかったし、平和な光景に柄にもなくホッとしたの
アレンは荷物を抱えたまま、それに目を細める。
「そうかそうか、良かったな」

空を行き交う数羽の鳥を見上げ、シャーロットはため息をこぼす。

「またここに来ることができるなんて……思ってもみませんでした」

「なあに、これから何度でも連れてきてやるとも。いつでも言ってくれ」

「はい！」

シャーロットはにこにこと笑う。

そしてこの場所を気に入ったのはふたりだけではないらしい。ルゥも尻尾をぱたぱたさせて高く鳴く。

『ここがママのふるさとなの？　ルゥのふるさとに似てるね！　ねーねー、ちょっと走ってきてもいい？』

「行ってもいいが……あまり遠くに行きすぎるなよ？」

『なあに、ご心配召されるな。儂がついて行きましょうぞ』

ゴウセツが一歩前に出て進言する。

そのついで、前足でアレンの腰を励ますように叩いてみせた。

『アレン殿にはこれから大事な使命がございますからな。邪魔者の儂らは消えますゆえ、

どうかご奮起くださいまし』

「余計なお世話だ。おまえも目立つなよ」

『承知いたしました。ルゥどの、どうかこの老いぼれに手加減してくださいまし？』

『よく言うよ！　このまえの雪山魔物レースで、ルゥにぶっちぎりで勝ったくせに！　今日は負けないんだからね！』

二匹はきゃいきゃいとはしゃぎながら山の方へと走って行く。

それを見送ってから、アレンは歩き出そうとするのだが――。

「よし、それじゃあ――」

「おやまあ、旅人さんかい？」

そこで背後から声をかけられた。

びくりと身を縮めるシャーロットの隣で、アレンはゆっくりと振り返る。

そこにいたのはひとりの老人だった。新聞と椅子を抱えていて、日向ぼっこの場所を探していたらしかった。ニコニコと人懐っこい笑みを浮かべて歩み寄ってくる。

「こんな田舎によくいらしたねえ。旅の途中かい？」

「いや、ただの墓参りだ。このとおり」

アレンは肩をすくめ、抱えた荷物――バケツいっぱいに生けられた花々を掲げる。

ここに来る直前、山で摘んできたばかりの品だ。

老人は首をかしげてみせる。

「そいつはますます珍しいなあ。いったい誰の知り合い……うん……？」

そこでふと老人が言葉を切った。

視線が注がれているのは、アレンの背中に隠れたシャーロットだ。

じーっとシャーロットを見つめて、老人はハッと息を呑む。

「まさかシャーロットちゃんかい⁉　昔この町に、お母さんとふたりで住んでおった……！」

「あっ、ひょっとして裏のおじいちゃ……い、いえ！　人違いです！」

シャーロットもぱっと顔を輝かせかけるが、何とか取り繕おうとする。

アレンに助けを求めるような視線を送ってくるが、あっさりスルーしておいた。問題ないと判断したからだ。

そんなシャーロットの手を取って――老人は万感の思いを込めて叫ぶ。

「わしらは無実を信じておったよ！」

「……えっ？」

シャーロットが目を瞬かせる。

そんなことにはおかまいなしで、老人は堰を切ったように話しはじめた。

「マリアさんが亡くなってすぐ、シャーロットちゃんがどこかに引き取られていったろ？　わしらはずいぶん心配したんだが……まさか、ニールズ王国を脅かす毒婦として新聞で見ることになるとは思わなかった」

「あう……そ、その件はお騒がせしました」

「シャーロットちゃんが謝ることはない！」

老人は持っていた新聞を開き、力強く断言する。

「悪いのは王子と継母（ままはは）なんだろう!?　本当に腐った奴らだ……！」

その一面には、ニールズ王国を騒がせた事件が大きく取り上げられていた。

公爵令嬢シャーロット――無実の彼女を貶（おとし）めた陰謀劇のあらましだ。

彼女の婚約者である第二王子セシルと、継母のエヴァンズ公爵家夫人コーデリア。道ならぬ恋に落ちたふたりが手を組み、邪魔なシャーロットを亡き者にしようとしたのである。

そうした悪巧みに加え、王子による国税の浪費、兵士らの買収、非合法な商品の裏取引……そうした事実が次々と明るみに出ており、記者は強い言葉で王家を非難していた。

まさに国家を揺るがす大騒動となっているのだ。

老人は鼻息荒くまくし立てる。

「まったく王都の奴らも目が腐っている！　シャーロットちゃんのどこが毒婦だ！　この町にも何度かシャーロットちゃんを探しに兵士がやってきたが、どいつもこいつも気に食わない奴らだった！」

「ええっ!?　追っ手がここまで来たんですか……！」

「おう！　みんなでクワを持って追い返してやったよ！」

老人は胸を張って豪快に笑う。

懐かしむように目を細め、彼はシャーロットの手をふたたび握りしめた。

「よくお母さんの手伝いをしていたろう。わしの腰が悪いときなんかには、声をかけてくれたし……この町のみんなは、シャーロットちゃんが本当はいい子だと知っていたよ」

「おじいさん……」

シャーロットの声が上ずった。

目尻に浮かんだ涙をぬぐい、そっとアレンに笑みを向ける。

「私の味方は……この国にも、ちゃんといたんですね」

「……そのようだな」

アレンはそれに力強く首肯(しゅこう)した。

シャーロットは尊厳の何もかもを奪われて、国を追われた――そう思っていた。

だが、ここにこうして無実を信じていてくれた人がいたのだ。

老人の言葉はアレンの胸にも強く響いた。そして老人は今になってアレンの存在に気付いたらしい。目をすがめてじーっと凝視してくる。

「む？　ということは、あんたが新聞に載っていた魔法使いかね。シャーロットちゃんにぞっこんで、隣国まで乗り込んできたバカ王子を華麗にとっ捕まえたとかいう……」

「ま、そんなところだな」

「ぞ、ぞっこん……」

シャーロットの顔がぽっと真っ赤に染まる。

ぞっこんなのは事実なので、そこはきちんと首肯しておいた。

あの日――王子らとの一大騒動があった日から、一ヶ月あまりが経過していた。

その間に、シャーロットを取りまく環境は一変した。新聞が手のひらを返したように悲劇の令嬢を報じ、王子らの悪事を暴き立てたのだ。

どうやら本当に、ドロテアの暴露本が効いたらしい。

世界中に広く配本され、それを読んだ人々がニールズ王国へ疑念の目を向けた。

当初はしらばっくれていた王家ではあるものの、ここぞとばかりにそれを裏付ける証拠がメディア各所にばらまかれ、ガンガン燃え上がっているのが今である。

それでもアレンらの周囲は平和そのものだ。

記者が取材に来たら追い返そうと思っていたのだが……そんな例はまだ一度もない。

不思議に思って尋ねれば、ドロテアはサムズアップでこう言った。

『その辺の配慮はうちの法務部がやってくれるそうっす！　アレン氏はぜひともどーんとかまえて、ボクの次回作のためにシャーロット氏とイチャついてほしいっす！』

『あるんだな……長命種同盟の中にも法務部が』

どうやら先日の本が売り上げ絶好調らしく、同盟で守ってくれているらしい。

ちなみにセシル王子とコーデリアの身柄は、すでにニールズ王国に引き渡されている。

今現在は王家が預かっているはずだが、針のむしろであるのは想像に難くない。

よくて王位継承権剥奪。悪くて国外追放だろう。

（ま、愛するふたりだ。過酷な運命もどうにか乗り越えるに違いない）

もしもこちらを逆恨みして奸計を巡らせたとしても、再度ぶっ飛ばせば済むだけだ。

そんな決意をアレンがしみじみと抱いていると、老人はびしっと人差し指を向けてくる。

「ともかくシャーロットちゃんを幸せにすることだぞ！　もしもこの子を泣かせたら、この町の全員が相手になるからな！」

「お、おじいさん⁉」

突然の宣戦布告に慌てふためくシャーロット。

だがしかしアレンはそれを真っ向から受け止めて、不敵に笑う。

「どうか安心してくれ、ご老人。今日はこいつを幸せにすると誓うため、母上に挨拶しに来たんだからな」

「ふうむ……なるほどな」

老人はふっと相好を崩し、道の先を指し示す。

「そういうことなら早く行きなされ。シャーロットちゃんや、マリアさんによろしくね」

「はい、ありがとうございます。アレンさん、早く行きましょう！」

「ああ。それでは失礼するぞ、ご老人」

「ごゆっくり。できたら後で町に寄っておくれ、みんなで歓迎しようじゃないか」

気さくに手を振る老人と別れ、ふたりは小道を進んだ。

目的の場所は、大木を曲がった先に広がっていた。

こぢんまりとした墓所である。墓標の数こそ少ないものの、どれもよく手入れがなされていた。墓参りに来ているのは自分たちだけだ。

シャーロットはゆっくりとした足取りで静かな墓所を歩く。

アレンは少し遅れてそれを追った。

やがて彼女は隅にあった小さな墓石の前で立ち止まる。そこに書かれている名は――マリア・エヴァンズだ。シャーロットは小さく息を吸い、震える声を絞り出す。

「ただいま、お母さん」

「初めまして、母上」

アレンもまたその隣に並び立ち、深々と頭を下げた。

それからふたりして墓石のまわりを整えた。とはいえ他の住民が墓参りのついでに手入れを続けてくれていたらしく、雑草はほとんど生えていなかった。

持ってきた花を墓石の前に供え、シャーロットはその前にしゃがみ込む。

「えっと……先に、これ」

胸元から取り出すのは分厚い手紙だ。

白い封筒にはしみひとつなく、蜜蝋で封がされている。

中に詰め込まれた便せんがあまりに多いせいで、封がはち切れそうになっていた。この手紙をしたためた人間の想いと覚悟がうかがえる。

「お父様から預かってきたお手紙です。もう少ししたら、ちゃんと会いに来るそうですよ」

シャーロットはそれを花の側にそっと添える。

口の端に笑みを浮かべ、少しだけ声を弾ませた。

「今日はお母さんに話したいことがたくさんあるんです。聞いてくれますか？」

それからシャーロットは、墓標に向けて話し続けた。

エヴァンズ家で起こったこと。

出会った多くの人々のこと。

そして、隣に立つアレンのこと。

心地よい風が吹く静かな墓所に、シャーロットの声だけが響く。

それに耳を傾けながらアレンはそっと目を閉じた。

思い返されるのは、こうして墓参りに来るほんの数日前の出来事だ。

セシル王子を引っ捕らえたあの事件から久方ぶりに、関係者が一堂に会した。

場所はもちろんアレンの屋敷である。

「っ……シャーロット！」

「お父様……」

リビングに通され、出迎えたシャーロットを見るや否や、その男性は大きく息を呑んだ。

上等な身なりをした紳士である。髪に白いものが交じっているものの、口ひげを蓄えたその顔立ちはよく整っており、青い瞳も深い知性を湛えている。

紳士はよろよろとシャーロットに歩み寄る。

『なあに、こいつ。ひょっとしてわるいやつ……？』

「待て、ルゥ」

その危なげな足取りにルゥが飛びかかりそうになるが、アレンはそれを片手で制した。

紳士はとうとうシャーロットの前に立つ。

その手を取って——彼は声を震わせ嗚咽を上げた。

「無事でよかった！　本当に、よかった……！」

「お、お父様、この前も同じことをおっしゃいましたよ……？」

シャーロットはおろおろとするしかない。

見かねて紳士にハンカチを差し出すものの「なんていい子なんだ……！」とますます号泣する始末だった。少し落ち着いてから、彼は深々と頭を下げる。

「騒がせてしまってすまない……まだ、この状況がにわかに信じられないんだ」

「それはわたしの台詞ですよ」

むすっとした声でツッコミを入れるのは、遠巻きに眺めていたナタリアだ。

男性へと冷たい目を向けて、容赦のない質問を浴びせかける。

「あなたは本当におとうさま……フランク・エヴァンズ、その人なんですか？」

「……それを証明するのは、私には難しいな」

フランクは小さな声をこぼしてうつむいてしまう。

その面持ちは沈痛そのものだ。質問を投げかけたナタリアまでもが「うぐっ……」と言葉に詰まるほどである。そこに――。

「正真正銘、ご本人ですよ」

続いて入ってきたハーヴェイが答えてみせた。

リディを抱っこしたままで、紙の束を器用にめくる。

「魔法医への受信記録も確認できました。リディさんの証言からも十分裏が取れましたし……ま、よくある前世症候群ですね」

前世と現世の人格がそれぞれ独立していて、体の主導権を奪い合う。

シャーロットとリディのときとは多少事情が異なるが、あれと似たような現象である。

少なく見積もってもここ十年あまり、フランクの意識はほとんど表層に出てこなかったはずだ――とハーヴェイは淡々と語ってみせた。

「通常は言動が一致せず、周囲の人々が異変に気付くんですが……今回のケースは上手くやったみたいですね。なまじフランクさんは地位があるせいで、誰も指摘できなかったのかもしれません」

「それじゃあ、わたしが生まれたことも知らないのですか？」

「いいや、そんなことはない」

フランクはかぶりを振って、薄く笑う。

「体の主導権は奪われてしまったが、ずっと意識だけはあったんだ。周囲で起こっていることもちゃんと理解できていた」

「……それは、知らないよりも残酷ですね」

ナタリアはわずかに言いよどむ。

十年もの間、彼はずっと牢獄に囚われていたようなものなのだ。見知らぬ者が自分の体で好き勝手しているのを、指を咥（くわ）えて見ていることしかできなかったことになる。

重い空気が場に満ちる。

そこでリディがハーヴェイの腕からぴょんっと飛び降りて、やれやれと肩をすくめてみせた。

「まったく人騒がせな現象じゃのう。わらわが言うのもなんじゃが」

「本当に、おまえが言うべき台詞じゃないだろ」

アレンはリディの頭をぐりぐりと撫でる。

「それにしてもご苦労だったな、リディ。調書の連続で疲れただろ」

「ふふん、あれくらい問題ないのじゃ。アテナ魔法学院はおもしろい場所じゃったしのう！」

「そうかそうか」

ことが終わったあと、フランクはずっと魔法学院で治療を受けていた。

そんな彼の身に起こった出来事を証言すべく随行し、リディもずっと留守にしていたのだ。

得意げに胸を張って笑うリディに、アレンは小さな声で問う。

「葛藤はなかったのか。当主どのの中にいたのは、おまえの実の弟だったんだろう」

「……実の弟だったから、じゃよ。わらわの手でケリを付けねばならぬと思った」

リディは不敵に笑ってみせる。

セシルらの一件が片付いた直後、リディがフランクを連れて現れたときはアレンを含む全員が驚いた。今も顚末を説明したときと変わらず飄々としている。

そこに暗い影を感じ取り――アレンはリディの頭を力強く撫でた。

「なら、その責任は保護者の俺にもある。ひとりで抱え込むなよ」

「……うむ」

リディは小さくうなずいてみせた。

しかしすぐにその憂いを振り払うようにして、びしっとアレンに人差し指を向ける。

「ともかくこれで、わらわは名実ともにエヴァンズ家と決別した形になる！　わらわの新しい人生を、とことんまでサポートするのじゃぞ、アレン！」

「そういうことなら、もうじき春だし……」

アレンは顎に手を当てて思案し、ニヤリと笑う。

「そうだ。街の学校に通ってみるのはどうだ？」

「なっ！　が、学校……じゃと？」

「うむ。同じ年頃の子供と勉強したり、遊んだりする場所だ」

「わ、わらわを馬鹿にするでない！　それくらい知っておるわ！」

リディはアレンの手をはねのけてぷんぷんと怒る。

そうしてつーんとそっぽを向いてみせるのだが――。

「学校か……わ、悪くはないではないか。学校、わらわが通ってもよいのか……なんと……」

肩がそわそわと揺れていて、口元の笑みは隠しきれてはいなかった。

どうやらアレンの提案はお気に召してもらえたらしい。

そんなリディを見やって、フランクは力なく笑う。

「ふっ……ご先祖様があれほど探し求めていた聖女様が、まさかこんなに可愛らしいお嬢さんだとは。体を乗っ取られている間には、まるで考えもしなかった」

「お父様……」

シャーロットは傷ましげに父の顔をうかがう。

つとめて明るく声を掛けるのだが――。

「でも、本当によかったです。お父様が元に戻って」

「……もう遅いよ」

フランクは顔を覆ってうなだれてしまう。

手近な椅子に腰掛けて、彼は震えた声を絞り出した。

「私が初めて異変に気付いたのは、シャーロットが生まれる前だ……」

彼は貴族の身でありながら、メイドのひとりに恋をした。

祝福されない恋だと分かっていたが、何とか彼女を妻として迎えようと画策していた。

そんなある日のこと、彼は己の中に知らない誰かがいることに気付いたという。

「私は自分が恐ろしくなった……だから危害が及ばないよう、マリアを遠くに逃がしたのに……その結果がこれだ。迎えに行くどころか、彼女の死に目にも会えず、娘が苦しんでいるのが分かっていても、何もできなかった」

顔を覆うその指の隙間から、小さな雫がしたたり落ちる。

それはまさに、彼が失ったすべてだった。

「私は取り返しのつかないことをした。償っても、償いきれん」

「……ずっと不思議だったんです」

そんな父に、シャーロットは静かに語りかけた。

「お母さんが生きていたころ、お父様のことを『優しい人』だって教えてくれたんです。でも、実際に会えたお父様は、冷たい目で私を見るだけで……」

シャーロットが言葉を切ると、フランクが涙に濡れた顔を上げる。

親子はじっと見つめ合う。

やがてシャーロットが、か細い声で問いかけた。

「お父様は、お母さんのことを……今でも愛してくれていますか？」

「……もちろんだ。一日たりとも、忘れたことはない」

「それを知ることができただけでも、私はとっても嬉しいです」

シャーロットは父の手を握りしめる。

ゆっくりとかぶりを振ってから、明るい笑顔を向けた。

「償いなんていりません。ただ……いつか、お母さんに会いに行ってあげてほしいんです」

「っ……私なんかが、行ってもいいのだろうか」

「もちろんです。ずっと会いたがっていたから、きっと喜んでくれると思います」

シャーロットの言葉に、フランクは息を詰まらせる。

しばし彼は考え込んでから、目尻の涙を乱暴に拭った。そうして、自分を奮い立たせるようにして力強くうなずいた。

「分かった。近いうちに必ず行こう。もしよければ……そのときは、一緒に来てくれないか。シャーロット」

「はい。よろこんで」

シャーロットもにこやかに首肯する。

そんな親子に、アレンは咳払いを挟んで話しかけた。

「エヴァンズ卿、前世症候群は正式な病として国際的にも認定されている。貴殿が失った十年という時間はあまりにも大きいが……まあ、だから何だ」

続けるべき言葉がうまく見つからずに言い淀む。

結局、アレンは直球を投げた。

「やり直したいというのなら、俺が手を貸す。そう気を落とさないでくれ」

「……ありがとう、アレンどの」

フランクはまた深々と頭を下げる。

次に彼が顔を上げたとき、そこにはどこか晴れやかな笑みが浮かんでいた。

「シャーロットの隣にいたのが、きみのような青年でよかったよ。安心して娘を任せられそうだ」

「う、うむ。死力を賭して任されよう」

「お、お父様ったら……」

ぎこちなくうなずくアレンの隣で、シャーロットはぽっと頬を赤くした。まったく期せずして恋人の親と顔合わせが済んでしまったことになる。

甘酸っぱい空気が満ちる中、ナタリア、リディ、ゴウセツが渋い顔を見合わせた。

「おとうさま……人を見る目がないんですね」

「弱ったところにつけ込むとは、さすがはリディのパパ上なのじゃ」

『相手はシャーロット様のお父上ですからな。取り入ってなんぼという算段でございましょう』

「おいこら。聞こえているぞ、おまえたち」

そういうわけで、エヴァンズ卿は新しい一歩を踏み出すこととなった。

とはいえまだしばらくは心身の療養が必要だ。アテナ魔法学院へと戻る際、ナタリアは胸をどんと叩いて宣言してみせた。

「とうさまは引き続きわたしが見張ります。何かあったら連絡しますのでご安心を」

「ううっ、ナタリアもすっかり立派になって……！　親がなくとも子は立派に育つというのは真なのだな……」

「だ、だから泣くのは禁止です！　面倒を見る身にもなってください！　ほら、ハンカチ！」

また涙を流しはじめる父のことを、ナタリアは文句を言いつつ面倒を見ていた。

まだぎこちない親子だが、何だかんだで息は合っているらしい。

そんなふたりを横目に、リディはアレンの服を引いて頼み込んだ。

「のう、わらわもまたアテナ魔法学院について行ってもよいかのう」

「かまわんが、調書はもう作ったんだろう？」

「用があるのは学院ダンジョンじゃ。ナタリアと一緒に攻略途中でのう！　ラスボスとの決着を残したままでは、ぐっすりお昼寝もできぬ！」

「ああ、アレン。リディさんの入学願書でしたら、いつでも手配しますからねー」

「……とりあえず、一度町の学校で様子見させてもらえるか？」

そういうわけで賑やかな面々は学院へと帰って行った。

また平穏な日々が舞い戻った。それゆえ、アレンはシャーロットを墓参りに誘ったのだ。

(思えばここまで長かったな……ようやく連れてこられた)

濡れ衣が晴れたとはいえ、シャーロットは国家を揺るがす一大スキャンダルの主役だ。

好奇の視線は免れまい。だから、この墓参りはお忍びだ。

竜宮郷の主、ヴィノスの力を借りたのだった。

一連の捕り物騒動が終結して、あの後すぐ竜宮郷まで謝礼に行った。

そのときはすでに長命種ネットワークで事件のあらましを知っていて――。

『やはりクロフォード様は立派なお方だったんですね！　私の目に狂いはありませんでした！　今後ともお役立ち魔法の伝授、よろしくお願いします！』

『なあ……おまえほどの力の持ち主なら、アイスやココアの魔法なんか児戯にも等しいんじゃないのか？』

『いえ、ああいう細々した魔法を編み出すのって苦手で……大地を洗い流したり、凍り付かせたりなんかは得意なんですけど』

『スケールがおかしい……』

照れたように笑う彼女に、アレンは言葉を失うしかなかった。

ともかくヴィノスから、世界各地にちらばる魔方陣ゲートを貸してもらったのだ。

屋敷からこの近くの森まで一瞬でたどり着いたので、先ほど老人に声をかけられるまで人に会うこともなかった。

今はまだ、こうしてこそこそと隠れる必要がある。

だが、そのうち世間はこの事件のことを忘れるだろう。

(次は……ショートカットなしでここまで来てもいいかもしれないな)

そんなふうにして物思いに耽る間にも、シャーロットの報告は締めくくりへとさしかかっていた。

「たくさん辛いこともありました。でも、どうか心配しないでください。お母さん」

シャーロットは墓前でしゃがんだまま、アレンのことをそっと見上げる。

柔らかな笑みを浮かべて——胸を張るようにして言い放った。

「今の私は……世界で一番、幸せですから」

「シャーロット……」

それにアレンは胸が締め付けられた。

墓前に膝をつき、万感の思いを口にする。

「母上。俺は必ずや、シャーロットを幸せにし続ける。だから、どうか見守っていてくれ」

「……ありがとうございます、アレンさん」

そのままふたりは並んだまま、しばし無言で祈りを捧げた。

やがて、シャーロットが悪戯（いたずら）っぽくはにかんでアレンの顔をのぞき込む。

「それじゃ、今度は私がアレンさんを幸せにしなきゃいけませんね。そうじゃないと、平等じゃありませんから」

「何を言う。そんなのはもう今さらだ」

アレンはそれにニヤリと笑う。

シャーロットに出会えたからこそ、自分の人生は激変した。

クロフォード家に引き取られ、魔法を学んできたこれまでが退屈だったとまでは言わない。だがしかし、毎日の輝かしさは比べ物にならないものだ。

「俺はもう幸せだ。おまえを好きになってからずっと、な」

「アレンさん……」

それが嘘偽りのない、アレンの本心だった。

冷たい風が墓所を駆け抜けた。

それでもふたりの間に生まれた熱いものは、わずかにも揺らぐことはない。

アレンは心の底から、この時間がずっと続くことを願い――。

「む……？」

そこで、かすかに頭が痛んだ。

「アレンさん、どうかしましたか？」

「いや、何でもない。少し立ちくらみがしただけだ」

アレンはかぶりを振る。

頭痛はたった一瞬で、体調にも目立った変化はない。

不思議に思いつつも気候のせいと判断した。あまり長居してはシャーロットも風邪をひいてしまうだろう。先に立ち上がって、出入り口を指し示す。

「そろそろ行くか。風も出てきたことだしな」

「はい。お母さん、次はお父様と一緒に来ますね」

シャーロットはぺこりと頭を下げた。

そのままふたりして墓所を後にすると、途端にして様々な音が聞こえてくる。鳥のさえずりや小川のせせらぎ……風も先ほど感じたものより力強かった。

シャーロットは墓所を一度振り返ってから、アレンにそっと笑いかける。

「連れてきていただいて、本当にありがとうございました」

「なに、気にするな。ことが落ち着き次第、すぐに来ようと思っていたからな」

アレンは鷹揚に答えてみせた。

連れてきたかったのは本当だ。晴れて恋人となってからは、きちんと挨拶しなければという使命感も抱いていた。ひとまず達成できたのでほっとしているくらいである。

「それに、俺はクロフォード家に引き取られるまでのことをほとんど覚えていないんだ。実の親の顔も知らないし、故郷がどこかも分からない」

「そ、そうだったんですか……」

シャーロットはわずかに口をつぐんだ。

少し無言で考え込んでから、静かに問いかけてくる。

「知りたくなったりしないんですか……？　本当のご両親のこととか」

「今はまったく。叔父上も話したくない様子だったからな」

一度だけ興味本位で聞いてはみたが、ハーヴェイは言葉を濁すだけだった。

ろくな人間ではないのだろう。もしくはすでに亡くなっているか。

それでアレンはすっぱり興味を失ったのだ。

神妙な面持ちをするシャーロットに、悪戯っぽくニヤリと笑う。

「だから、こうした帰省は初めてなんだ。俺にもせいぜい満喫させてくれ」

「はい！　それじゃ、精一杯案内しますね。昔はあっちの方に住んでいたんですよ」

「それなら少し歩くとするか。どうせルゥたちもしばらく帰ってこないだろうし」

こうしてふたりは田舎道を歩くこととなった。

何の変哲もない山間の景色が、どこまでも続いている。

青空は突き抜けるように澄んでおり、綿をちぎったような雲が気持ちよさそうに泳いでいた。シャーロットは小川のほとりに咲く小さな花を見つけ、顔をほころばせる。

「ふふ、昔を思い出します。昔はよくお花を摘んだりして、ひとりで遊んでいました」

「同じ年頃の子供はいなかったんだっけか」

「そうですねえ。このあたりはかなりの田舎ですし、移住する人も少なくて……あっ、でもハーヴェイさんは来たことがあるんでしたっけ」

「ああ、そんな話もしたなあ」

先日、エヴァンズ卿が屋敷を訪れたときのこと。

付き添いに来ていたハーヴェイと、シャーロットの故郷の話になったのだ。

それがきっかけでこうして墓参りに来たのだが——アレンは首をひねるしかない。

「だが……叔父上の反応は妙だったなあ」

和やかな、当たり障りのない会話だったと思う。

それなのにその地名を聞いて、ハーヴェイは少しばかり意外そうに目を丸くした。

『へえ、シャーロットさんの故郷はあのあたりなんですか。私も昔、一度だけ行ったことがありますよ』

『そうなんですか？　奥様とご旅行とか？』

『いいえ、暗殺者に狙われまして』

『……はい？』

きょとんと目を瞬かせるシャーロットに、ハーヴェイは事もなげに続ける。

『仕事で訪れた街で、手練れの暗殺者に襲われたんです。難なく返り討ちにしたんですが、下手人を逃がしてしまって。それでけっこうあちこち探して回ったんですよねえ。いやあ、懐かしいなあ』

『やっぱりアレンさんのお父様なんですね……』

『納得しないでもらえるか』

しみじみするシャーロットだった。悪気がないのが厄介である。

それはともかくとして、アレンは顎に手を当てて唸る。

『しかしその話は初耳だな。叔父上が一度は敵を逃がすとは珍しい』

『いやあ、それが厄介なことに……おや？』

そこでハーヴェイの笑みが途端に凍り付いた。

シャーロットとアレンの顔をまじまじと見比べて、おずおずと問う。

『……シャーロットさんがあの地にお住まいだったのは、十年以上前なんですよね？』

『は、はい。そのとおりですけど……どうかしましたか、ハーヴェイさん？』

『顔色が変だぞ、叔父上』

『…………っっ!?』

その瞬間、ハーヴェイはガタッと席を立った。

『きゅ、急用を思い出しました！　私は一足先に帰ります！』

『お、おう。気を付けてな……？』

勢いに押され、アレンを含む全員がぽかんとそれを見送ったのだった。

今にして思えば絶対に怪しい。

アレンは顎に手を当てて、じっくりと考え込む。

「ひょっとすると、暗殺者云々はデタラメで、このあたりに昔の女が住んでいるのかもしれんな……ちょっと後で探してみようか」

「だ、ダメですよ。ご夫婦喧嘩が起こってしまいます」

慌てて止めようとするシャーロットだ。

しかし、ふと思い付いたとばかりに顔を明るくする。

「もしかして、アレンさんの故郷がこのあたりなんじゃないですか？　だからハーヴェイさんが慌てたのかも」

「む……その可能性は考えてもみなかったな」

アレンはあたりを改めて見回す。

やはりどこにでもあるような山間の風景だ。

なだらかな稜線にも、地面に生えた草花にも、見覚えはない。そのはずなのに——。

(覚えはない……よな?)

なぜか、自信を持って断言することができなかった。

シャツのボタンを掛け違ったまま過ごしているような、足の裏が妙にむずがゆいような、そんな据わりの悪さに襲われる。

「あっ、見てください。アレンさん」

アレンが考え込むなか、シャーロットが小川の対岸を指し示す。

そこにはただの雑草が茂るだけだった。

「もう枯れてなくなっちゃっていますけど、あそこに昔——」

「ノイチゴ……っ!?」

その単語がふっと口をつき、一番驚いたのはアレン本人だった。

シャーロットは目をキラキラさせる。

「見ただけで分かるんですね。やっぱりアレンさんは博識です」

「いや、そんな馬鹿な……」

昔そこに何が生えていたかなんて、地質と周囲の環境を調べれば推測できる。

だが、今のはそんな思考プロセスを経て答えたものではなかった。

知らないはずの小川に小さな赤い実がなっている光景が、まざまざと脳裏に浮かんだのだ。

(まさか本当に、俺はこのあたりの出身なのか……?)

アレンはますます思考に沈むのだが、シャーロットはそれに気付かなかった。

懐かしさからか、ついつい足が逸(はや)るらしい。

アレンの数歩先を歩きながら、道に沿って大木を曲がる。

「この向こうに……あっ!」

そこで大きな声を上げて立ち止まった。

呆然と立ち尽くす彼女の隣にアレンは並ぶ。

果たしてその向こうには、小さな家が建っていた。

平屋のシンプルな家屋である。人が住まなくなって久しいのか、外壁にはひびが入ってしまっていて、家の周りには雑草が目立つ。もうあと何年か経てば自然に埋もれてしまうだろう。

その空き家を前にして、シャーロットは口元を押さえるのだ。

「お、お母さんと暮らした家です……まだ、残っていたなんて」

彼女はそのまま言葉を失い、家を見つめる。

亡き母との思い出が想起され、感極まっているようだった。

それにアレンは声をかけることができなかった。

感傷を邪魔したくなかった——わけではない。

「なっ、あ……!?」

雷に撃たれたような衝撃で、息すら止まっていたからだ。

アレンはその小さな家を前にして、確信を抱く。

(間違いない……！　俺は、この場所を……知っている！)

そう気付いたその瞬間、ふっとアレンの膝から力が抜けた。

「へっ……!?　あ、アレンさん!?　どうしたんですか、アレンさん！」

「う……」

シャーロットが何かを叫んでいる。

それが分かっていても、地面に倒れたアレンに答える余力はなかった。

抗(あらが)いがたい何かに誘われるまま目を閉じて、泥のような眠りについた。

◇

それは、底冷えのする冬のある朝のことだった。

「わ、あ……！」

少女が窓を開けると、家の外は真っ白に染まっていた。

家に続く小道やずっと向こうの山に至るまで、すべてがくすみのない純白だ。

生まれて初めて見る雪景色に、少女は声を弾ませる。

「おかーさん、見てください！　雪です！」

「あら、本当だわ」

母親も外をのぞき込み、にっこりと笑う。

しかし彼女はすぐに背を丸め、小さく咳き込みはじめた。少女は慌てて母の背中をさする。

「だ、大丈夫ですか、おかーさん」

「……平気よ。少し冷えただけだから」

母親はかすかに笑い、少女の頭をそっと撫でる。

「さあ、朝ご飯にしましょう。その前に、外を見ていらっしゃいな」

「雪……さわっても平気ですか？」

「もちろん。でも、手袋は忘れちゃダメよ」

「はい！」

こうして少女は母が作ってくれたマフラーと手袋をつけて、外に繰り出すことになった。

庭も一面雪で埋まっており、少女が歩くたびに小さな足跡が刻まれる。

まるでまっさらな紙に、自由にお絵かきしているみたいだ。

そのワクワクで、凍えるような寒さもへっちゃらだった。

「えへへ……あれ？」

ふと少女は小首をかしげる。

少女が一番のりで歩くはずの雪面に、他の小さな足跡を見つけたのだ。

それは庭を横切って小道の方へと続いていた。不思議に思って、少女はその足跡を追いかけた。他の町民とは誰ともすれ違わず、やがて小川のほとりにたどり着く。

足跡は、雪をかぶった茂みの中へと続いていた。

「……？」

少女は意を決し、茂みをのぞき込む。

そうしてハッと息を呑んだ。

「だ、だあれ……？」

「……ちっ」

小さく舌打ちするのは、不思議な髪色をした少年だった。

左右の髪がそれぞれ白と黒に染まっており、薄汚れた服を身にまとっている。

初めて見る少年だった。少女より少し年上だ。

彼は少女を睨んでぶっきら棒に言う。

「俺にかまうな。あっちに行け」

「で、でも……」

「うるさい。消えろ」

「ひっ……！」

少年は鋭い目で凄んでみせた。

今にも噛み付かれそうなその気迫に、少女は小さく悲鳴を上げて茂みを出た。

しかし、少し走ってから立ち止まってしまう。息を切らせながらも、そっと茂みを振り返る。少年が出てくる気配はない。

「……どうしましょう」

家に戻って、母に『変な男の子がいた』と訴えるべきだろうか。

それとも——少女はじっと茂みを見つめたまま、逡巡(しゅんじゅん)する。

あたりの雪は、少女が踏み荒したせいでもうすっかりぐしゃぐしゃだ。少年の足跡も消えてしまっている。

「ちょっとすみません」

「っ……！」

慌てて振り返れば、見知らぬ男が立っていた。黒いローブをまとっており、柔和な笑顔を浮かべている。男はしゃがみ込んで少女と目線を合わせ、にっこりと笑う。

「こんにちは、お嬢さん。ちょっと聞きたいことがあるんですが」

「な、なんですか……？」

「このあたりで子供を見ませんでしたか？　こんなふうに、白と黒の髪をした男の子なんですが……」

その男が事細かに語るのは、間違いなくあの少年のことだった。

少女はもう迷わなかった。ゆっくりと首を横に振る。

「し、しりません。この町には男の子なんていません」

「そうですか……もしも見つけたら誰か大人に言ってくださいね？」

男は軽く会釈して、小径を急ぎ足で去って行った。

その背が見えなくなってから、ようやく少女は息をつく。

「び、びっくりしました……」

「おい、ちび」

「きゃっ!?」

また突然、背後から声をかけられた。

少女がおずおずと振り返れば、件の少年が怖い顔で睨んでいる。

「どうして俺を庇ったんだ。何を企んでいる。言え」

「だ、だって……」

少女は目の端に涙を溜める。

震える指で示すのは、少年の膝頭だ。薄く血がにじんでいて、少女にとっては見ているだけでも痛そうだった。

「ケガ、してるから……」

「……はあ？」

少年がぽかんと目を丸くする。

しばし、ふたりの間に重い沈黙が落ちた。

小川で魚が跳ねる。小さな水音が響いたのを合図にして、少年はぷいっとそっぽを向く。

「……変なやつ」

「えへへ……」

少女は頬をかいて笑う。

相変わらず少年の態度は冷たいものの、もう怖さは感じられなかった。

どこまでも続く真っ白な世界。そこにいるのはふたりだけ。

それが少女にとっては何か特別なことのように思えてならなかった。

逸る気持ちを抑えきれず、少年の顔をのぞき込む。

「あ、あの、わたしはシャーロットっていいます。あなたは？」

「……アレン」

少年は、小さな声でそう名乗った。

七章　教えてもらったこと

その日も、シャーロットは朝食後すぐに支度を整えた。

「いってきます！」

「ちょっと待ちなさい。シャーロット」

飛び出そうとしたところで、母親に制止されてしまう。

母はもじもじするシャーロットに、にっこりと笑いかける。

「持っているもの、見せてくれるかしら」

「え、えっと……これ、です」

おずおずと見せるのは、ハンカチに包まれたパンだった。

朝食の残りで、端っこをちょっとかじっただけでほとんど手付かずだ。

それをじっと見つめる母親に、シャーロットはあわあわと弁明する。

「お天気もいいし、お外で食べようとおもうんです。ダメ、ですか……？」

「……いいえ」

母親は優しく笑って、シャーロットの頭を撫でてくれた。

戸棚を開き、真新しいリンゴを取り出してみせる。

「そういうことなら、これも持って行きなさい」

「えっ、いいんですか？」

「もちろんよ。パンだけじゃお腹が空くわ」

母親はパンとリンゴを布で包んでくれた。

それをシャーロットに手渡して、キラキラと目を輝かせる。

「で、どんな子と仲良くなったの？　色は？」

「えっと……白と、黒？」

「まあ、ぶち模様なのね。さぞかし可愛いお友達なんでしょう」

母親は笑みを深め、シャーロットのことを外まで見送ってくれた。

「そのうち会わせてちょうだいね。ああでも、あんまり遠くまで行っちゃダメよ？」

「どうしてですか？」

「近くの町で、何か事件が起きたそうなの。だから変な人を見かけても近付かないこと、いいわね？」

「はい！　いってきます！」

シャーロットは母親に手を振って、一目散に川辺を目指した。

やはり今日も、他に人影は見当たらない。あたりをキョロキョロと見回してから、シャーロットはすーっと大きく息を吸い込んで、その名を呼ぶ。

「アレンくーん！　来ましたよー！」

「……うるさい」

川辺の茂みがかすかに揺れて、仏頂面の少年が顔を出した。

これがここ一週間ほど続く、ふたりの朝の挨拶だった。

茂みの隅にいつものようにふたり並んで座る。

パンとリンゴを渡すと、アレンは少し躊躇ってからおずおずと口を付けた。

あの日からずっと彼はこのあたりに隠れていて、怪我もすっかり治ってしまっている。

そんな彼にこっそりと食料を届けるのが、シャーロットの日課となっていた。

一心不乱に食べるアレンのことを、隣でにこにこと見守るのも日課のひとつだ。

そのついで、先ほど母親と交わした会話を報告すると、パンをかじりながら彼はしかめっ面をしてみせた。

「おまえの母親……俺のことを犬か猫だと勘違いしてるんじゃないのか」

「そうなんですか？」

きょとんと目を丸くすると、アレンは盛大にため息をこぼした。

シャーロットは首をひねる。

「アレンくんのこと、おかあさんに言っちゃダメなんですか？」

「……大人は絶対にダメだ」

アレンは苦々しい面持ちで絞り出した。

そのまま無言でリンゴをかじりながら、小川の水面をじっと睨む。子供とは思えないほどの険しい顔だ。出会ったとき、シャーロットを追い払おうとしたあのときと似ている。あのときは怖いばかりだったのだが――。

(アレンくん……かなしそう)

シャーロットはそんなふうに感じた。

出会ってもう何日も経つが、彼は自分のことをほとんど何も喋らない。シャーロットが食事を届けるにつれて多少口数は増えたものの、いまだに教えてもらえたのは名前だけだった。

(こまってる人には、やさしくしなきゃ。おかーさんが、いつも言ってます!)

彼の力になりたいと思った。

だからシャーロットは真剣にうなずく。

「それじゃ、アレンくんのことはだれにも言いません。約束です」

「ふん、どうだか」

アレンは口の端を持ち上げて皮肉げに笑う。

乱暴にリンゴを食べきると、その残りかすをぽいっと空へと投げ上げた。

まっすぐ人差し指を向け、呪文を唱える。

「《火炎(フレア)》」

「わっ!」

その瞬間、食べかすは勢いよく燃え上がった。

地面に落ちる寸前にはすっかり黒い灰となっており、風に吹かれて跡形もなく消えてしまう。

アレンはシャーロットを振り返り、凄むようにして言うのだが――。

「いいか、いつだって俺はおまえをこうできるんだ。だから絶対に――」

「アレンくん、まほうつかいなんですか⁉」

「っ……⁉」

それを遮って、シャーロットはずいっと彼に近付いた。

彼の右手をぎゅっと握ると、アレンの顔が真っ赤に染まる。

そんなことにはおかまいなしで、シャーロットは目をキラキラさせるのだ。

「すごいです！　ねえ、他にはどんなまほうが使えるんですか！」

「……やっぱり変なやつだな、おまえ」

アレンは投げやりに言ってのけ、シャーロットの手を振り払って草原に寝転がった。

ぼんやりと空へと手を伸ばし、まぶしそうに目を細める。

「こんな魔法、すごくもなんともない。俺より強いやつなんて、世界中にいくらでもいるんだからな」

「でも、すごいのはすごいです。こどもなのに、まほうが使えるんですから」

「俺は九歳だぞ。子供じゃない。おまえより四つも年上だ」

「おまえじゃなくて、シャーロットですよ」

「うるさい、ちび」

「むうー」

アレンは寝返りを打ってこちらに背を向けてしまう。

そんな彼に、シャーロットは首をひねるのだ。

「アレンくんのおかーさんは、まほうが使えてもほめてくれないんですか？」

「っ……」

シャーロットの母親なら、目を丸くして驚いて、頭をたくさん撫でてくれるだろう。

会ったことのない父も優しいというし、きっと褒めてくれるはず。

母親、父親というのはそういうものだと、シャーロットは信じていた。

だがしかし、アレンは背を向けたままぽつりと言う。

「……俺に親はいない」

「えっ」

シャーロットは目を瞬かせる。

「親も家族も、誰もいないんだ。帰る場所も、もう……って」

ぽつぽつと語り続けたアレンだが、ふと気付いたようにシャーロットを振り返る。

そうして、彼は思いっきり顔をしかめてみせた。

「なんで泣くんだ」

「だって、だって……！」

シャーロットはぽろぽろと涙を流した。

もしも母がいなくなったら、父が迎えにきてくれなかったら、シャーロットはひとりぼっちだ。そんなのは耐えられない。アレンの境遇を想像して、ひどく胸が締め付けられた。

シャーロットは目元をぐっとぬぐい、決心する。

「っ……わ、分かりました！」

「何がだ」

「わたしがアレンくんの、かぞくになります！」

「……はあ？」

堂々と言い放ったその言葉に、アレンは目を丸くした。

思い付きを口に出すと、それはとても素晴らしい考えのように思えた。

「かぞくになったら、アレンくんはもうさびしくありません！　だからかぞくです！」

「別に……俺は寂しくなんかない」

つーんとそう言って、アレンはそっぽを向いてしまう。

口ぶりは冷たい。しかしその台詞に隠された本当の心を、シャーロットは機敏に感じ取った。アレンの手をぎゅっと握って、にっこりと笑う。

「かぞくになったら、毎日いっしょに、楽しいことをたくさんしましょう！　なにをするのもいっしょじゃなきゃダメですからね！」

「楽しい、こと……？」

まるで初めて口にした単語だとばかりに、アレンは不思議そうな顔をする。

そうしてしばし視線をさまよわせ、小さく肩を落としてみせた。

「そんなの知らない。楽しいと思ったことなんて、一度も……って、また泣くのか⁉」

「ううううっ……！　な、泣いてなんかいません！」

目の奥がじんと痛くなって、涙はなかなか止まらなかった。

シャーロットにとっては毎日が楽しいことの連続だ。歌ったり、花を摘んだり、母とおしゃべりしたり――そんなキラキラ輝くものたちを知らないなんて、勿体ないと思えた。

シャーロットはぼろぼろと涙を流したまま、固い決意を口にする。

「それなら、わたしがアレンくんに楽しいことを教えてあげます！　だってかぞくですから！」

「だから、家族になった覚えは……って、こら！　引っ張るな！」

それから、シャーロットはアレンをあちこちへと連れ回した。

町の老人から教えてもらった秘密の場所でノイチゴを採ったり、町外れの花畑で花冠を作ったり、歌って、踊って、意味もなくくるくる回ったり、草原に寝転がったり。

とにかく楽しいと思えることをいっぱいした。

気付けば、空は茜色に染まりはじめている。

ふたりだけがいる草原の真上を、鳥たちが巣に戻るべく飛んでいった。

シャーロットは有意義な一日を送れたことにとても満足していた。

それなのに、アレンは花冠を頭にのせたまま首をひねるのだ。

「何が楽しいんだ……？」

「えええっ⁉」

ふたつ目を作っていたシャーロットは、あまりの衝撃に声を上げた。

「アレンくんは楽しくなかったんですか……？」

「何というか……慌ただしかったなあ、としか」

「がーん！」

世界がひっくり返るような衝撃だった。

シャーロットはしょんぼりとうなだれる。

そうすると作りかけの拙い花冠が目に入った。母は上手くできるのに、手の小さい自分ではまだちゃんと作ることができずにいる。それが今日は特に悲しかった。

（笑ってくれると思ったのに……）

うつむいて黙り込むシャーロット。

そこに、アレンは深々とため息をこぼしてみせる。

「だが、まあ……《創樹》」

「きゃっ」

短い呪文を唱えれば、シャーロットの花冠がぽんっと跳ねる。

空を飛んでアレンの手元に落ちたときには、すでに完成してしまっていた。シャーロットが作ったものよりも、ずいぶん大きくて丁寧な造形だ。

アレンはそれをシャーロットの頭にそっとのせる。

シャーロットがきょとんと見上げると、ふっと表情をゆるめてみせた。

「おまえを見ているのは、悪くなかった」

「それってどういう意味ですか？」

「さあな、俺にも分からん。こんなことを思ったのは初めてなんだ」

アレンはぐりぐりとシャーロットの頭を撫でる。母親がいつもやるような優しい手付きではなく、それは少しだけ乱暴で髪がすぐにぐちゃぐちゃになってしまった。

それがなんだかくすぐったくて、シャーロットは嬉しかった。

「えへへ……アレンくん、ようやく笑ってくれました」

「笑ってない。やっぱり変なやつだな、おまえ」

「おまえじゃなくて、シャーロットですってば」

「うるさい。おまえなんか、おまえで十分だ」

そう言いつつも、アレンはますます破顔した。

ふんっと鼻を鳴らして不敵に笑う。

「だが、こんなのが楽しいことなら簡単だな。俺ならもっとすごい楽しいことを見つけられそうだ」

「じゃあ、次はアレンくんが教えてください！」

「俺が……？」

「はい！」

シャーロットは立ち上がり、アレンの手をぎゅっと握る。

彼はすごい魔法使いだ。そんな彼が見つける楽しいことなんて、きっとすごいものばかりに決まっている。シャーロットはキラキラと目を輝かせる。

「いつかわたしに、アレンくんが見つけた楽しいことを教えてください。そうしたら、ふたりいっしょに楽しくなれます！」

「……一緒に、か」

アレンは難しい顔で考え込む。

しかし、すぐに力強くうなずいてシャーロットの手を握り返した。

燃えるような夕日に照らされながら、彼は固い覚悟を口にする。

「分かった。たくさん見つけて、必ずおまえに教える。約束だ」

「ふふ、約束ですからね」

シャーロットは満面の笑みを返してみせた。

次第に東の空が藍色に染まりつつあった。

アレンは遙か遠方にそびえる山々を見つめてから、シャーロットに告げる。

「そろそろ日も暮れる。帰るぞ」

「はい！」

そうして手を繋いだまま、ふたり並んで歩き出した。

ぎゅっと握った手のひらはあたたかく、シャーロットは自然と笑顔になれた。

だから何度目かも分からないお誘いをするのだが――。

「アレンくんもうちに来ませんか？　アレンくんみたいないい子なら、おかーさんも歓迎してくれます」

「……いい子、か」

アレンはふっと口元を歪めて笑う。

どこか泣きそうなその横顔に、シャーロットの胸はちくりと痛んだ。

しかし、それよりもっと衝撃的な言葉がアレンの口から発せられる。

「おまえの家には行けない。そろそろこの地を離れるつもりだからな」

「え……？」

思わぬ台詞に、シャーロットは足を止める。

アレンも同じように立ち止まった。

暮れゆく草原で、ふたりは顔をくしゃりと歪めて見つめ合う。

「アレンくん、どこかに行っちゃうんですか……？」

「……やらなきゃいけないことがあるんだ。自分のやったことのケジメを付けたい」

「けじ、め……？」

聞いたことのない言葉だった。

だが言葉の意味が分からなくても、アレンの覚悟は痛いほどに伝わった。

きっとそれは、彼にとってとても大切なものなのだろう。

だからシャーロットはぐっと唇を噛んだ。行かないで、と言いそうになるのを我慢する。

そのかわりに――そっと願いを口にする。

「……また、会えますか？」

「バカ。さっき約束しただろう」

アレンは不敵にニヤリと笑う。

彼の瞳には薄い涙の膜が張っていた。シャーロットと同じく、彼もまた堪(こら)えているのだと分かった。強くうなずいて、言葉を続ける。

「今度は、俺がおまえに……っ、危ない！」

「きゃっ⁉」

突然、アレンがシャーロットのことを突き飛ばした。目を丸くした次の瞬間――。

ゴウッッ‼

「ぐっ……⁉」

熾烈(しれつ)な突風がアレンのことを打ち据えて、彼の体がはるか遠くの地面に叩きつけられる。

シャーロットは痛みも忘れて、声を上げる。

「あ、アレンく……」

「ようやく見つけたぞ、アレン！」

「っ……⁉」

そこに、空が揺れるほどの怒号が響いた。

草原のすぐそばに立ち並ぶ木々の向こうから、いくつもの人影が現れる。

それは見知らぬ男たちだった。荒々しい風体に、険しい顔。全員目がギラギラと光っており、短剣などの武器を携えていた。ふたりが作った花冠を踏みつけて、こちらにまっすぐ歩いてくる。

「ひっ……！」

シャーロットは地面に転んだまま、小さく悲鳴を上げる。

（アレンくんの知ってるひとたち……？　でも、かぞくはいないって……）

震えるシャーロットを横目に、アレンはよろよろと起き上がって、口の端ににじんだ血をぬぐった。近付いてくる男たちを睨み付ける。

「……ずいぶん早いお迎えだな」

「迷い犬を探し出すのは飼い主の務めだろう」

男たちの中からひとりが歩み出てくる。

顔に傷を持つその男は、アレンを冷たい目で見下ろした。

「任務に失敗したのはこの際いいとしよう。ターゲットが俺たちの想定以上だったからだ。だが、なぜすぐ戻ってこなかった。言え」

「……それは」

「やはり、逃げるつもりだったんだな」

「ちがっ……ぐっ⁉」

男は表情を変えないまま、アレンのことを蹴り飛ばした。

耳を覆いたくなるほどの鈍い音が響き、小さな体がまた地面に沈む。

シャーロットは声も出せなかった。目を見開くその先で、男はなおも手酷い暴行を加え続ける。

「親に売られたおまえを拾ってやったのは誰だと思ってる！　恩を仇で返しやがって……また牢に繋がれて、豚のエサでも食わされてえのか！」

「……っ！」

アレンは魔法で抵抗することもなく、他の者たちもニヤニヤと笑うばかりで誰も止めようとしなかった。

（アレンくんが……しんじゃう……‼）

シャーロットは冷たい予感に息を呑んだ。

擦りむいた膝が痛いし、男たちは怖い。それでも——アレンを失うのはもっと嫌だった。

「やめて‼」

「ああ……？」

シャーロットはあらんかぎりの声で叫んだ。

男の注意が逸れる。その隙に、シャーロットは勇気を振り絞って、アレンのもとまで全力で走った。うずくまった彼を背中に庇い、短い腕を精一杯に伸ばして男の前に立ちはだかる。

「や、やめてください！　アレンくんを、いじめないで……！」

「ああ？　なんだ、このガキは」

「っ……ダメだ！　逃げろ、シャーロット！」

背後でアレンがひり付くような声を上げる。

初めて、ちゃんと名前を呼んでくれた。

それを嬉しく思うより先に、男の手がシャーロットに伸びる。

金の髪を乱暴に摑み、男はシャーロットの顔をまじまじと見つめた。

「ほう、田舎のガキにしちゃずいぶん綺麗な顔だな。育てば間違いなく客が付く」

「ひっ……は、放して！　やだ、や……」

「黙れ。《睡臥》」

「うっ……」

男が短く呪文を唱えれば、シャーロットはがくりと意識を失った。

地面にくずおれたその横顔に、アレンは大きく目をみはる。

男はくつくつと喉を震わせて笑うのだ。

「こりゃいい、新しい商品を仕入れてくるとは。おまえも落とし前の付け方が分かっ――

ぎゃあ⁉」

その台詞は半ばで途切れた。

男は血で真っ赤に染まった腕を押さえて後ずさる。他の取り巻きたちも血相を変えた。

「アレン、てめえ……！　やりやがったな⁉」

「汚い手で、こいつに触れるな……！」

アレンはゆっくりと立ち上がる。

全身血だらけで、打撲の痕がひどい。顔も腫れていて、片目は半分塞がっていた。

それでもアレンは男たちを真っ向から睨み付ける。今度は彼が、少女を守る番だった。

「こいつは俺の、命の恩人だ！　傷付けるなら、容赦はしない……！」

「はっ……本格的に刃向かうっていうのかよ？」

男は短く呪文を唱える。瞬く間に腕の傷が塞がり、数秒も経たずに跡形もなくなった。

それをアレンに見せつけるようにして、男は嘲り笑う。

「多少魔法が使えたところで、おまえはただのガキだ。数で勝る俺たちに勝てると、本気で思うのか？」

「知るか！　おまえたちは元々俺の口封じに来ただけだろう！」

アレンは血の混じった唾を飛ばして吼える。

敵は武器を持った大人、十数名。しかも一部はそれなりに魔法を修めている。

不利なのは誰の目から見ても明白だった。

だが、アレンは獰猛に笑う。

「どうせ奴隷の俺に未来はないんだ。それならいっそ……こいつを守って、死んでやる！」

それは決死の覚悟そのものだった。

男たちがじりじりと距離を詰めてくる。

緊迫の糸が、暮れゆく草原一帯に張り巡らされ――それは突然、間延びした声によって断ち切られた。

「いやあ、その年で人生を諦めるのはまだ早いのでは？」

「なっ……!?」

その瞬間、凍てつくような風があたりを襲った。

アレンがおもわず目をつむり、そっと開いたときには……すでに男たちは大きな氷柱の中に囚われていた。全員驚愕に顔を歪めたまま、ぴくりとも動かない。

そして男たちのすぐそばには、黒いローブをまとった青年がいつの間にか立っている。

アレンはハッと息を呑んでその名を呼ぶ。

「ハーヴェイ・クロフォード……!?」

「どうも、こんにちは。暗殺者くん？」

ハーヴェイは場違いなまでのにこやかさで会釈する。

軽い足取りでアレンの目の前まで近付いてきて、やれやれと肩をすくめてみせた。

「いやはや、その年でまったく大したものですよ。不意打ちだったとはいえ、この私に深手を負わせただけでなく、追跡すら撒くんですから。片田舎の悪党が飼うには勿体ない逸材です」

「……だが、こうしておまえに見つかった」

「きみのせいじゃありません。そこの無能たちが、あからさまに怪しい動きを見せたのが悪いんですよ」

そうして、ハーヴェイはダメ押しとばかりに笑う。

「で、どうします？　抵抗するというのなら、一応相手になりますが」

「……いや」

アレンはかぶりを振って、どさっとその場に座り込む。

「どのみちおまえのところに行って、黒幕から何から全部洗いざらい吐くつもりだったんだ。手間が省けた」

「おや、そうでしたか。それなら私も助かります。素質ある若者の芽を摘むのは、教育者として心苦しいので」

ハーヴェイはにこにこと笑顔を崩さない。

目の前にいるのは自分を一度は殺そうとした相手だというのに、まるで警戒心を感じさせなかった。アレンはそれにため息をこぼし、倒れ伏したシャーロットにそっと手を伸ばす。

少女はまぶたを閉ざし、すやすやと眠っていた。

「よかった……本当に」

安らかな寝顔に、ほっと胸をなで下ろす。

彼女の頭を撫でてから、アレンは目の前の青年を見上げる。

「……ハーヴェイ・クロフォード。俺を連れて行く前に、頼みがある」

「何でしょう。恩赦ですか？」

「そんなものは必要ない」

アレンはためらいなく頭を下げる。

「おまえほどの魔法使いなら……人の記憶をいじる魔法が使えるはずだ。それをこいつに掛けて、俺のことを忘れさせてやってくれ」

「……いいんですか？　彼女はきみの大切な人なのでしょう」

「それでも、だ」

訝しむハーヴェイに、アレンはゆっくりとかぶりを振る。

少し俯いて、そこでようやく初めて涙がひとしずくだけこぼれた。

「怖がらせてしまったから……そんなこと、こいつには覚えていてほしくない」

「ふむ」

ハーヴェイはしばし黙り込んだ。

弱い風がふたりの間に咲く草花を揺らす。

やがてハーヴェイは腰をかがめ、アレンの顔をのぞき込む。

その腫れた顔をじっと見つめて、にっこりと破顔した。

「私を襲撃した暗殺者のきみと、今のきみ。まるで別人のようですね」

「……そうか？」

「ええ。今はとても優しい目をしている。その子のおかげでしょうか」

シャーロットに目をやって、ハーヴェイは軽くうなずく。

「分かりました。きみの一途なその願い、叶えてさしあげましょう」

「ほ、本当か！」

「ええ、そのかわりといっては何ですが……いくつか質問に答えてください」

「何でも話す。こいつらの素性のことか？」

「そんなものとうに調査済みですよ。私が潰そうとしていた人身売買組織でしょう？　すでに頭を押さえています」

ハーヴェイはあっさりと言って、指を三本立ててみせる。

「きみに聞きたいことは三つだけ。きみ、名前と年は？」

「は……？　アレンで、年は九歳だが……」

「では、実のご両親にまた会いたいですか？」

「……顔も見たくない。苦しんで死んでほしいと思う」

「それは好都合！　合格です！」

歓声を上げ、ハーヴェイはアレンの両肩をがしっと掴む。

目を白黒させるアレンに、にっこりと言い放った。

「今日からきみは、私の息子です」

「は…………っ⁉」

そこで、アレンの全身から力が抜けた。

すやすやと眠るシャーロットの隣にうずくまりながら、目の前のハーヴェイを睨む。

「おまえ、《幻夢(デ・リュージョン)》を俺に……⁉」

「使いましたよ、ええ。それもとびきり強固なやつを」

悪びれることもなく言ってのけ、ハーヴェイはアレンの頭をそっと撫でる。

「その子のことは心配しないでください。あとでちゃんと記憶を消してから送り届けます。だから、きみは安心して眠りなさい」

「どう、して……」

「きみがこれからどう変わっていくのか、見てみたくなったからですよ。悪党の末端として腐るには、あまりに惜しい」

「ば……か…………」

目を閉じ、アレンは眠りに沈む。

意識が途切れるその直前――彼は後に自身の父となる男の声を聞いた。

「嫌なことはすべて忘れて、一からやり直しなさい。きっときみは、いい魔法使いになる」

◇

「っっ……！」

意識が戻るなり、アレンはその場で跳ね起きた。

全速力で走ったあとのように息が切れ、動悸が収まりそうにない。汗もずいぶんかいてしまったようで、全身ぐっしょりと不快な感触で覆われている。

額ににじむ汗を乱暴に拭い、あたりを見回す。

そこは見知らぬ家の中だった。物が少なくて埃っぽい。

アレンはその片隅にある、古びた寝台に寝かされていた。寝台は身じろぐたびに軋みを上げて、長い間放置されていたことが分かる。

「ここは……」

「あっ、アレンさん！」

そこで部屋の扉が開かれて、シャーロットが顔を出した。

アレンのことを見るなり血相を変え、慌ててベッドのそばまで駆け寄ってくる。

「よかった、気が付いたんですね！　どこか痛いとか、苦しいとかありませんか⁉」

「い、いや……別に」

「本当に大丈夫ですか……？　なんだかぼんやりしていますけど」

シャーロットはアレンの額や頬をぺたぺたと触る。

その顔は真剣そのものだ。

そんな彼女のことを、アレンはじっと見つめ続けた。

次第に胸の奥底から、こみ上げてくるものがある。

シャーロットは不安そうに眉を寄せ、ため息をこぼす。

「突然倒れたんですよ。もうびっくりしちゃって……でも、お家が残っていて本当に──」

そこでとうとう、思いが溢れた。

アレンはシャーロットの肩をぐっと掴み、唇を重ねた。

彼女の体がびくりと跳ねるが逃がさない。そのまま抱き寄せれば、すんなり身を委ねてくれる。それが何よりも嬉しかった。

柔らかな感触を胸に刻みながら、そういえば次は自分から仕掛けてみせると宣言していたと思い出す。期せずして、意趣返しの完了だ。

やがてアレンはそっと唇を離す。

シャーロットの顔は、トマトのように真っ赤に染まっていた。

「え、えっ、ええ……きゅ、急にどうして──」

「シャーロット」

困惑気味の台詞を、アレンは真っ向から遮った。

あのとき、屋敷のそばで彼女を拾ってからずっと、自分は彼女を喜ばせることだけを考えてきた。

その理由を、アレンはこれまで一目惚れだったと思っていた。

だが、それは違った。真実はとても単純なことだったのだ。

(あのときの約束を……俺は守りたかっただけなんだ)

アレンはすべて思い出し、そのことを理解していた。

だからシャーロットに、こう問いかける。

「俺はおまえに、楽しいことを教えられたか？」

「へ？」

シャーロットはぽかんと目を丸くする。

しかし、すぐににっこりとした笑顔を浮かべて答えてくれた。

「はい。たくさん教えていただきました」

「……ありがとう」

「きゃっ⁉」

堪（たま）らず彼女をぎゅっと抱きしめる。

シャーロットがまたあたふたするが、アレンは彼女を腕の中に閉じ込めたままだった。

そのまま——初めて出会ったあのときに、言いそびれていた言葉を口にする。

「俺と出会ってくれて、ありがとう」

「えっ……あ、あの、アレンさん……？」

シャーロットは戸惑いながらも、おずおずとアレンの背に腕を回す。

しばしふたりは無言のまま互いの体を抱きしめた。じんわりと体温が溶け合って、境目が分からなくなる。アレンは心の底から、満たされていると感じた。

（俺はやっぱり……幸せ者なんだな）

そんな思いを噛みしめた、そのときだ。

呆れたようなため息が聞こえてきた。

『まったくお熱うございますなあ』

「……む」

顔を上げれば、開いた扉の先でゴウセツとルゥがちょこんと座っていた。

二匹のまっすぐな視線に、アレンはぴしっと凍り付く。

「おまえたち……いつからそこにいたんだ？」

『最初からでございます。貴殿が倒れてからずっと、儂らもシャーロット様とともに介抱にあたっておりましたので』

ゴウセツは鼻をひくひくさせて事務的に告げる。

お座りしていたルゥが腰を上げ、興味津々とばかりにふたりの顔をのぞき込んできた。

『人間もルゥたちみたいに、鼻をくっつけてあいさつするんだねー。初めて見たよ！』

『他の方々に言ってはいけませんぞ、ルゥどの。アレンどのはともかく、シャーロット様がお困りになるでしょうからな』

『言っちゃダメなの？　秘密のあいさつなの？　ねえねえ、ママ。どーなの？』

「あ、あうう……！」

無垢なまなざしが耐えきれなかったのか、シャーロットがばっと体を離す。

そのまま取り繕うようにして早口でまくし立てた。

「そ、それよりアレンさん、さっき突然倒れたんですよ！　ちゃんとしたお医者さんに診ていただいた方がいいですよ！」

「そうだな……」

アレンはふむ、と考え込む。

結論はすぐに出た。ぽんっと手を叩いて告げる。

「よし、これからアテナ魔法学院に行こう」

「そ、そうですよね。ハーヴェイさんに診てもらえばきっと――」

「それで叔父上をぶん殴る。見届けてくれないか、シャーロット」

「どうして親子喧嘩が起きるんですか⁉」

シャーロットが素っ頓狂な声を上げる。

ゴウセツとルゥもわけが分からないのかきょとん顔だ。

そんな中、アレンは爽やかな笑顔で言ってのける。

「あのクソ野郎を殴らなければならない理由ができたんだ。なあに、叔父上も無抵抗で受け入れてくれるとも。なにしろ、可愛い息子の拳なんだからな」

「な、何だかよく分かりませんけど……ダメですってば！」

シャーロットは慌てふためきながらも、びしっと人差し指を立ててこう言った。

「喧嘩はイケナイことじゃなくて、ダメなことです！　いいですね！」

文庫版　番外編　イケナイおつかい

街の大通りには数々の商店が並んでおり、今日も活気に包まれている。

そのうちの一軒、快活な女店主が切り盛りする品揃え豊富な八百屋にて。

「たのもーう！」

「おや？」

元気のいい声が響き渡って、女店主がひょいっと往来を覗く。

しかし客の姿は見えず――店主がゆっくりその視線を下げれば、商品台に隠れてしまうほど小さな子供と目が合った。さらさらの銀髪とルビーのように赤い眼が印象的な女の子。

その姿を目に留めて、店主はわずかに相好を崩す。

「お嬢ちゃんはたしか、魔王さんとこの。パパとママは一緒じゃないのかい？」

「うむ、そのとおり」

少女はふんぞり返って胸を叩く。

「今日はなんと、リディひとりでおつかいなのじゃ！　えっへん！」

「へえ、ひとりで」

店主は何度かうなずきつつそっとあたりをうかがって、にっこりと笑う。

「そいつは偉いねえ。そんじゃ、今日は何をお求めだい？」

「待っておくれ、店主どの。リディは抜かりなく、買い物のメモをしたためてきておる。えーっと、玉ねぎと、あとニンジン。それと、えーっと……うんと……り、り……？」

取り出したメモと眉間に皺を寄せてにらめっこした後、少女は明るく答える。

「そうじゃ、リンゴじゃ！　いざいただこうぞ！」

「じゃ、銅貨四枚だ」

「えっと、えっと……銀貨一枚でお願いしますのじゃ」

「はいよ。おつりはいくらか分かるかい？」

「それくらいは簡単じゃ。ずばり、銅貨六枚であろう！」

「正解！　ご褒美にオレンジをおまけしようね」

「わあい！　甘そうなのじゃ！」

こうして少女は品物を受け取って、無事に買い物が完了した。品物を詰めた袋を肩から提げるその姿は、どこか誇らしげで勇ましい。

「それでは店主どの、リディは次なる戦地に参るぞ。ありがとうございました！」

「はいよー、気を付けてね」

勇ましく歩き出したリディのことを、店主はにこやかに見送った。小さな背中が曲がり角の向こうに消えてからぱっと背後を振り返る。

そこで、物陰からしっかり見守っていたアレンは誠心誠意頭を下げた。

「どうもご協力に感謝する、店主どの」

「見て見ぬふりをしてくださってありがとうございます！」

「いえいえ、このくらい朝飯前ですよ」

隣のシャーロットもぺこぺこ感謝して、他の通行人からは「魔王さん夫婦だ」だの「今日もまた何かやってんな」と生温かい視線をもらった。

追跡は周囲の人々に完全にバレていた。


ことの始まりは今朝のこと。

「よし、今日のテストも満点花丸だ」

「わあいっ、なのじゃ！」

アレンがテスト用紙を返してやると、リディは飛び上がって喜んだ。簡単な文字の読み書きと足し算と引き算のテストで、解答の文字はまだ少したどたどしいもののしっかりと正解を導き出している。

朝食の後片付けを終えたシャーロットがそれを覗き込み、ふんわりと笑う。

「もうすっかり日課ですねえ。リディさんの朝の小テスト」

「こういうのは継続が大事だからな」

「はなまる……はなまるかあ……よき響きであるぞ！」

テスト用紙を胸に抱き、リディはじーんと喜びを噛み締めている。虚勢を張っていたころはずいぶん厭世的だったものの、アレンらが子供として扱うにつれどんどん無邪気な面を見せるようになっていた。

（うむ、文字も計算もかなりマスターしてきたな）

もともと覚えがいいのか、教えたことをすぐに吸収して物にしていく。学習への意欲も人一倍だし、かなり教え甲斐のある生徒だった。

アレンはリディの前にしゃがみこみ、ニヤリと笑う。

「よし、今日は何か褒美をやろう」

「ほ、ほーびじゃと？」

予期せぬ言葉だったのか、リディは目を瞬かせる。

「ああ。これでもう五日連続満点だ。努力には正当な評価があって然るべきだからな、何がいい。言ってみろ」

なんだかんだでお子様なので、ぬいぐるみとかケーキとか、おそらくその辺りだろう。もしくは新しい絵本とか。

そんな予想をしていると、アレンの背中にルゥとゴウセツがのしかかってくる。

『それじゃーね、ルゥはおいしいお肉がいいな！』

『儂はリンゴを所望いたしますぞ』

「おまえらには聞いとらんわ」

「ふふ、それじゃあ後でお買い物に行きましょうか」

「おかいもの……そうじゃ！」

リディは難しい顔をして考え込んだあと、顔を輝かせて踵を返す。向かったのはリビングに最近新設された絵本棚だ。そのうちの一冊を抱えて戻ってくるなり、それをばっと広げてみせる。

そこには幼い女の子が買い物カゴを持ってひとり買い物に出かける様子が描かれていて――。

「わらわ、おつかいに行ってみたいのじゃ！」

「何！？」

回想終了。

「おつかい、おっつかーい、らんらんらー♪」

八百屋をあとにしたリディは謎の歌を口ずさみながら往来を進む。その後ろ姿を、アレンとシャーロットは物陰に身を隠しながらこっそりと見守っていた。

「そういえば最近読んでやったな、あの本」

「おつかいに行って、いろんな冒険をするお話ですよね。私も何度か読んであげて……あっ、お肉屋さんに着きましたよ！」

シャーロットは興奮気味に前方を指し示す。

馴染みの肉屋でリディは先ほどと同じようにステーキ肉を注文する。

そちらの店主も、アレンらをチラッと見てスルーを決め込んだ。通行人らもみな触れずにいてくれるし、この街の人々は察しがよくて何よりだった。

「ほらよ、ステーキ肉。重いから気をつけてな」

「このくらいリディは平気なのじゃ！　だが、心遣いに感謝するぞ、店主どの」

無事に肉屋での買い物を終えたリディを見守って、シャーロットは「えらいです、リディさん！」と感極まったような声を漏らす。

そうかと思えば、うっすらはにかみながらアレンのことを見やって。

「ひとりでおつかいなんて心配でしたけど……こっそり見守るなんて私じゃ思い付きもしませんでした。やっぱりアレンさんはすごいです」

「お、おう。そうだな」

まさか『以前にもシャーロットに同じことをやりました』と白状するわけにもいかず、アレンは曖昧な作り笑いで誤魔化しておいた。

「ふふ、なんだか探偵さんみたいでワクワクします。これもまたイケナイこと、ですね！　さあ、次に参りましょう！」

「次は花屋だな。俺が薬草の種を頼んだんだ」

「最後に私の頼んだおつかいですね。もう半分終わったんですねえ……なんだか感激しちゃいます」

「ふっ、大袈裟な。たかだかおつかいだぞ」

アレンはそう笑いつつ、この場にエルーカやミアハがいなくてよかったと心から安堵した。間違いなく『どの口が言うんだ』というジト目で見られたため。

そんな話を繰り広げるうちに、リディは無事に次の花屋に到着する。メーガスがバイトをしている店舗で、今日も今日とて店の前を箒で掃除しておりすっかり馴染んでいた。

リディに気付き、メーガスは掃除の手を止める。

「おう、聖女ちゃん……か」

「リディであるぞ。どうしたのじゃ、メーガスよ」

明後日の方向を見て固まるメーガスに、リディは首をかしげてみせる。メーガスはメーガスでアレンと目が合って『あんたまたそういうことしてんのか』『やかましいわ』と目と目で会話が成立していた。

やがてメーガスはかぶりを振って気を取りなおす。

「まあいいや……今日はおつかいだな？」

「そのとおりじゃ。ずいぶんと話の分かる岩人族じゃな、褒めてつかわすぞ！」

「へいへい、ありがたき幸せですよ」

メーガスとそんな軽口を叩き合いつつ、リディはここでも無事に買い物を終えた。残るはあと一軒だ。

魔法薬の種を手渡して、メーガスはそれとなく尋ねる。

「で、次はどこに行くんだい」

「次はママ上から頼まれたパンを買いに行くぞ」

「……それってひょっとしてこの三軒先のパン屋か？」

「うむ。何か問題でも？　あそこのパンは香ばしくってふわふわゆえ、リディも大好きなのじゃ」

「俺も好きだけどよ。あそこ、今日は午前中で終わったぞ」

「なんと!?」

リディの裏返った声が往来にこだまする。

アレンも慌てて確認するが、たしかに店は閉まっていて『店主急用のため午後からお休みします』という札がかかっていた。完全にリサーチ不足だった。

シャーロットも青い顔でうろたえる始末。

「ど、どうしましょう、アレンさん！　私のせいでリディさんのおつかいが大ピンチです！」

「シャーロットのせいではないが……ふむ、どうするかな」

アレンは顎に手を当てて思案する。

別のパン屋に行くようそれとなく誘導するとか、ありったけの金を積んで店主に戻ってきてもらうとか、もしくは新しくパン屋を開くとか……。

リディもすっかりしょげてしまっている。

「どうしよう……これではおつかいが完遂できぬのじゃ」

「うーん、そうだなあ」

しょげたリディと、後方でハラハラと見守るアレンとシャーロットを見比べてから、メーガスは小さく肩をすくめてみせる。

そっとしゃがみこんでリディの頭をぽんっと撫でて――。

「実はな、俺が午前中に買ったパンがあるんだ」

「へ」

「聖女ちゃんがうちの仕事を手伝ってくれたら、分けてやってもかまわねえぞ」

「ま、まことか!?」

そのまたとない申し出にリディはぱあっと顔を輝かせた。

胸をどんっと叩いて意気込みを叫ぶ。

「ならばリディはやるぞ。ここがしょーねんばじゃ！　なんでも言ってみるがいい！」

「そいつは頼もしいな。そんじゃ、店の呼び込みをしてくれるか？」

「こころえた！　そこのひと、お花はいりませんか!?」

こうしてリディは往来の人々に元気よく声をかけ始めて。

「ふっ、リディのやつめ。自ら道を切り開くか」

「リディさん……とってもキラキラしています」

そのひたむきな姿にアレンもシャーロットもジーンとしてしまう。そんな折、背後でふたつの足音がした。

「はて、おつかいはどうされたのですか」

『リディってばなにやってるのー？』

「ゴウセツさん！　ルゥちゃんも！」

振り返った先にいたのはゴウセツとルゥだ。ゴウセツの方はいつもの人間バージョンで、かすかに汗をかいている。

シャーロットが小首をかしげてみせる。

「おふたりとも、おうちでお留守番していたんじゃないんですか？」

「いえ、我らは別の任務がありましたので」

「任務？」

「ええ、リディどのが躓いてはなりませんからな」

ゴウセツは軽くうなずいたあと、ゾッとするほど爽やかな笑みを浮かべてみせる。

「この街に蔓延る『小石』を残らず排除して参りました。その報告に上がりましたぞ、アレン殿」

「ご苦労だった。手こずることはなかったか」

「くっくっく……儂を誰だとお思いで？　もちろん軽ぅく蹴飛ばしてやりましたとも」

「ふっふっふ……それなりに便利な尖兵で何よりだ」

ゴウセツとアレンはくつくつと笑い合う。

もちろん『小石』というのは建前だ。

リディも魔法が使えるとはいえまだお子様。悪い大人に絡まれたら怖くて泣いてしまうかもしれない。そういうわけで、街全体にはびこるチンピラや酔っ払いといった障害物を先んじて排除させたのだ。

「もう、アレンさんったら心配性なんですから」

『ルゥもがんばったよ！　たくさんやっつけた！』

「ええ、ルゥちゃんもお掃除ご苦労様でした」

シャーロットは微笑ましそうにルゥの頭をよしよしする。暗躍など思いもよらないらしい。

アレンはごほんと咳払いして家族に号令を出す。

「ともかくリディのおつかいを成功させるためだ。俺たちもこっそり呼び込みを手伝うぞ！」

「はい！　私、あっちの方でお客さんを呼んできます！」

『ルゥもママといくー！』

「儂はこの姿で殿方らに花でもねだってみましょうかな」

「よし。俺はこっそり大量発注をかけて仕事を増やしてやろう」

こうして四人で散って、影からサポートに徹した。

それに加えてリディが元気よく呼び込みを続けた結果、店はいつにない賑わいをみせた。

メーガスも大忙しで対応に追われ、リディは花束にリボンをかけたり、花に水をあげたりと獅子奮迅の活躍だった。

その日の夜。

「ふんふふふーん♪」

夕食を終えてから、リディはクレヨンを手にしてお絵描きに熱中していた。それを背後からのぞきこんでアレンは釘を刺す。

「おいこら。そろそろ子供は寝る時間だぞ」

「もうちょっと待つのじゃ、パパ上。うむ、できたぞ！」

最後に何事か文字を書き入れて、リディは歓声を上げて絵を掲げる。

「今日のリディはがんばったからな。その功績を残すべく筆をとったというわけじゃ」

「ほう、つまり絵日記か。いいじゃないか、見せてみろ」

「うむ。リディ渾身の作品、心して鑑賞するがよいぞ。リディは歯磨きをしてくるゆえ！」

ドヤ顔でそう言い残して、リディはぴゅーっと走り去っていった。

それを見送ってシャーロットたちも目を細める。

「ふふ、絵日記だなんて。とっても楽しかったんですね」

『儂らも陰で支えた甲斐がありますな』

『おもしろかった！　次はいつやる？』

「ふっ、また近いうちに……うん？」

リディの絵日記に目を落とし、アレンは少し眉を寄せてしまう。

「どうかしましたか、アレンさん」

「見てみろ、この絵日記」

アレンは受け取ったばかりの絵を広げてみせる。

そこには買い物袋を持つ小さな少女と……その後ろで少女を見守る黒い男と金髪の女性、犬とカピバラが描かれていて。絵の横には――。

『おつかいだいせいこう！　パパうえとママうえ、ルゥとゴウセツもいっしょにがんばったぞ！』

のびのびとした文字で、そう書かれていた。

「尾行、バレバレだったみたいだな」

「あはは……」

『さすがは聖女といったところですかな』

『今度はもうみんなでお買い物に行くかんじ？』

家族みんなで顔を合わせ、みな同時にくすりと笑った。

ノベルス版　あとがき

どうもこんにちは、さめです。

この度は『イケナイ教（略）』三巻をお手にとっていただき、本当にありがとうございました。とうとうこのイケナイラブコメも三巻です！

拙作もこの巻で、ひとつの区切りを迎えることになりました。

いわゆる『ざまぁ』パートですね。WEBで書き始めた当初の予定では一巻ラストくらいで王子たちをボコるはずだったのですが、あれこれ書きたいエピソードが増えた結果こうなりました。

本作をWEBで書き始めたのが二〇一九年の夏なので、約一年半書き続けたことになります。

他作品もいろいろ書いてきたので、ゆっくりペースではありましたが……ひとまずここまで書き切れてホッとしております。

とはいえアレンとシャーロットの関係はまだまだ始まったばかり。

本書が出るころには、WEBで続きを書いていることかと思います。他のキャラクターももっと掘り下げていくつもりです。ネタはいくらでも上がっているんだ……！

拙作はさめのWEB初書籍化作品ということもあり、非常に思い入れが強いです。

イラスト担当のみわべさくら先生が起こしてくださったキャラクターデザインを拝見し

たときのこと。

コミカライズ担当の桂イチホ先生に一話を仕上げていただいたときのこと。

読者様からご感想をいただいたときのこと。

アレンとシャーロットのおかげで、たくさんの素晴らしい思い出ができました。ご尽力くださった方々、応援くださった読者の皆様と同じく、ふたりにも感謝を送りたいと思います。

そして最後に宣伝となりますが、コミカライズ三巻が本書と同時発売となっております。

収録内容は、原作一巻のシャーロットひとりでのお出かけ編後編から、動物園編ラストまで。

少しずつ恋心を自覚しつつあるアレンの挙動不審ぶりをどうぞご堪能ください。

さめは原稿を拝見する度に笑わせていただきました。

猫耳シャーロットも盛りだくさん！　ぜひともお買い求めください。

それではまたお目にかかれる日を楽しみにしております。さめでした。

ふか田さめたろう

文庫版　あとがき

どうもこんにちは。ふか田さめたろうと申します。

陸に上がって肺呼吸をマスターしたサメです。何卒よろしくお願いします。

連続刊行されたイケナイ教文庫版も、こちらの三巻で第一部が完結となります。

セシル王子たちをぶちのめすくだりはもっと早めにやる予定でしたが、あれこれ書きたいエピソードやキャラクターが増えた結果このタイミングに移りました。

その分シャーロットの成長やアレンとの関係性の変化をゆっくり書けたので大満足です。

予定外のレギュラーキャラも多く増えました。

ゴウセツがその最たる例です。「何だこのカピバラは」とよく言われますが、さめにも分かりません。ただ、みわべ先生や桂先生にめちゃくちゃ美人に描いていただいて感無量です。アニメでもかなり優遇されていてこっそり笑っています。

さて、この本が発売されるころはすでにアニメがスタートしていることでしょう。

さめは一話のアフレコを見学させていただきまして「声優さんってすごい……！」と感激した次第です。

個人的にアレンのことは善良なクソ野郎だと思って書いておりますが、杉田さん演じるアレンが本当にイメージ通りのクソ野郎（※褒めてます）で……早見さん演じるシャーロットは可愛らしさと健気さがカンストしていてすごいです。

見学した当日は「すごかった……」としか言えませんでしたが、今もそうです。魂を吹き込んでいただいてとても嬉しいです。

そして声優さんはもちろんのこと、多くのスタッフさんが心血を注いで作ってくださっております。全員にお礼行脚したいところですが、コロナ禍ゆえ断念しました。

そのかわり全力で宣伝いたします。

みなさん、アニメ版イケナイ教をぜひぜひご視聴ください！

さめも一ファンとして放送を楽しみにしています。このあとがきを書いている時点ではまだ当分先なので、原作四巻をふわっと進めつつ指折り数えて待っています。

その原作四巻ですが、アニメ放送頃には書き上がっていたらいいな……そこはもう神のみぞ知ります。頑張ります。

それでは文庫三巻までお付き合いいただきまして、ありがとうございました。

今後もアレンとシャーロットのゆるい日常は続きます。原作もコミカライズもアニメも、どうかよろしくお願いいたします。

ふか田さめたろう

さぁ、悪役令嬢のお仕事を始めましょう
元庶民の私が挑む頭脳戦
緋色の雨
illust みすみ
主婦と生活社

本嫌いの俺が、図書室の魔女に恋をした 1

［著］青季ふゆ　［イラスト］sune

正反対の二人が「本」を通じて心の距離を縮めていく

高校デビューを果たし、自他共に認める陽キャとなった清水奏太。友人との会話のネタになるのはほとんどがスマホから。開けば面白くて刺激的で、ラクに楽しめるコンテンツが盛りだくさんだ。

逆にいえば、情報過多な昨今で、疲れるし時間もかかる、エンタメ摂取のコスパが圧倒的に悪い読書を好む人たちの気持ちが、奏太には一ミリも理解出来なかった。

高校一年の秋、彼女と出会うまでは——。

この本を読んでのご意見・ご感想・ファンレターをお待ちしております。

〒104-8357 東京都中央区京橋 3-5-7
(株)主婦と生活社 PASH! 文庫編集部
「ふか田さめたろう先生」係

PASH!文庫

本書は2021年7月に小社より単行本として刊行されたものを文庫化したものです。

婚約破棄された令嬢を拾った俺が、イケナイことを教え込む
～美味しいものを食べさせておしゃれをさせて、世界一幸せな少女にプロデュース!～ 3

2023年12月11日 1刷発行

著　者　ふか田さめたろう
イラスト　みわべさくら
編集人　山口純平
発行人　倉次辰男
発行所　株式会社主婦と生活社
〒104-8357 東京都中央区京橋 3-5-7
[TEL] 03-3563-5315(編集) 03-3563-5121(販売)
03-3563-5125(生産)
[ホームページ]https://www.shufu.co.jp
製版所　株式会社二葉企画
印刷所　大日本印刷株式会社
製本所　株式会社若林製本工場
デザイン　文字モジ男
フォーマットデザイン　ナルティス(原口恵理)
編　集　黒田可菜

 Printed in JAPAN ISBN 978-4-391-16064-2